孙曙——著

盐城生长

增订版

上海三联书店

目　录

咸

乡下的花

序

　　平原还是有些起伏的，低的是土，是水流，高的是日月，是生长，是日月从土里捭作出来慢慢拔高的人，是人在土里扒刨出的五谷六畜和榆柳菜蔬。鸡鸣狗吠猪哼牛哞，家长里短婚丧嫁娶，沸沸扬扬，平原上的每一块土都被人摩挲经营了，饱含了人的劳作。农作总弓着身子，人像是拜求着天地。汗麻雨淋，劳形苦神，炭黑嶙峋的人高高兴兴地割了稻麦宰了猪羊，轮到自己被日月收割了，人倒要哭哭啼啼的。生死枯荣，人和禽畜草木都远远长过露水，其高低平缓，就像平原的起伏，像人黄皮肤的脸。

　　在平原上能看多远？天空下的炊烟也没有什么不同。平原上的人和被大山圈住的人一样，也极少流动，一年年地淤积，平原上不仅"三里不同音，五里不同腔"，而且"五里不同风，十里不同俗"。流动的是风，风从远方来，往它对过跑，在平原一扫而过，或早或迟，又驰骋平原，跑回去，风在平原不作停留。还有水，平原聚水，水大了，就把平原整淹了，浩浩荡荡横无际涯奔海而去。 水流只有一个方向，流进海。 水把什么都往海里带，把生命从海里攫取的盐又还给海。 生命起源于海，趴的，牵的，站的，走的，爬的，飞的，游的，生命依赖着海，海奉献出自己的生命之源——盐，支撑着陆地生命的生长，生命逝去又会将盐还给大海。生命的代谢可以说就是盐的传递。

　　我生长在平原，江淮平原襟带黄海之处，这方水土，称作盐城。 出土的石斧和骨铲，把祖先推定到新石器时期。 有关其地理形成的神话传说中，可稽的人物最早可溯到秦始皇的长子扶苏。靠海吃海，先民早就煮海为盐。 盐之利养壮了历朝国脉，喂肥了淮安和扬州的自古繁华，二十四桥的明月笙歌，践踏的是海风吹裂毒日暴晒的盐民尸骨。 繁华背后是憔悴，历史上的盐城就是被气焰横天的淮扬遮蔽的一个盐民一个农夫。 盐城始设县治，在东汉之末。 其时县名盐渎，因境内大河盐渎得名，有史可考的最早的县丞是孙权的老子孙坚。 盐渎现今叫盐河，盐河还在流，两岸可换了人间，几千年的农耕文明崩溃迅烈，工商城镇暴发户式地壮大，眼睛盯着大都市的脚后跟，鼻子紧贴人家屁股，闻风而变。 人都进了钢筋水泥的火柴盒子，盐河也已成了盐城的下水道。 盐城的土地和人，正越来越和大都市同一，那个盐民那个农夫几千年积攒起来的正在毁灭，盐城正在丧失祖先。 最后最根本的丧失正在舌头上完成，盐城人的饮食口味和方言土语正在绝灭，那个盐民那个农夫的痕迹越来越淡。

　　其古也籍籍无名，其今也默默无闻，可每一个游子的舌头眼睛，都曾体会到异乡异客之感的强烈灼痛。 在乡土盐城绝灭之前，我走近那个盐民，那个农夫。

我生长于这片土地，生长于我的青春，生长于我的八十年代，生长于我的文字，我的文字记忆了我的生长。

是为序。

乙酉年正月初五

盐城生长

和我们一起成长的城市

曾经是海，然后为滩，为盐田，为集，为镇，为城，为市，盐城市。 城里开通了二三十路公交车，坐车要凑着站牌看半天，颇有些都市的小样，真不能不当回事了。 但街道、高楼、树木极少比我们这些六〇一代年长的，就让人景仰不起来。 阳光还没来得及转身，中年一下子把我抵到墙角，城市端着膀子鲜衣油头旁若无人地走过身边。 我完全有摸他头的资格，我冷不丁地擂了他一拳，虽然他楼宇遮天树已成荫，但，是在我眼皮底下一天天长大的。

一条街的历史学

时间有时颗粒无收，我们的生命也是，但时间还在播种，生命也仍在试图留下痕迹。 每一代人都会发现他记忆的背景已荡然无存，只有些名不副实的地名成为孑遗。 两千年前左右孙坚陈琳的时代有一条内城河横贯城中，在城西与串场河蟒蛇河三河交汇，河口渔家交易成市，称为鱼市口。 鱼市口应是城中最古老的地名了，现在没有码头没有网师没有鱼，仅仅只是公交车一个站名。 护城河和城墙环卫的小城形如水瓢，千年瓢城的中心就是内城河上的中市桥。 五十年前内城河填成了一条街，名叫建军路，那时盐城人到了大上海踏上南京路都有些失望，南京路还没建军路宽。 三十年前中市桥的位置上竖了忠字塔，二十年前忠字塔改成新四军重建军部纪念碑，十年前推倒纪念碑，竖了座新四军战士骑马的铜雕，人称大铜马。 那些能成为城市标志的历史越来越短，我们的生活瞬间越来越短，一觉醒来，身边已成为废墟，再一转眼，新楼林立，你的过去寸土不留，土崩瓦解。 城市就这样失去历史。 美女曾经拖鼻涕，大款曾经拾过荒，长官曾经走狗窦，新郎曾经有糟糠，明星曾经跑龙套，学者曾经做小抄。 谁的来历经得起推敲？ 城市中谁需要历史？ 城市天生失忆症。 回忆过去的人是失败的人，而失败的人是可耻的，这是城市的宪法。 城市躲避隐藏删改毁灭历史。城市拒绝历史。 而当我们带着孩子出入肯德基，在鸡翅薯条可口可乐边我们又失去乡土，最深最根本的失去是在舌头上完成，方言土语和地方口味被我们灭绝。

无论身边的楼宇耸立多高，我对它的信心比不上对一棵树的，没有风格，没有个性，艺术、想象、激情挨不上边，美其名曰"万国建筑博览会"之类东抄西袭不伦不类的谬种，能流传下去吗？ 我们能留下什么，什么值得留下？ 我选择一条街，其实选择的是街道两旁的树。 虚荣心急的城市选择的树种，大都是速生的法国梧桐，诗人们美称为悬铃木，法国梧桐夸张的婆娑在盛夏确可蔽日，但速生也就速朽，其材质之轻之脆之松如草。 而这条街种植的大都是国槐，树干直而不陡，指肚样的叶子长幼有序地排在叶柄上，很有人伦感，树冠疏朗不蓬如鬓，青绿洁净，不端架子不作姿态，平和而自持，像长衫，像茶。　夏末秋初，月牙形指甲大的花序串开如辫，花落归根散落一地，牙黄带绿，像才发芽就夭亡的青葱心思；细致而深刻，像突如其来的对亲友的忆念。　这条农田里铺起来的毓龙东路也就十几年，当年粗细如拐的树已碗粗堪攀，让人对时间又能产生信心。　只有这些树能成为记忆的依赖，成为生命的见证，成为时间。　与毓龙东路一路并行有个小游园，六七米宽三四华里长，有一连串的仿古园林小品，用水泥仿石材，兼有草坪杂树，混乱不堪做作庸俗，唯一的好处是比逼仄着街道的楼群空阔，让这一街国槐脱颖而出。

东倒西歪的肩膀，撇着外八字的脚，使劲敞裆，直拧着腰杆，剑一样直而利的目光，走在街上，一茬一茬的男孩子的姿态还是这样。　女孩子们可越来越会站立行走了，挺着胸，立着腰，紧提着臀，恣肆地笑。　可是，在街边，你别想再看到可爱的脸红了。　小男生不屑地问女生：你来呢？　月经还没来摆什么道道！　城市能记住什么呢？　我们年少时常常脸红的，我们放学后要剥大蒜头糊纸盒子，干饭就萝卜干酱油汤，用废轴承做小滑轮车，稍大点打群架，真打。　羡慕那拎着双喇叭录音机的，三洋的，放着邓丽君的歌。　还有沉没在公园黑夜里的滚烫的呼吸和手指。　那在城市里呼啸而过的第一批摩托骑士，大多已安安静静地躺在城郊的人生后花园。

绝尘而去，在什么地方呼啸呢，我们的骑士？　我们的暴烈血气汹涌席卷过的河运码头砂石场，又在谁的梦里血花飞溅？

巷子深

要怎样才算一个家？ 十几平米大，跟邻居吵架，才占了点巷道，搭个小披屋作厨房，身子都转不过来，只能放个炭炉子。 大夏天的，屋子太小又邻着巷道，老婆和女儿还得上浴室洗澡。 炭炉子上坐的茶铫子咕嘟咕嘟响，打酱油的男人回来了，茶铫子嘶嘶地冒热气，男人没带钥匙，估摸娘俩关了门去浴室了，到小店借根竹竿钢丝，左拨右弄的，竟把茶铫子吊起放到地上。 男人正拨弄出炉塞往炉门塞，看到女儿湿漉着头走来。 男人抱怨：你们还晓得家来，茶铫子都烧洞了。 说着走上前去，接过女儿手中的提篮。 就你会嘘，半个城都听到你喊，老婆也晃回来了。 男人自己是在屋外冲凉的。 这样的家敢和世上所有的家相比，这是家，有家的全部。

只有小巷的低檐，阳光才显得平和。 手势比划如舞的三个聋哑青年走过去，小巷安静如画。 一个羞涩的智障少年卑微地笑着走过来，小巷让墙角稳稳地支靠住他。 而在大街，在车水马龙人头攒动中，他们的残疾那么刺眼，自卑歧视怜悯聚光在他们身上，彰显着他们的缺失，让他们如行刀丛。 所以他们都选择小巷穿行，只有小巷包容他们，只有小巷一视同仁，连荒草野花也能落脚，老鼠麻雀也能走动。 小巷不挑剔不压抑，平易包容，小巷承诺什么都挺好，每一个人都是正常的，每一种生活都是正常的，或者说小巷压根就没正常不正常之分。

小巷是下层和弱者的天堂。 我关注着一扇门，门只能开条小缝，屋里很黑，理得整整齐齐的废纸堆到屋梁，一直挤到门边。 一家子四口人经常瘫坐在门槛门洞整理废纸，女人永远是蓬乱的头发扎着，上身套着灰黑的中山装棉袄罩衫。 男人只剩一缕头发扎住头皮，老套着蓝白条的圆领衫，他和十七八岁的儿女都是不见阳光青白细薄的皮肤。 一家子都是拖鞋，卷着裤管。 他们总是在交谈，笑嘻嘻的，世界好像就只有他们这么大的家，从没见着邻居上他家门，也没在其他场合见着他一家子。 有一天看见娘儿俩坐在门槛剥桂圆，有几斤，剥了大半袋子黑油油的肉子，还是笑嘻嘻的，说着话。 小巷给了他们一个世界，给他们自尊，给他们安定。浙江人的首饰店也开在小巷里，鸽子笼大的房子，异乡闯荡的人能够立身。 扎着马尾巴的前卫艺术家的理想，也会在小巷的一把钥匙里存身乃至湮灭。 下岗的闲汉在院子里逗鸟，赤膊露出的龙文身道白年轻时的张狂。 才长毛的半拉小子到了巷口赶紧扔掉香烟，舔唇刮舌，狂吐几口气，青眉白眼温顺下来。 欢迎品尝，五香茶叶蛋，一块钱三个，不还价，味道好得很啦。 推着手轮车卖茶叶蛋的一天几次走过小巷，孩子们都学上了他的吆喝，这是他们听到的唯一像样的吆喝。 弟兄打架妯娌吵架，声响炸起来，又被小巷淹没。 两个臭棋篓子下棋，另一个臭棋篓子的急。 一个老头在阳光或者风凉里的瞌睡。 一间小门脸的酒家，老板娘穿着招商场买来的时髦站在门口嗑瓜子。 腿子像个稻秸（gài），肚子像个牛伯（bài），卖彩票的打趣美发店怀孕的老板娘。 喝过老板娘的奶的啊？ 卖彩票的又问美发店的男学徒，小学徒紫皮涨脸落荒而逃。学徒们带来最流行的歌曲，引诱着人们的心事。 老太太坐在冬阳里拣水芹，剥了黄叶的水芹绿生生白嫩嫩地细长出去，胖墩墩的两颗大白菜定定当当地陪她坐着。

小巷的日子就这么定定当当。冬天，暖阳从灰瓦屋脊铺向天空，烂烂的，艳艳的，可真是丽日，那么华丽，触摸如丝，浓烈饱满祥和。夏天，夜晚，东南西北的风无遮无拦，半老不老的在十字巷口一坐，不喊不叫风就来了，不闲不淡的话说说，夜就深了，露重了，吱吱呀呀地开门，啪的一声，门关了，静了。

一条逼仄的小巷深过一座城市的繁华。

邻　居

楼宇经常响彻陈奶奶的歌声，陈奶奶在窗口大声唱歌，从东方红太阳升一直到妹妹你坐船头，邻近几栋楼的小孩中学生都会唱她的民谣：噼噼啪、噼噼啪，大家来打麦。麦子大、麦子多，磨面做馍馍。馍馍甜、馍馍香，过去地主吃，现在穷人尝。感谢毛主席，感谢共产党。摇啊摇，摇到外婆桥，一块馍头一块糕，外婆夸我好宝宝。还有：花喜鹊尾巴长，娶了老婆忘了娘，爷娘说话如放屁，婆娘说话最中意。她声音太响，唱起来就没完没了，陈爹爹扬起手要打她：烦死人，叫你不唱偏要唱，叫你再烦人。她就喊，边跑边大声喊：打人了，陈××杀人了，救命啊，还嗤嗤地笑。病发起来的时候，对着窗外不停地吐痰，言语不清地诅咒，陈爹爹就要把她关在房间里，任她砰砰砰地捶门跳脚祖宗八代地骂。陈奶奶白，胖，脸上滑溜得甭提褶子连个线头都没有，两只大牛眼还水汪汪的。 看得出陈爹爹很宠她，年轻时陈奶奶应该是四乡八里的一个角。 陈奶奶状态好些，陈爹爹便重操旧业，摆出炸弹一样的轰炒米机，爆米花，做炒米糖。 此举纯属技痒，他儿子开着食品厂，家产百万，房子也是儿子买的，挺孝顺，一直要老两口搬去合住。 他家住我家楼下，一楼，有个小院，常常摊晒山楂橘皮梅子，大冬天的，苍蝇乱飞，倒治好了妹妹的馋虫。 从此，她只要看到此类零嘴，苍蝇便翩翩而来。 那时我们住在万户新村，新村里的住户大多从乡下来。 像陈爹爹这种做小生意的真多，农村人最早能做的小生意便是爆米花挑糖担收破烂。 在近郊的河浜，淤泥水草堵塞中几条破旧的小木船，就是这些人的家。 当然，现在他们都上岸了。

瘫子王五也是挑糖担的，现在做牛肉生意。 我家楼后不远是条河，再盖栋住宅楼楼距不够，房产商砌了两排简易的两层联体小公寓，王五买了两户，院子里垒起老虎灶烧牛肉。 隔不了几天，就有卡车停在他家门口，运来一麻袋一麻袋的鲜牛肉，淋着血水。 王五砌了一人多高十几平方的水泥池子存放牛肉，撒些盐便是保鲜防腐。 将鲜牛肉烀熟再卖，就这么简单，可王五钱真是不少赚。 一家子买了城市户口没几天，户籍制度改革了，几万块扔进水里，什呢法子啊，王五憨笑。 三个儿子初中都没混毕业，常见不到人影，回来就要钱，要不到就跟老子吵闹打架，有时真打，我养你们这些畜生做呢噢，我打死你，打死你我去坐牢，王五呼天喊地、丧心病狂。 王五自己说过大儿子是婆娘肚里带过来的，大儿子结婚了，给买了套房子，二十几万，办个公司，又给买了部车，小轿车。 大儿子虽然折腾钱，倒懂事了，不蛮了。 下面两个儿子是一对双子，正忙着年轻人乱七八糟的事，朋友来朋友去，男男女女，还把女大学生带回家睡觉，邻居们简直要扇大学生耳光。 王五老婆四十岁没到就当了奶奶，大儿子为她添个孙子，邻居从王五排行下来喊他孙子王八（双子兄弟并列王七）。 王八才会走路，从商场过道的栏杆缝里摔下楼，死了，王五老婆、儿子媳妇三个人都没看住。 王五家隔几天就要闹出点事来，一夜头又过去了，烧牛肉的烟囱还冒烟。俗话说三代出一个贵族，王八死了，肯定有王九，王九这一代或者下一代肯定是正儿八经的城里人，有房有车有钱，脸儿白皙身儿颀长心儿懦弱，齐根儿忘了自己三代以上还是泥腿子，打死了也不信自己的生命中，烙着敲小锣挑糖担拾垃圾的屈辱，散发着生牛肉的血腥气。 这就是城市人的谱系。

从大铜马出发，随你东西南北，骑着自行车，二三十分钟，就已置身田野。 农民在大田燃烧麦秸稻草的烟气呛咳全城的气管，一架客机的飞行凌驾全城的视线，救火车的尖叫碾压全城的耳朵，可证区域不大，但也早不是一泡尿尿三圈的小县城了。 随处可见的脚手架、废墟，让城市像毛羽长不全俗称肉鸡零儿的小公鸡。 城市伏在田野里，像小兽，你还没当回事，猛一回头，他已气势汹汹地扑过来。 城市是怪兽，哪怕你是他祖宗是他光屁股兄弟，都会将你撕碎，混得好是块砖甚至闪作霓虹，混得不好你就飞起来，低低地飞进垃圾桶。

五月农桑（富安—时堰）

比如大地。平原不平。 最低的是纵横四散的河塘，高起的是土墩子，是土墩子上的村庄和农舍，是树的峰岭与高原。 孤独的树逼视天空，成群的树喧嚷不停。 在空中炸开，膨胀的绿色球形闪电，插入大地，这就是树。 树冠突然地就张开了，又浓又密，一棵树爆出一个星球。 杂树多姿，柳树的圆丘，水杉的锥，楝树的球，榆树的蓬髻，梧桐繁花的塔，在河岸、宅前屋后、田埂、路旁，遮天蔽日，峰峦叠嶂，河流、桥梁、道路被树阴翳黑。 河塘暴涨，而草木与麦蔬站到高处。 大地起来了，跌宕起伏。 黑衣的老农，干瘦，背着手，走走顿顿，直摆直颤的头，孤单地高。 桥，也是高的，田地间水泥板的桥，单薄瘦长，细细的小指，清冷的寂寞，河水贴近又落下。 废弃的砖拱桥，剥蚀的虹。 更高的飞鸟，自由的种子。

比如农事。平畴铺叠。 那些墒沟的线条、田埂的线条是直的，如切如割，放射出去，间隔着、镶接着青黄。 麦尖、菜籽尖，腾腾白雾。 阡陌上蚕豆豌豆镶边，一块块田地，如条如带，长长短短，斜的正的，纵横交错，铺排无尽。 风起云涌，植物的海动荡翻卷。坡坡沿沿、沟沟畔畔，都葳蕤而起，长野了，长疯了，植物的脚满满登登地挤动着喧嚷着，一直挤到沟塘水里。 翠的，绿的，青的，鹅黄的，深的，浅的，暗的，亮的，叶子的海汪洋澎湃。 菱细碎的叶子，细腻地紧贴水面。 白鹭的亮银片，在天空打水漂。 厚积蓬勃的田野，菜畦刺绣精致，大田连绵无尽。

比如桑园。小灌木的条桑，抱窝的枝条，鹅黄着明得发亮的叶片，满枝披缀。 无边无际鹅黄的海。 阴凉的内室，蚕匾，蚕宝宝，身子昂起来时，一只小白驹，抓髻娃娃的丫髻一样的触角，猪拱拱似的头，迷人的大眼睛其实是蝴蝶斑，碎饭粒的肉足，蠕动时，一指长的九节白色小火车，幼嫩，白胖，干净，绵软，惹人怜爱。 沙沙雨声浇灌村庄，匀称而密集，蚕在啮食桑叶。 一天天，越来越白，越来越透明，蚕吐丝，一根千米的丝，缠绕自缚，蚕吐尽自己的命。 茧，成筐的茧，白银的茧，硕大的珍珠，细丝缠密又分明，蚕白银的血管。 千吨蚕茧，不停吐着丝与绸的平原。

比如镇街。河流弯转，绿烟重重，村镇深藏。 盐城最南端，交接南通泰州，富安、时堰，古镇千年。 青砖小瓦的房子成片，有拆旧建新的，有墙漏顶塌的，有的还住人，老房子，像晒太阳的老人叠在胸前干枯多斑的手。 墙角的晚饭花，破瓦盆里的小香葱，院墙上叼着仔的菜花猫。 石板路，黄麻条石，脚印的坑窝。 石井沿，井水亮得晃眼。 旧砖旧瓦摞着，最上面是旧瓦当，瓦当上刻着太平。 冯道立故居，小村庄里也有发了宏愿的大禹。 务本堂水龙会所，草房子挤挨，砖房也是木梁柱，越怕火火越多，跌坐地上的婆娘的嚎哭，惊叫，奔跑声，毕剥声，轰塌声，火焰奔腾旋转，赤膊的汉子们抬着水龙狂奔，大脚片跺地如雷，湿脚印。 三汲楼，庙门口，合复盛，小温泉，大乘庵，霞外阁，陈孝子巷，磻担巷，衙门巷，虎阜路，小街小巷酒店浴室，一个个老地名接连不断，绞成一根长长的井绳，辘辘汲向岁月。 前一脚是老巷的阴凉，后一脚是新街的热闹。 富安有茧丝绸、时堰有不锈钢，两个亿元镇，高楼大厦，青年人三五成群，人烟阜盛。

比如饮食。酥儿饼，鱼汤面，桑茶，盘香烧饼，粉皮，醉蛏鼻子。 堤（范公堤）东有海鲜，堤西有河鲜。 东台人说好吃叫"拉（阳平）吃"，好东西拉住嘴不放。 清明谷雨，什么都起鲜，酥儿饼（月饼般圆厚，层层起酥，旺油）最酥脆，河里小杂鱼都出趟了，鱼汤面顶鲜浓。

比如大树。百年树木即为古。 富安国道中央，即有一棵四五百年的古银杏，香火鼎盛，信众雨中跪拜。 庙前街，荒草废院里，也赫然耸立着一棵，树冠翠岭，年年挂果，说不清长多少年了，都长奶子了，街坊有的说是长锤子了。 树身快分叉的主干上，有几个鼓鼓的突起，像奶袋子，也像男性的锤子。 树成精怪了。

比如家族。绵绵瓜瓞。 富安、时堰周遭百里方圆，东台、大丰、盐城、海安、如皋、姜堰、兴化、高邮，辐辏之地，文脉延续不绝，诗书之族映带，汉有臧姓（臧旻臧洪父子）、陈姓（陈琳），宋有秦姓（秦观），明清有施姓（施耐庵）、王姓（王艮王襞父子）、冒姓（冒辟疆）、宋姓（宋曹）、郑姓（郑板桥），民国以降有韩姓（韩紫石）、戈姓（戈公振戈宝权叔侄）、胡姓（胡公石与同族胡启东胡乔木父子）、高姓吴姓（高二适、吴为山祖孙）等。 湖海冲击，南北交汇，地有化育无穷之生莽，人有纵横慷慨之豪情，于书法则非草书不足以骋怀。 癫狂的草书，人生狂放，宋曹，胡公石，高二适，一时泛滥，那水边快意恩仇恣放跋扈的一百零八个男女，那渔樵耕读皆可得道"百姓日用即是道"的变儒之说，那满纸墨叶鹰目森冷的竹子，那张扬形相彰显风骨的雕塑，都是人生的草书。 水乡深处，星汉灿烂。 我的旅行也是狂草，意想不到的天马行空，起落顿挫，酣畅淋漓的飞腾与落实。

安丰行

　　一棵树，长老了也会糊涂的，记性差，常会长半边忘半边，或者睡过了，枯个一年半载又绿了。 这棵白果树老是够老了，两围多粗，缠满了祈福的红线红丝带，它糊涂得挺逗，树洞里长出一簇簇小白果树，像一伙猴在爷爷身上揪白胡子的孙儿，它还干脆把自己的种性都忘了，树身上长出棵毛白杨来。 树下搭了个石棉瓦的棚子，棚内有神案，一摊摊的红烛头香棒茬香灰堆，老糊涂了的白果树还掺和着当地人的生活。

　　这里已是下灶村，田里晚玉米正青壮，蚕豆还未下种，不知还种不种"牛脚扁"了。 下灶蚕豆明清时为"贡品"，大如拇指，豆身略凹，形似牛脚，俗名"牛脚扁"，豆瓣做汤，汤汁如乳。 白果树旁是复建的北极殿，侧殿前或坐或躺着一群无所事事的工人，伧俗荒芜不搭调，即使新建也显得落寞，乡村里随处可见这样的寺庙，为乡人们守土安魂，乡村社会因而完整。 从安丰老街延伸来的六七里长的道路至此折上国道。 一对骑自行车的男女厮跟而来，都戴着旅行帽，故意遮盖得面目不清，两人皲黑的脸上十几岁的年龄差距还是很分明，顾盼嘀咕间神情暧昧。 拜过白果树，他们上了大路，女人的眼睛潮潮的，男人红涨着脸不知说了什么，分两道的自行车又一起骑走了。 夕烟散乱，原野苍翠，安丰，我也该走了。

其实，我来已迟，既没赶上晏殊范仲淹的宋，也没赶上王艮吴嘉纪的明，安丰兀自老了千年。 我赶上的是漫天飞舞的烟粉虱，一下车，秋阳暴烈，扑面而来的烟粉虱如沙尘暴，正沿着公路奔袭。烟粉虱是一种外来的稻飞虱，它成了我二十一世纪初安丰之行最鲜明的注脚。 过境的公路被挤作街道，摩的，小卡，三轮，小吃店的锅灶脏水，农资渔具服装摊黄豆秸稻草堆广告板；行人，过车，生意，居家，农事，乱糟糟地交叠；三层四层的门面楼，满墙的马赛克瓷砖，满窗的不锈钢护栏，绷紧了集镇的面皮与生活。 街头巷尾有担筐的卖菱角，元宝形的两角菱，熟的。 一个镇撞到七八个卖熟菱的，该是安丰人不知觉的食俗了，是过去时代埋下来的线索。

沿着公路的门面楼，漏了一段空隙。 拐弯，一个拐弯，仅仅是一个拐弯，一段时光静悄悄地停泊着。 弯进去，屋檐低矮下来，天空高远上去。 一街的木排门，砖青瓦黑，只有隐隐的远处的一两声车鸣，像悬在鸟笼里的莺啼。 一条老街，时光慢了下来，阳光敞亮上去。 老街澹定，木排门内只有住家，已无商肆。 一位三十上下的驼背妇女坐在门槛上，定定当当地用剪子剜蛤子肉，神智不是很够数的样子；一位上了年纪的妇女背着手过来，教她一剪子连瑶柱带肉剪下来。 有一家子正静静地围着看婴儿，像手掌罩护着刚擦亮的火柴。 抽着烟的老奶奶在生炉子，蓝大绒的褂子，戴着眼镜，蓝烟袅娜，木片与煤燃起的味道。 两个老头站着谈加退休工资的事。 一两个回家的年轻人都骑着电瓶车。 老街叫北玉街，南北向，面街的房子就成了穿堂，穿堂黑暗，更衬得正屋前阳光灿烂，花叶明亮。 空气中桂花香悠悠，一丝丝挂在唇边，几乎家家都有花坛盆栽，石榴挂红，福橘青碧，兰草垂披，梅枝峭硬。 随意一看门对，竟有手写的小篆体对联：康乐长寿，吉庆平安。 怕人不识，又用行草加写：愿家人康乐长寿，祝诸君吉庆平安。 果然是王艮的安丰，吴嘉纪的安丰，诗书的安丰。 石板街洁净，人们说每天一放亮，101岁的丁友珍就开始扫街，人瑞的德行洁净着这条街。 闯了几个门洞，有吴氏宗祠（吴嘉纪），居委会的京剧活动室，戈湘岚故居（画马"北徐南戈"），教过胡乔木江泽民的侯湘石老先生的两层木楼。 一位姓周的老爹爹喊住我，让看他家的屋脊：人家是瓦的，我家是砖的。 他家门洞内放着谱架，谱架上夹着扬剧《水漫金山》的谱，墙上挂着胡琴二胡。 淮剧京剧我们全搞，居委会的京剧活动室就是我搞的，周爹爹颇为自矜。 又拐了个弯，在北玉街的叉枝上，是这条街的华彩，安丰之行的高潮。 高墙冷巷，石雕门罩，黑瓦白墙，飞檐翘角，竟然是地地道道的徽派建筑，那么宏大，那么严整，交响乐一般，正是鲍氏大院；盐商的安丰，财富的安丰，宛然如生。

诗书安详，财富安详，一个老安丰，依然活在新安丰。 一片土地，历史太长了，新的不断冲突出来横扫一切，岁月又不太平，兵连祸结，记性就差了，免不了会犯糊涂。 但过去的生活不会死的，只是我们往往找不着它青着的那一枝；或者，是它休眠了，昏沉在我们心中，它的根扎在我们的血脉，它随时醒来，或是等着我们一拐弯。

西溪 我来听你的尾声

那些向着北方奔突的起伏高耸，在这里沉潜下来，低低地滑入江海。 淮之南，江之北，海之西，江淮平原是北中国平滑下来的腰肢。 平畴万顷绵延，那是饱满柔韧；河网纵横密布，那是温润多情；那骑鹤也要去的扬州是华夏妖媚的肚脐，历史的长衫欲盖弥彰地凸显她的魅力。 陕人贾平凹游历苏北，认为此间之水丰于江南，此言不虚，尤其是里下河一带，河道像指纹一样稠密。 这些河流取名率从北俗，细者曰沟渠，宽者曰河港。 但也有唤着溪的，令人讶异：一马平川既无层峦叠嶂，何来高下之水潺潺淙淙?

耳先闻着，名西溪；今见着了，又叫晏溪。 西溪在盐城境内东台市近郊，从东台市区骑自行车一刻钟便到。 西溪的房青砖青瓦，西溪的巷青砖立铺，西溪的桥青砖砌拱，西溪的塔还是一块块青砖垒向空中。 各种建筑材料中，青砖最不张扬，沉静恭顺，是土的骨头，仍有土性。 西溪的青砖年头久了，风雨剥蚀，灰扑扑的，颜面苍老。 更有圮倒的断垣，青砖碎裂成土，蛛网粘连，让你一下子像看到历史的白骨，盛夏的正午阳光也驱散不了历史的阴凉。 西溪最老的青砖便是海春轩塔，建于唐贞观年间，那砖色已是千年日曝的一袭黑衣。 时光有火，火锻炼出如此之黑，铁一般的黑。 塔孤独地立在阡陌之上，是流年的水泛滥后的孑遗。 西溪老了，败了，户不盈百人声寂寂，无市无集民多务农。 只在八字桥有个小菜场，八字桥是相邻的东西向通济桥（明《西溪镇志》说取"江汉朝宗，海水有归"之意，原名朝宗桥，俗名鲜鱼桥，正统年间更名通济）和南北向广济桥的统称，西溪人说也是范仲淹建的。"早上八点钟，跑到八字桥，遇到一个八十八岁的老公公，手里拎了只八哥，来了个人问老公公，八哥几钱，八哥说八块八毛八"，八字桥上似乎还响着童子们念诵童谣的笑闹声。 广济桥的南桥头摆着两张肉案，猪肉的油血腻进半尺厚的案板。 北桥头就地铺着个菜摊子，摊旁汪着几塘污水。 一瓶老酒，两碗小菜，半老的摊主昏沉沉地从正午喝到夜深。 北街叫梨木街，三四间房子深的穿堂，穿堂尽处老奶奶对着下午的阳光踩缝纫机；三进的院子，二百年的茶花，茶花的老主人画了一张张大公鸡，题一两句老头儿自作和尚自烧香之语。谁家出红啊？ 一个老头凑到墙上看新贴的红纸。 噢，是浴室开了。 老头自言自语，其他听不到什么声响。 如若换个时间到的西溪，比方说唐，比方说宋，海春轩塔下间阁扑地，舟舸弥津，盐仓连山，盐岭积雪，车相并，人架肩，酒旗风，章台柳，歌吹沸天。繁华是一张薄纸一捅即破，是一层粉妆雨淋即化。

西溪盛衰，系之于盐。"天下之赋，盐利居半"，盐主宰了古国的经济命脉。"煮盐之利，重于东南，而两淮为最"，盐城的先民在秦时就煮海为盐。 盐城的盐场，淮河以南称淮南盐场，淮河以北称淮北盐场，所产的盐称淮盐。 淮盐粒大色白如钻，味又纯美，为食盐上品，相传湘赣云贵人家嫁女，以淮盐作陪嫁。 盐城一带的城镇，大多因盐而兴。"先有西溪，后有东台"，西溪建镇，始于西汉，当为濒海盐运集散商聚而成，梨木街东头有一段通到海大口子（古海湾）的古海口盐道，已两千多年，浸泡过汉时的明月。 西溪南唐时为海陵盐监监治，北宋时又置盐仓，一度成为宁海县城。"谁道西溪小，西溪出大才。 参知两丞相，曾向此间来。"这是范仲淹初到西溪任盐官时所作的《至西溪感赋》。 诗中所言两丞相，便指他的前任晏殊与吕夷简，范仲淹后来也做得参知政事，是为西溪走出的第三位丞相，西溪又名晏溪，即因晏殊曾在此任盐官得名。

"一曲新词酒一杯，去年天气旧亭台。 夕阳西下几时回？ 无可奈何花落去，似曾相识燕归来。 小园香径独徘徊。"晏殊就是在西溪的小巷里吟出这情动千年的《浣溪沙》。"先天下之忧而忧，后天下之乐而乐"，范仲淹也在此磨砺心志。 他在盐城修成一百八十一华里的大海堤，以避海水倒灌，御制海潮。 人们纪念他为堤取名范公堤。 西溪的亭台祠堂寺庙宫院众多，现今只存泰山寺。 泰山寺有碧霞宫，宫为两层，楼上供着观音菩萨，楼下供着碧霞娘娘，令人瞠目结舌。 时光怎样地修炼才能这样地智慧圆融，让释道两教圣母共处一楼。 泰山寺原有一寺五庙之说，两厢有十殿阎王、关帝、华佗、神农、鲁班诸庙，各色人等各种欲望都可来临时抱佛脚，可以想见当年香火之盛。 如今寺里都是一班二十上下的小和尚，碧霞宫的看护却是两个女孩，遇到小和尚就斗嘴。 小和尚们一心向佛，虔心诚意，暮鼓晨钟，梵呗悠扬，泰山寺的复兴指日可待。 西溪一带至今仍出名僧，风俗使然。 而信女们剪发绣佛，流传发扬，发绣卓异，帧帧绣品美轮美奂，令人叹为观止。 银针飞度，易逝青丝竟能灿烂不朽，淘美且仁。

西溪又名晏溪的就是横在镇中的那条沟。三四米宽，却颇有些深度，数十级台阶之下才是暗黑的水面。两岸桑榆楮椿高架浓阴，愈显得溪底之深幽，有如峡谷，不见人时，黄鹂上树，嘤嘤成韵。溪上，通圣桥八字桥拱跨如虹交通南北东西。西溪是晏殊范仲淹饮过的水，李世民薛平贵饮过的水，董永七仙女饮过的水。离西溪二十里许有董贤村，因汉时出了个卖身葬父的董永而得名。相传七仙女就在西溪相与董永，西溪原有与董永七仙女做媒的大槐树，至今还有口井相传为七仙女缫丝用的。西溪一带与七仙女董永的传说有关的地名甚多。汉的传说和盐道，唐的塔，宋的诗词和寺庙，明的桥，清末民初的民居，发绣鱼汤面酥儿糕，历史的白骨或者说历史的盐就这么堆积在眼前。海春轩塔下，大脚的汉子婆娘在翻土，潮黑的土块翻了出来，深处的东西被翻了出来。海春轩塔当年是指引海船的，又名定海针，现在海已退在百里之外。离塔几十米远新开挖了一条河，黑黑的塔影枕着流动的波光，沧海桑田就在眼前，天地为炉，日月燃火，生民为盐。生命消化着盐，死亡蒸制着盐，盐在一代一代流传着。

历史是蛮荒的，每一个来者茫然失措地站在它的边缘。呼吸、劳作、悲喜等等细节的生命被时间消灭，又好像仅隔一层纸就可触摸。在某一地某一时，人一步凌踏进前生来世。在西溪，晤着自己的百千前身，看得见轮回的影子。谁是谁的前身，谁是谁的来世。西溪，你让我一个人孤零零地来听你的尾声。"一向年光有限身""时光只解催人老"是晏殊的诗句，却俨然是自己的吟哦才下眉头到得心头。 晏殊还是范仲淹，盐民还是渔夫，绣娘还是信女，哪一个是我的前身？ 西溪，你以你的前身来世让我恍惚，哪一份时光不是我的前身，哪一份时光不是我的今生，哪一份时光不是我的来世？

过河入林

五月，去见鹿王。

五月的平原，忽地就高了，青焰腾腾盈空。五月的光芒，是青色的，青色的光芒稠密地种在原野上，苗壮着，风吹翻卷，洪波涌动。四月忽冷忽热，草木童蒙未开。五月，十七八岁的人，一世界七窍俱开的灵光，真是青春哪，英华初发，情意美好，一腔子殷殷纯纯的好意思，水有水的好意思，地有地的好意思，草有草的好意思，树有树的好意思，作物有作物的好意思；岁月康壮，有岁月的好意思；宇宙和睦，有宇宙的好意思；人心柔软，也有了人的好意思；鹿鸣呦呦，鹿也应有了鹿的好意思。

鹿王疆土，在大丰海滨。大丰，广阔（大）而肥美（丰）的土地横亘！盐城—大丰，204 国道在大丰段，路基就是串场河的东堤（串场河、通榆河纵贯盐城，正是盐城的动静二脉，脉象洪驰）。青碧之水，近在指下，涣涣而流，水与岸间是蒲与芦。菖蒲新发，一窝一窝地抽条，芦茎尚短，只见芦叶卷扬。随风披靡，芦与蒲如盛期之花，长长的青绿枝叶，是水流迎向天空飞溅的花瓣。田中，麦子青壮，青茎钢直，青穗饱浆，青芒尖利。菜花已熄，菜棵成林，籽荚针棘。除了柳早早地冠密烟笼，大多数杂树树冠还未成形，树叶才是枝头花束般的几茎。　自刘庄（古称云溪）离开国道，东行向大丰市区，一路绿水，一路垂柳。　柳们丰采各异：缦立候迎，婆娑作舞，酩酊醉卧，危坐吹管，书生清癯，老者瘿瘤，华妇盛装，丫婢斗嘴……二三十里的伺立迎候，那又是大丰人的好意，前人留下的好意了。　车过丰市，折向东南，又是麦田，菜籽田；还有蒜，正是收蒜薹的时节，那长长的玉笔似的蒜薹在乡间飞舞攒聚，蒜薹清甜而辛的呼吸挤满空气。　北地至此，景象不同，天清地朗，风土润秀，民生富足，虽村镇不见伧俗，男女人物可观，有江南之秀。　路边时而明媚，一大片桑园，黄绿透明柔弱的桑叶，婴儿手掌的森林；时而深沉，上百棵白果树的军列，粗细皆可一围。　不断横到眼底的河流，人的血管一样丰富。　两条鹤腿站在水里的货运码头，垂钓者坐在码头上。　日色如花，那大水与高堤的洪流漫向天际，因了这垂钓者，生命与天地绵远，生命的清澄与盛阳源源地流泻下去，只觉得日月悠长。　屋舍越来越稀少，田地越来越空旷，道路看得出渐低，枯树洋，突然闪现的海风扑面的地名。　麦田突然中止，大地也低沉下去，一片苇荡草滩浅沼与杂树林的荒野，滩涂涌现，疏林翠叶中彪壮的鹿身隐约。　滩涂，自由生长着的土地，自由生长着的鹿。

老天，如果我是草，你让我是那丑陋的章鱼一样爪爪节节的巴根草、苦命的沙蒿，我都乐意呢。　如果我是鹿，那我就要做鹿王呢，美中最美，善中最善，威武中最威武。　林草丰茂，晴丝袅袅，鹿群移动，鹿王威武。　大丰的鹿，与当地出土的六七千年前的鹿化石一类，麋鹿。　麋鹿，鹿中之鹿，神鹿。　老天，你让这奔跑在地球上两三百万年的麋鹿，从濒临灭绝中蕃盛，你又怎能不让我是鹿王呢！ 我尖利雄伟的角昂扬，是鹿中最高最大最猛，我的脸马一样阔长庄严，我的眼就是又大又亮俊美的鹿眼，我的脖子骆驼一样粗壮结实，我的肩背我的胸腹我的腿胯肌肉滚涌发达有力，长长的驴尾巴油亮亮地拖下来我的驯良，皮坚毛亮，我的血脉灼热偾张，我还有肥厚巴实的牛蹄子。 我是鹿中之鹿，公鹿中的公鹿，雄雄赫赫，群鹿唯我是瞻。

鹿王之血在体内奔突，重返城市，忍不住要鸣叫，挺着鹿角就冲。 鹿血燃烧为文，成稿之时，正是立夏，桑葚已红得发紫，紫得发黑，满树满树亮亮的黑眼睛，麦子的小身子已然金黄，鹿们情欲饱涨，性的芳香洋溢。 我真愿意是鹿王呢，带着伴侣们食葚，血就成为酒了，我们恣意地奔跑，过河入林，草木慌张地避让，避让不及的，被我们挟持，一路狂奔。 大地在我们的蹄下如风奔腾。 鹿王奔腾，鹿群奔腾，蹄声雷鸣，那海在涨潮，大地在涨潮，光芒飞溅，我们奔突的高耸茸角撕裂天空成动荡的碎云。 鹿王之域，万里无疆。

丁溪的日常生活

天色阴阴的，笼着乌云块，凝滞了，是玉里的烟冻，覆压着平原，所有的天光被乌云挤压向地平线，天地相接处就光焰大作，炫亮耀动。

下了国道，横过来一条红砖渣子路，露头的砖渣碾粉了，一摊摊红汪在黑里，又坑坑洼洼的，色彩激烈线条跌宕。 路宽倒有两车道宽，颠簸着从丁溪村后往兴化戴窑去了。 在村口，平整的红砖道岔接上来，走着走着，折个弯，红砖外放洋溢的色彩感，转成青砖的内敛瘦硬。 路旁的房子，也越来越旧，常是各种年岁的老砖头垒搭，青黑赭黄，斑驳陆离。 墙根有肥密的猪耳草，繁盛的太阳花。老房子大门两侧齐腰开着直到檐口的窗，一扇扇黑朽的木窗板，当地称半插子门。 有一户的木匾门额，还是"文革"中的，镌着"敬祝毛主席万寿无疆"的金字，字也是毛体（自己祝自己？）。 砖道微向中央拱起，两侧可以排水，有湿痕与积水。 巷子里流漾着阴湿的气息，是时间腐烂的味道吗？ 一家农户的门帘轻轻掀起，一院子的花，花畦里牡丹芍药，平台上橘子金橘，还有兰花，主人从屋内捧出一盆秋兰，紫萼香馨，岁月中的一颗慈悲心。

青砖道渐渐敞亮，拱升成桥。 桥下的理发店，也是用老砖头搭起来的，墙壁砖头乌黑，要多少岁月才能将青砖煅烧得如此之黑，那黑如墨如漆如烟如铁，为光为气为色为骨，有岩石的坚硬，有泥土的温暖，有砖块的方正，有流年的沉积，深厚华滋。 墙上挂的玻璃匾，镀画着钢琴伴唱《红灯记》，胖脸的小铁梅手绞辫梢慷慨而歌。 太师椅式的阔大的老理发椅为中心，微笑的老理发师，理发的老大爷，陪着说话的老大妈，正是一幅乡间野老图，他们微微佝着的腰脊，像亮在秋光里的波痕，澹定而深刻。 老，是慈祥平和的老。

桥面依然是青砖，隔一步就横插一行立砖，防止湿滑，砖头已被踩出凹陷，那凹陷像木门础窝一样深，愈显得青砖之坚，愈显得流年之沉。 桥两头宽中间窄，站在桥顶，桥身向两侧敞开，青砖向左右铺宕，砖缝里野草挤簇，突然感觉到青砖是如此地贴近泥土，奠定了故园与乡愁的底色，平原生活也因之得以从泥土中升起，有根有底。丁溪两汉时成陆，《续淮南中十场志》说"唐代，太和五年，名为竹溪场"，当时别名"丁渚"，又称"虎墩"。 北宋《太平寰宇记》提及盐城监辖"盐场九所，在县南北五十里至三十里，俱临海岸：五祐，紫庄，南八游，北八游，丁溪，竹子，新兴，七惠，四海"。 丁溪赫然在列，其时盐岭连绵、商贾辐辏。 元末张士诚起义后，率先攻打的就是丁溪，一战竟未得手，损兵折将，施耐庵说不定就将此役写进了《水浒传》，可想丁溪当年。 桥北侧石栏中间有"古庆丰桥"题刻，南侧中部嵌有《古庆丰桥碑志》，记述庆丰桥始建于南宋淳熙年间，明清两朝多次重建。 宋的颜色，元的颜色，明的颜色，清的颜色，民国的颜色，共和国的颜色，一层层沉淀成青砖，青砖是历史牢牢靠靠的底子，也只有这青砖，才让历史不是舛乱乖张而是沉稳温和地接入现实。 桥其实是石拱桥，黄麻石，单孔，北侧桥栏正中掏了个小龛，积着香灰香头，当地人说是拜蛇神。 桥下已没有一点流水的影子，淤塞了，满是直不楞登的芦、蓬乱而高的蒲，芦与蒲间漫溢着水花生。 桥下以前能行轮船呢，丁溪人也不知道水哪儿去了。

站在桥顶，可瞰全庄，也就四五十户人家，疏疏地静默着。 下了桥，阳光出来了，淋过了几滴雨，润亮而艳，电线上燕子密集。一回头，有干瘦的青年男子推车从桥上下来，鸡窝头，歪嘴空洞地张着，线条剧烈扭曲，正是一幅画——蒙克的《呐喊》。

桥下西去两三户人家，就到串场河了。 沿着千年运盐河走几步，新丁溪河横断而来。 碰上黄猫，黄猫折着耳朵窜到河坡黄豆棵里；碰上黑狗，黑狗瞧瞧，一声不响低头顺眼地让到路边；碰上喜鹊，喜鹊哇哇叫着飞了；碰上乡民，乡民小的上学大的打工就剩老的了。 那个瓜没用啦，烂掉来，从田里回来的大娘，跟在丁溪桥上晒稻的老奶奶说。 都那么大了，烂掉了?! 老奶奶也可惜。 扳罾的草棚里，送饭来的婆娘竹床上一躺，有一句没一句地跟男人说话，男人边看罾边用铁皮铳机盖子。 中晌到我家吃啊，现成的咸，急匆匆上河浜淘米的老大妈，朝一对在自家门口搓玉米棒的老夫妻说。 荒废的丁溪小学，丁溪古闸，双凤井（井栏上刻有贾平章三字，难道跟贾似道有什么干系?），明代这里出了不少大官，大学士高谷（高祖时从河南移居丁溪，祖父迁居兴化县城，家族墓地一直在丁溪），刑部尚书冯谅，户部侍郎杨果，当年丁溪必是世家大族聚居三街六市的繁华之地。 一块嵌入墙根的古石刻，漫漶的字迹把时光斑驳在冷落的农事里。 时空的线条在丁溪激烈地扭曲盘桓，却又是平和而含蓄在日常生活中的。

丁溪人姓丁吗? 倒忘了问了。

草堰访古

盐城好歹也是有些骨子里的文化人的，闻听安丰老街要拆建了，说是要搞成周庄，大家慌慌地赶着去再看一眼。都在国道边上，一并走了草堰。境内富安、安丰、台城、西溪、草堰、伍佑、盐城、庙湾（阜城）、龙冈、上冈、益林等十几个千年老镇，都拆得差不多了，个中论起来安丰与富安古建底子最厚实，草堰古迹最丰富。

草堰的古迹分布大体为两纵一横，两纵为古范公堤、草堰夹沟，一横为草（草堰）小（小海）路。

范公堤·北极殿·王姑墓·鸳鸯闸

游草堰，最好从北极殿开始。在草堰镇北，沿着一方池塘，一条岔道从西南斜挂国道，这条废弃的老国道，坑洼龟裂，荒草相掩。就拉着这根烂稻绳走吧，草堰人说其根基就是范公堤，范仲淹任西溪盐官时率领百姓修筑的捍海堰，范公堤自为国道，多次取直裁弯，国道虽还称路基为范公堤，却只剩草堰这一段三四华里的老路还是原貌。 走进千年风雨苍黄，立时每一步变得深沉。 路旁池塘生蒲，白鹭自由翔集，并不怕人。 这一带湖塘众多，明镜闪亮，乡野因之妩媚而多情。

走不了几步，看到路西荒田里一座飞檐画栋的殿阁，就是北极殿。 殿有高台，拾级而上，大殿外墙上大字题着"省级古盐运集散地保护区"，绘有草堰古迹的分布地图。 殿有两层，二楼是文化站办公用房闲人勿入，一楼陈列有关元末盐民起义领袖张士诚的各种文物，还有描绘其起义首尾的十几面屏风。 北极殿的出名，就因为张士诚在此聚义，十八根扁担造反。 张士诚后自立为王，国号大周，被朱元璋所灭。 自古盐业一直为国家专营，盐户如奴籍，烈日炎炎，煮盐身焚，北风呼呼，汲卤骨寒，饥寒艰辛，不免于死，有勇力者铤而走险贩卖私盐。 张士诚盐户出身，后为私盐贩子，起义后宽厚爱人，深得百姓拥护。 草堰人农历七月三十日点蜿蜒（音歪）灯祭张王，家家门槛摆上三只文蛤壳，倒上清油，点燃油捻，其实就是祭奠张士诚。 张士诚后定都苏州，轻徭薄赋，苏州民俗农历七月三十日点九四香，张士诚小名九四，古代帝王被老百姓习俗供奉的能有几人？ 张士诚让人想念。 北极殿是新建的（原殿毁于日侵战火），因无力管护，油漆剥落，简陋冷清。 四周野草离离，正合有兴亡感。 西邻，串场河纵越而过，满目荒野，河边孤零零的几棵白杨萧萧。 古诗述盐城一带"烟火三百里，灶煎满天星"，草堰南唐北宋时即设盐场，彼时皆以盘铁煎盐，盐民枯槁如鬼，盐岭叠映入云，串场河中柴草船运盐船樯橹林立。 海岸不断东移，草堰日渐衰落。

继续向南，路两边的民房渐密，你会在一家院中发现棵香橼树（"橘生淮北则为枳"的枳），灌木枝，橘子叶，多棘刺，实似橙，有香气，经冬不败，旧时常以为神供，可入药。 树龄八十多年了，主干已有臂粗，年迈而硬朗的女主人允你拿竹竿捅下一两枚带走。在另一家院子里，一株大银杏树下，你又会看到一块石碑，上写着：王姑墓，就是张士诚妹妹的墓，曾被开挖过，石砌墓室，有相当精美的形制。 当地民间有王姑泪的传说，叙述这位早夭王姑的善良无辜。

走到镇南，有鸳鸯闸。 这里，范公堤外即是串场河，在小海河与串场河相汇处建有两闸，小海正闸和小海越闸。 两闸始建于明，俱为石砌，造型一致，酷似一对戏水鸳鸯，故称鸳鸯闸。 两闸之间，四面环水，成一石垛。 此闸原西泻河塘来洪，东御海潮侵袭，甚有功用。 现在闸旁修了碑亭，飞檐翼然，青桐亭亭，绿竹猗猗，石闸岩岩，石垛磊磊，水流清畅，舟行欸乃，自是耳目怡悦身心一畅。

宋义井·竹溪碑廊·朱恕墓·义阡禅寺

朱元璋为了消除张士诚的影响，灭其国后，将苏州士民迁往江北盐淮一带，俗称洪武赶散，大概集中地为阊门，因而盐城人的家谱大多从苏州阊门开编。 从阊门迁来的草堰人自然也是贬朱扬张，传说，朱元璋和张士诚相持不下，派刘伯温率领兵士，在草堰挖了八九七十二口井，挖断草堰的王脉，张士诚才落了败。 草堰井真多，说有一百零八口，正合一百零八将之数。 传说越说越真，就相信一下吧，那沉默在墙角门前的一口口水井，静静地停在时光中，看着你从草小路上走过。 最早的一口井是宋代的，井水映过范仲淹饮马时与乡老的恳谈，井水冲过九四子汗尘脏污的虬头龙颈虎背熊腰，井水磨墨为李汝珍的《镜花缘》开了篇。 井栏旁，一位大妈正欢欢喜喜地脮着条鲶鱼，民俗以鲶鱼催奶，宋井该是又乳育出个小草堰。

草堰有史悠长，繁盛富庶，自有文华若锦。 国道与草小路交叉处，原文化站内，建有碑廊，因草堰宋代称为竹溪场，即名竹溪碑廊。 廊壁镶着数十方碑铭，有历朝墓志、题匾、文告等，铁钩铜划，史迹斑斑，文化飞动。 过了国道，走几步，有园名金水门，有土山萋萋，内中有明儒朱恕之墓。 朱恕字光信，家境贫寒，樵薪养母。 一日过心斋（王艮，泰州学派创始人）讲堂，作歌曰："离山十里，薪在家里，离山一里，薪在山里。"心斋闻听，谓弟子曰："小子听之，道病不求耳，求则不难，不求无易。"遂收其为徒，朱恕尽得心斋学，终身不仕，以儒为业，力拯世道人心，史称"东海贤人"。 文有朱恕，武有张士诚，草堰可真是文武双全，人杰地灵。

草堰又有佛光护佑，义阡禅寺为淮左名刹。 唐塑彩罗汉全国仅存三堂半，义阡禅寺中的十八尊罗汉就占半堂，堪与苏州西园罗汉媲美，大殿大梁上题刻有"武则天敕建"，寺庙顿有王气，可惜毁于民国战火。 当年的小和尚，后任美国佛教协会会长的浩霖大师，募资千万，在小海路南、金水门公园斜对面重建义阡禅寺，寺门广大，大雄宝殿高耸，一现佛国庄严。

草堰夹沟·龙门桥·卷瓦楼·永宁桥

草堰镇中，有夹沟当心划过，两头接上串场河。 史称草堰"长街三里典当七户东西大市百货云集"，即是彼时夹沟两岸胜景。 夹沟古称龙溪，南河口有桥，就叫龙门桥。 龙门桥形制独特，应是盐城一带最早的水泥柱桥，桥身拱起，两米多宽，格栅式的栏杆，桥头高竖起六角形细长路灯座。 当地人说是日本人设计的，细看那格栅栏杆高头路灯，还真有日式清长细切的风格。

夹沟两岸，枕河人家青砖小瓦的老房子大多颓败，错杂着白瓷砖镶贴的小楼。 时见后一家院子大盆的铁树，依着前一家砖墙的黑影，画意浓厚，明清之风扑面，特别令人惆怅。 钱家巷里，有老房子塌墙漏顶，烂稻草狼藉，宁波床扔在那，任其败坏。 有钱氏卷瓦楼，面河而立，三上三下，轩敞堂皇，形制简约整饬，屋脊峭拔，瓦顶棱棱，瓦当皆雕虎面，虎虎生威，瓦松棘棘，楼面虽旧损却不改威严，当年战神粟裕将军转战苏中，指挥部就设在此，更为卷瓦楼平添了金戈之气。 有朱家老宅，砖木华堂，堂前有百龄桂花树芳香，屋内传出京戏唱段靡丽。 有粗陋的木门插在松鹤鹿芝的抱柱石，闪现旧时奢华。 袁家巷口，有从河底青砖包底砌上来的房子，青苔上阶。 随意一问，房主祖上是开米店的。 走下青石码头，夹沟水浅，耳边却晃荡着当年喧闹的市声。

草堰形胜，当为永宁桥，在夹沟北河口。 这里已是乡郊，绿竹摇摇，菜畦青青，石拱桥高高。 永宁桥始建于明万历年间，其后多次修建。 桥身尽为黄麻石所砌，单拱拱券阔大，如巨璧大月半沉于水。 全桥五方梯式踏阶结构，东有正面踏坡、向南踏坡，西有正向踏坡及南北踏坡，踏坡之上，桥面平整宽阔若场院。 桥头两侧石壁各有一副石刻对联，南侧的一副对联是"路接东亭（东台）曰康曰庄占利济，桥成北堰（草堰）乃文乃武际风云"。 永宁桥正对着串场河的大河湾，取景开阔，当得起题刻的"水照双月"四字。 时代变迁，永宁桥已不利通行而荒废，桥面上散落着烂稻草，石缝里两三棵韭菜肥壮，挺茎开花。 斜晖脉脉，石桥南北及串场河中三轮夕阳沉沉。

现成的"永宁桥头韭菜花，钱家巷口夕阳斜"，草堰之行可以煞尾了，却想起了飞人刘翔。 刘翔是上海人的骄傲，其实，刘翔祖父十八岁才离开草堰闯上海，刘翔的父亲"文革"中十八岁时又下放回草堰，九年后才返沪。 论祖籍，刘飞人可是如假包换的草堰人，何时老乡们带他翻翻这一本厚厚的草堰词典，草堰是足以让他骄傲的故乡。

牡丹岁月

十年前，在上海乡下厮混。 在奉贤往芦潮港的公路上晃荡，弟弟，吃芦粟，擦肩而过的老太，突然塞过来一大抱芦粟段。 一声弟弟，异乡顿时亲切。 对异乡的好感总是那么突然地涌现，起因又是那么简单。 那时候，正跟老婆谈恋爱，她分在伍佑中学，此中人对我说好的不多，搅局的不少。 恋爱中的人天生能感受到阻抑的氛围，每次去都不大痛快。 两人间也便有些叽咕毛糙，冷着脸一起上菜市场。 孃孃，看看我的茄子，早上才摘的，露水还在上头。 孃孃，带点百叶豆腐？ 孃孃，孃孃，小贩们一叠声地唤着爱人。 那称谓是把你当姊妹当娘家人的亲热，异乡的冷漠甚至敌意顿成为好。 更何况那时伍佑真可谓好，进镇便是湖，便是柳，横倒枕湖的柳，文化站与伍中的房子砖青瓦黑地疏映着。 满城风絮，烟雨平湖，清清明明地好。 伍中还有满墙的丁香，遍地的虞美人。 风景与花草是乡土对人的示好与亲近，又是对自个儿的郑重。 伍佑正南就是便仓，离牡丹那么近，近在咫尺，却那么远，远隔经年，一直没去看过。 那时小小年纪，不解牡丹，哪懂花的好。

而今来看牡丹了，对着牡丹了，带了不惑之龄，带了鬓须二毛，带了世事苍茫。 清明一过，谷雨近迤，日色已华，天地也丽，富其丽者，为牡丹。 初见牡丹，雷霆乍惊，红月吐盘。 牡丹丛中，日色见淡，牡丹的光焰给比照的。 有日月丽于天，有山川丽于地，都比不得有牡丹丽于众生。 天生的大红大紫，倾城倾国，牡丹怎可以富丽如此，人生种种巴巴结结，即便攀得富贵，对此也是心灰意冷，不哭也无由。 便仓的牡丹，现有玉板白，有锦缎红，有姚黄，有魏紫，百色千娇。 其中古根者有紫白二本，花枝蓬勃，高过人头，团团簇簇，灼灼烈烈。 最喜欢叫紫袍的，紫为牡丹正色，华丽的本色，是日月的血，是泥土的心。 紫袍，脸大的花，大得雍容；瓣若熔金，丝滑火赤；又有玉骨，击之铿锵；光明自生，光华流泻；只要一朵，便是十分气象。 一瓣牡丹，一生宽解。 看过牡丹的眼睛，看什么皆成为好。 人世安详的好，流年沉静的好，来看牡丹的，都有情意之好。 没来看牡丹的，因这世上有牡丹，便也是好。

牡丹又有牡丹的来历，来历也好。《镜花缘》中说，唐武则天登基改朝，喝令百花齐放隆冬以贺，唯有牡丹，不著一花，不绿一叶，遂被武则天逐出长安，一入洛阳，一落淮南下仓。 而当地下氏族人相传，元末其先祖卞元亨为义军将领，拾枯枝为鞭，策马返乡，抵家后掷枝于地，来年枝绿发花，竟是牡丹。 后卞元亨被朱元璋寻事定罪，发配辽东，牡丹遂九年不开，第十年，花朵盈枝，卞元亨得赦归来。 两说俱好，花有了担当，有了志节，轰轰烈烈，英雄气长。 便仓牡丹的名也好，花以枝名，枯枝牡丹，亦枯亦荣，枯而有荣。 点之即燃，为薪，为火，性烈如此，好。 折断弃置，干透如柴，一旦插地，吐绿发蕊，不死如此，好。 但又迁土不活，守志如此，好。　常年瓣复十二，闰月瓣单十三，且国有大事，秋冬干枝花放报瑞，灵性如此，好。　凡关牡丹的，都是好。　牡丹园中有张爱萍将军题词的楹联："海水三千丈，牡丹七百年。"武人弄文，挥拳抡棒般下笔，墨流粗沱，张飞作媚，好。

　　牡丹之好，还因其生在小镇。　乡野无闻之处，偏生得国色天香。　前朝盐城盐民灶丁，便出张士诚，便出王心斋。　瓮牖绳枢之子，常出顶天立地，常作惊天动地。　白盐青菜的日子，也就是牡丹岁月。

龙冈往事

相传，小秦王扶苏握一竿神鞭，赶山入海。 龙宫惊恐，无计可施。 通常，男人矮了，女人挺立。 这时龙女站出来，愿作牺牲。 龙女扮作村姑，巧遇扶苏，入夜陪侍。 扶苏醒来，枕边人已消失。 急寻神鞭，还在。 再挥鞭，大山不动，连抽几下，还是巍然。 原来龙女用自己的发辫换了神鞭。 盛怒之下，扶苏对着脚下沙滩狠抽一鞭，沙滩立即隆起一条沙岗。 他又朝左猛抽一鞭，左边也隆起一条沙岗。 他又向右狠抽一鞭，右边也隆起了一条沙岗。 后来人们便把扶苏脚下的沙岗称作龙冈。 左为上，左边的沙岗就叫上冈。 右边的抽得最狠，沙岗最大，就叫大冈。 小秦王挥鞭抽三冈的传说浪漫神奇，搁今天三尺童子也不会相信。 盐城周围龙冈上冈大冈的沙岗，其实是残存在平原上的古贝壳沙堤，是远古时代的海岸线，海中沙洲。

沙地丰富了平原的土壤形态，又松又软的沙土，不粘不结，细碎，洁净，金亮。 沙土不宜五谷，龙冈的沙岗便辟为果园。 果树成林，果林成园。 在平原稻麦交替的庄稼地里，鲜鲜亮亮地矗在人们眼里，丰富了生态。 春来桃红梨白，无处可去的盐城人纷至沓来，踏春赏桃。 人们慕名而来，一个劲一股脑地往桃林里挤，再挤出来连呼上当。 桃林实际上是偏离果园的小部队，所有桃树的主干，长到一米都被锯掉，旁枝茂盛，桃树已失去争高直指的树的精神，矮趴趴的。 要不是几十亩连成一片，有些蔚为大观；要不是近旁有杉树林，小教堂，五六层的仿古水塔；可真没什么好看的。

应该去的是果园，清风丽日，徜徉在几百亩的梨树苹果树中，踩着松软的沙土，莹白的梨花苹果花望不到边，花朵嫩叶，沙土埂塍，笑脸呢语，都散放着新鲜的光亮。 果园中横亘着一条大道，沙土大道，两旁栗树葳蕤，棵棵一围多粗，发达的根系凸露虬结，枝柯交连，不见天日。 坐在树根上，可消永日。 道旁有一沙丘，传说即是扶苏挥鞭抽地之所。 这是龙冈可爱的春天。 龙冈的四季都挺美。 夏天先桃后梨，苹果作殿军，水果纷纷上市。 买卖水果的挤簇在道路两旁。 整个镇子就像一个刚被切开的梨，新鲜的果肉散发着甜润的香气。 龙冈水果最出名的是茌梨，七八两一个，疙里疙瘩，绿中撒着黑点的沙皮，刨去皮，梨肉翡翠一样绿澄澄的，往外渗的梨汁凝得像冰糖屑，咬一口，那甜，不寡不齁，玉一样的润。 秋天了，龙冈中学的法国梧桐，蒲扇大的叶子斑斓了，金黄，铜绿，铁锈红，十几米高的一棵棵大树，迎风摇曳着锦绣，摇曳着秋意。 马尾松的马尾也换毛了，地上积了厚厚的针毛，褥子似的。二十年前，那时流行的是军大衣，那时我在龙冈。 雪后天晴，又没风，中午和同事三件黄大衣上了街，到镇南头的老南街走走。 小街青石的路面，被几百年的岁月磨洗得发亮。 两边都是排板门的店铺，低矮的青瓦檐将小街拉长拉深，一直到蟒蛇河边的大码头。 时光压弯了瓦脊，发黑的青瓦檐拖老了时光，时光又被厚厚的积雪覆盖。 龙冈的旧称呼读起来听音不雅，冈门。 上冈门啊，水运时代，乡民们就是从大码头上岸，散入这一扇扇排板门内。 镇上的商业中心已移到公路两侧，这里就败落了。 我们有门便闯。 见到了酱园的作坊，几十个大肚子的圆瓮，戴着斗笠，傻乎乎地坐在空地上。 见到了快倒塌的房子，朽烂的木梁，感受到破败。 见到了高出屋脊的一树腊梅，玉砌琼堆，辉映着蓝天白雪，冷香入骨，对着花自己傻了似的，张着嘴说不出话。 这是私房，你们闯什么，女主人嗔笑道。 大码头，两三丈宽，像只趴在河边饮水的巨兽，嘴边粘着菜叶碎米，和女友分手后，还坐在那说过一回话，白头宫女话当年，平静如水。 夜晚，我们常常登临凤凰桥。 凤凰桥虹跨在蟒蛇河两岸高高的大河堤上，远远高出镇上所有的屋顶，鳞次栉比的屋顶在脚下铺开，凤凰桥可真是挂到天上去的虹了，栖得凤来落得凰，有月无月登临皆宜。 有月，我歌月徘徊，我舞影凌乱。 无月，醉时同交欢，醒后各自散。 那时的风华，那时的意气，都是二十刚出头。 最记得冬夜停电，星月不明，小镇黑了，夜也是个夜了，套了军大衣登上凤凰桥，黑蒙蒙中似可举手扪天。 一星渔火，微茫在幽深的谷底。 镇上传来笛声，在干冷的漆黑中清亮着，悠扬着寂寞着这世界，引领着自己深深地陷入天空中。

吃过龙冈供销社饭店的蟹黄包子，清蒸鳜鱼，好。 常去老南街上贾家锅贴店，几代的手艺了，烧的柴草灶，锅贴肉香汁饱，皮子黄脆不粘。 开店的老夫妻俩笑嘻嘻的脸，男人是个自来熟，爱唠叨，爱讲古，好辦理，理总归一条：今不如昔。 他说凤凰桥下产过一种桃花鱼，透明雪白，那鲜，那香，现在没有了。 现在没有了的可更多了。 闻名四乡的冈门茶干早已沦落。 由盐城到龙冈是从青龙桥进镇，青龙桥正对着蟒蛇河的大河湾，水面壮阔洋洋涣涣，河湾中还有个绿柳飘拂的小岛，据说拍过《柳堡的故事》，现在河道取直，大河湾填了，小岛消失了。 老南街也破败了。 果园边沿着公路建起了汽车饭店，密密麻麻拦截了路上的风景。 锅贴店也是煤气灶炕锅贴了。 几乎和所有的古镇一样，千百年才形成的东西都被斫毁了，龙冈的历史越来越短，只剩一栋栋罐头盒，只剩一块块四四方方的马赛克扬着暴发户的嘴脸。

　　人面桃花，早已随风而逝。 二十年后，面留余香，再推开那扇门，还是那暗香疏影吗？

深藏如海的平原

　　淘米时，一架飞机低低地飞来，盘旋着下降，看得见舷窗和紫丝绒帘子。　深藏如海的平原，浩渺无边的田野，河流的带子，淘米的男童，想必令飞机上的乘客恋恋不舍了。　也许他是个少小离家的游子，只能在空中一瞰，聊慰乡愁。　稻米的银河，一年年翻越平原而去，三十年后，当年淘米的儿童也踏上了寻找平原的路途。

　　龙冈向西，平原沿着河流，像一把扇子撑开扇骨，越来越广阔而纵深地伸展。　过龙冈西南而上的是蟒蛇河，西北而下的是盐河。盐河，那个已杳然失踪的煮海为盐的时代的遗存。　盐河两岸都是乡曲僻壤，就着北岸河堆，一条窄窄的村级公路才修好，芦苇般细长瘦瘠的路，渐次展开平原。　南岸农舍青砖大瓦房的后墙，是农人方正的背。　隔河南望，背面的平原，背面的生活，连榆柳稻芦都只给了背影（是疏远的隔膜吗？）。　大河堆下的河埠，一级级的有十几二十级，是农人的算盘珠子（脊椎骨）。　小渔船，不下丝网，不架鱼鹰，船肚堆着螺螺蚬子的小山。　公公媳妇坐在桥垛上跷腿晾脚地拉呱，小爷儿俩捣摸着辆大板车。　渡船口，赶种猪的过河下到河滩，大爷大妈跟着看，小象似的种猪东张西望。　老爹爹划着的小鸭溜子，蚌埠船号的货船队，盐河灰布一样的水波上，时代忽然含混了。

大潘过了，新河庙到了。 官府疏浚后的许多条河都叫新官河，蟒蛇河盐河都这么叫过。 新河庙，鸡鸣两县（盐城、建湖）五乡（龙冈、鞍湖、中兴、裴刘、芦沟）之地。 逢集热闹着呢，在童年那就是什么都有了。 一座凌空而起的水泥桥梁，十几家沿着公路排成丁字街的门面楼，删改了记忆。 原来河道取直拓宽了，先前此处狭窄的一截河道，连同那座逢集时商贩云集的拱桥，像截盲肠被割断弃置了，老拱桥的拱梁已肋骨条似的扒拉出来了，腐草堆积，楝树苗丛生，桥下理发店的青砖小楼也已废圮。 桥南是徐庄，母亲一工作就分在这，直到我四五岁才调离，我七八岁时父母又一起调到徐庄邻村陈舍教书。 说起古来，这里还有自家的田地。 解放后，分到田的爷爷省吃俭用，余钱买地，地就买到徐庄，我的二伯来耕田，人们只看到牛过河，人呢，噢，牛上岸了才看到拽着牛尾巴的人，还没牛尾巴高。 算起来，徐庄是我的衣胞之地。 近乡情怯，大地，你还有多少未被篡改？

老徐庄小学已荒废，原先的陈舍中学改为徐庄小学（陈舍已并给徐庄），曾住过的那排教师宿舍拆了，淘过米的码头也没了。 农院前打毛线的妇女打喷嚏，亲妈妈啊，这一声接一声的啊。 高墩子的大码头上，老奶奶洗着细如手指的山芋。 奶奶不在家，到我家吃吧，婶子喊着放学的侄子。 小楼多了，但少见青壮，农村正在空洞。 在今天，乡村还有多少可能性？ 仅仅是农业的状态？ 是和自然的一种亲密关系，是对城市的背离远隔，还是节俭、清贫与劳作？ 将来还会有一种叫作乡村的生活吗？

蚊蚋蠓虫纠结成雾的芦苇艾蒿丛，河流像清长的呼吸，悠悠而来。 水，清亮而静静地停泊着。 庄稼与草木正青着，是老奶奶小孩忍不住要去揪揪的大姑娘的头发，荒草下那黝黑的油土是男人生毛的大脚。 走在田埂上，想起夜路，旷野夜风中一两盏灯火微微颤抖着小翅膀，像渔火。"跑路"，那时看电影、上外婆上奶奶家都是跑，布鞋，泥路，点着星星的平原广阔而温暖。 小把戏，细的，细小的，娇养的，乖乖，闺娘，小伙，宝吧宝呗，小伢（音霞）子，丫头片子，小烂鸟子，喊大了一代代人。 几个村庄，就是一个世界，那么广阔，走不尽的平原，乡民一辈子像一只麻雀、一架扁豆，融化在大地，无声无息。 徐庄往中兴去的桥口，那被土圩隔了的两个堰塘还在，幼时常在这痴痴地看那对静静偎着的白鱼，看那密密麻麻的一趟乌鱼仔，下面游弋着的乌鱼夫妇的身影。 北塘，满是高高地在泥滩上站着的蒲，南塘有些水草淤积，一条小青蛇扬脸游着。一只野鸭仔！ 在水草上跌跌撞撞逃入芦丛。 抵抗着那些穷凶极恶的化工厂，那些城镇的垃圾山，那些污水锈死的田块，大地永远在远方如花似玉。

就在这小青蛇与野鸭仔，在蒲与芦，在乡语土话，平原深藏如海。

前宗绝唱

前宗。人活着，浅浅地浮在地上；死了，埋进地里也是浅浅的。 一代一代地活，一代一代地埋，地上子孙绵绵瓜瓞，地里祖宗们根一样在土中盘扎，大地上王庄、李庄、张庄等等便数不胜数。姓氏，本是家族的标志，祖宗们给土地冠上自己的姓氏，有了姓氏的土地也就成了祖宗，榛榛莽莽中开辟出的家园，屹立起祖宗的艰辛、豪迈、强悍、对土地的珍爱和对后代的眷顾。 一个庄子一个村子一个乡一个镇，因为自己的祖上而得名，而和自己一个姓，那牛B得很。

在大陆，在台湾，宗姓都没入百家姓前一百位，但宗家庄却不少，叫前宗的竟也有三四个，本市即有，盐都区葛武乡有前宗村。崇茂，朋友们常唤着老茂子，本市活跃的散文作者和诗人，是我认识的最有名的前宗人了，当然，他姓宗，前宗的宗。 今年"五一"，二到前宗，为的是《十张牌》。

痢德兴。老茂子第一个说到的前宗人叫痢德兴，他太爷辈的，早死了。 就是他，一锹把龙尾断掉了，要不然，前宗就是盐城啊，盐城本来要定在前宗的，痢德兴做绝事把龙尾切断了，龙跑了，风水破得了，要不然，我们前宗人都是城里人，三四十年前，城里人什么概念啊？ 这么不经，老茂子却说得极认真，眉毛眼睛往起竖，还有义愤。 乡村生活的童年经验，有什么不是真的。

在乡村，一个人身体的缺陷，往往就是恶。 一个癞痢头的老汉，昂着个颤动不已的花斑脑袋，嘴里骂骂咧咧，驼着个背，岔着个脚，大步大步急急地走过小巷子，小孩躲在墙角骂他，朝他扔土坌头。 瘌德兴走过田埂，只有庄稼高声叫着迎接他，淹没了他孤单的身影。

和尚坨。村后是一汪水塘，塘中有块孤田，有个三四亩，竟也有个名号，和尚坨。 老茂子一说，水中的这块田也人物尊尊起来，一个头皮光溜溜的小和尚有了法号，作大人样，挺可爱，伸手就想摸他的小光头。 小时候好玩呢，生产队在和尚坨长西瓜，去偷瓜，看瓜的来抓，往河里一跳，嘿嘿，老茂子笑得都有些烂漫了。

虽然在平塘填沟铺路挖河中，和尚坨暂得保全，但水塘已经淤堵，水草壅塞，和尚坨的消失看得见了。 千百年旺旺的一口气，在今天那么脆弱。

东涡河。涡河，源出豫省，流入安徽，蜿蜒三百多公里入淮。前宗村东，一条大河纵切而过，叫东涡河，其名应从涡河而来，前宗人自称是"洪武赶散"源出苏州阊门，东涡河的名肯定与前宗人无关，顺着淮河，当有另一条移民路线。（民国地图上，标为东官河。）

大河堆。高高的白杨林，树下是坟堆，爬满青藤的废窑，废弃的渡口，摆渡人的小屋梁壁坍塌，灶台崩裂。 土路，听着白杨萧萧，看得齐肩的小槐树倚向河道，有几簇花穗打着月牙儿的苞。 有一小片楝树苗。 野花，苜蓿的红，荞荞豆的紫，牵牛的粉，甜蒿子的白，蒲公英是金盏，脚丫菜是玉杯，土生土长的草木让人安静而又怅惘，有不认得的，请教从身边走过的乡民，连拄拐杖的都认不得了。

酱油脚子。老茂子的母亲一人在乡下生活，七十多岁了，还风风火火的，大个子，大嗓门。 中午饭，炒肉，炒蛋，还有我们要的炖酱油脚子。 家做的酱油，黄豆瓣硬整整的，油，葱，饭锅上一炖，筷子头捣捣吮吮，真是下饭，我吃了"二横碗"两碗饭，舌头上的老根复活了。 老茂子娘儿俩谈起庄上一户人家的儿子混到什么科长，抓起来了，判了刑，老子跟弟弟进城，又出了车祸，全死了。 老师啊，你有人送啊，不能收啊，宗奶奶对我说。 吮过酱油脚子的，应该都听过这样的叮嘱。

送庄子。饭桌上还说起老茂子的小名叫庄奇。 宗奶奶说是自己结婚七八年不养，人家都讲是公婆娘，就做了个关目，叫送庄子，果然就怀上了。 什么是送庄子，敲锣打鼓舞麒麟，一个庄子游下来，麒麟一直舞到家舞进堂屋舞进厢房舞上床在被窝里坐坐。一个庄子都为奇啵，老茂子自己解释乳名。 哎呀，惯啊。(送庄子，本地又叫送桩。 通常有踩桩、偷桩、藏桩、找桩、送桩、接桩、谢桩这么几步。 踩桩，热心人在姓陈姓刘的人家选一殷实之户，得其家长首肯后，再去踩点，看好其碗筷位置。 偷桩，趁看好的人家不注意，偷得一把筷子一个酒盅等餐具藏入怀中。 藏桩，将筷子或酒盅藏在路桥边。 找桩，选几个欢实机灵体面的童子，去找藏着的东西。 送桩，在大人们的指引下，童子们找桩成功，裹上红纸，提上灯笼，直奔一直不育的主家，锣鼓大响，童子雀跃。 接桩，一直暗中紧张地等着的主家，点红烛，放鞭炮，奔至村外迎接童子，恭恭敬敬地接过桩子，放进床上被窝，一个庄子的人都来了，壮汉子叫道"天赐贵子"，"好啊！"人们嗡嗡地应起；"早临贵门"，"好啊！"又是一片声的应和，过节般的欢声笑语。 谢桩，主家安排童子们坐下"吃茶"，糖茶下圆子，还有花生、粽子，"生的""生的"童子们叫起来，门里门外的人们都开心地笑起来。 大概十个月后，一个庄子的人们都会吃到称作毛米饭的糯米粥和红鸡蛋。）

十张牌。孙中英。孙中英不在家。 大庄子，上百户，夏天乘凉，巷子口，小桥头，蒲扇摇摇，星子落落，谈闲拉呱，就有人说古唱小曲，不知传了多少代。 老茂子说《十张牌》孙中英唱得最好，那孙中英就是前宗的民歌王呢。 噢，歌王哪儿那么好见，下次再来啵，老茂子说笑。 看出我的快快不快，老三赶紧说，庄上会唱《十张牌》的多呢。

宗书家。这次来前宗，录音笔都带了，老茂子读书工作，离开老家二三十年了，这次特地把老三也叫了回来，老三从老家出去没几年。 人高马大的一条汉子，老三领着我们东奔西走。 小商店的老板娘说，唱曲啊，书家噢，天天晚上一个人在厨房唱呢。 小厨房，宗书家坐在灶门口，用稻草编着鸟窝一样的东西，凑热闹的小孩说是给养鸽子的用，墙上挂着吊着匾、笭、筐、篮、筛、柜、杂木棍子，地上挤着各种小凳小桌。 小曲啊，我不会唱，我会唱书，

《辕门斩子》太短，我说个《吴汉三杀》。 有说，有白，有唱，八十多岁的老人有板有眼。 我们是不是一锹掘出个宝洞啊，盐都的民间说唱，文化局的说唱大书（叫"大曲"）的艺人都已过世。

仇娣。仇娣家来了，老三说。 二奶奶，老茂子说。 说到二奶奶，想起来了。 去年秋天第一次到前宗，老茂子母亲上田了，我们也上了田。 田野上稻子、黄豆、稞头、棉花、桑园高高低低杂色斑斓，穿着黄胶鞋的二奶奶在割稻，身后一把一把的稻齐齐地伏在稻茬上。 二奶奶唱歌也好听呢，老茂子说。 孙中英才唱得好呢，大眼睛、敦实实的二奶奶攥着镰刀柄说。 孙中英不在家，你记得《十张牌》啦？ 老茂子问。 秋天的阳光跟稻子一样金黄地站在田里，把我想想噢，二奶奶唱了几句，那歌声像个野鸽子刚刚飞起来又栽下来。 记不得喽，几十年不唱了，我家去再想，那时候语录歌我都会唱呢，老三篇全唱得出来。 才开门呢，拾荒货才家来的二奶奶说，她忙着从收荒货的船上往家拾东西，脸上一块碗大的疤，说是跌跟头跌的。《十张牌》，二奶奶还是没想得起来。

葛粉香。葛粉香要上盐城出人情，饭菜都放桌上了，一吃就走。 葛粉香不肯唱，现在哪个要听啊，我们盯着，葛粉香就说了几句词连不上了。 老茂子说，唱嘛，一唱就想起来了。 葛粉香就唱了，唱《十张牌》，五六十岁了，嗓子还是高亮。 一张牌来竹板青，祝家出了个女千金；她名叫作祝英台，今年二八十六春；坐在那个高楼上勿得事做，要到杭城读诗文……我突然全身颤抖，不能自已。 那土词，那乡音，那旋律，就像草房子，就像童年爬过的木桥，楝树的紫花，蛇样的田埂，夏天暴雨一条河的混浊，废窑上的杂树，糖担子的敲小锣，一脚又一脚踩灰地上自己尿水的小男孩，婚礼上捣新房红窗户纸的红筷子，蓝竹布对襟褂，赶集，仇娣的脸，宗书家的脸……我就像看到自己的魂。　不，是找到自己的魂。从此，喉咙口就有一只芦花鸡抱窝呢，一张嘴，那《十张牌》就是毛茸茸的小鸡雏唧唧叫着往外跳呢。

草房子。庄子上还有一两家草屋顶，新换了草，麦草，像个乡下小子，新剪了发，短短的，发茬硬硬的，自觉头面招摇，有些得意，又有些羞涩。　前宗也只剩下老人、妇女、小孩；更有的举家迁走，或是稻草杜门，或是空院颓墙，荒草中当年主人育种的月季倒是繁枝密叶，花朵殷红，像一摊血。　能出去的都出去了，出去了的都不想回来，在城市扎下根的大抵连籍贯都改宗了，谁还填前宗。那不是就叫连祖宗都不要了吗？　老茂子说，眉毛眼睛又往起竖。

每一个村庄都是祖宗，种姓之祖，人文之宗，但遍地村庄荒废，祖宗，真的死了，灰飞烟灭。

八十间

坐在公交车上，听到沙井头的站名，想起这口井，想起一个年代。 少年时，小城还没有被高楼遮天蔽日，天地还完整。 冬天早晨，朝日冻得越发彤红，云霞也涸紫了。 红光普照，染赤了井台挤簇的人们，烟霞衬得人人火气旺旺的。 漱嘴洗脸，淘米汰菜，洗衣刷鞋，冲厕浇园；搪瓷脸盆，木脚盆，竹篮，米箩，水桶，井水的热气氤氲着饱满的生活。 那方阔的以井为中心圆拱而起的井台，八棱的井栏，打水桶粗硬如肌肉疙瘩的系绳，井边油绿的菜地。 抬眼看看车窗外，只有黑硬的大道蜂拥的楼宇，沙井已荡然无存。

我住的地方叫八十间，八十间也是一个时代的旧影。 建国初，全国各地都建了成片的公房，八十间就是这样的一片公房，大概就因为总数得名。 一排红砖红瓦的厨房，矮；一排青砖青瓦的正房，高。 正房当中一腰，前厅后卧。 搁那年代，绝对是高档住宅了。苹果绿的门和窗棂，厨房里吊着的咸带鱼腊肉，还有咸菜缸，屋檐上晒着回力球鞋，正房里收音机的声音，大橱五斗橱擦得锃亮，二八大杠的自行车，肥阔的万年青。 日子结实，一般大的孩子们恼了好了，好了恼了，大了，老人的床挤到厨房里。 再后来，房子都拆了，变成了楼，只有让人不明就里的地名还在，这些地名似乎能让岁月静止，突然闪现时把人拽进时光的旧影，看到岁月的颜。 有一次下乡，在车站，看到辆车子窗内插着的一块站名牌，竟愣住了，那地名叫——野花，一下子看到了大地和时光的烂漫。

城市无非是房子，盐城自古多兵燹，尤以近代为剧，可谓兵连祸结。 国民党弃城前焦土卫国，放火。 鬼子来了，又放火。 大火七天七夜，西门近三百家店铺，只剩三爿半。 接着是新四军和日伪的拉锯，把鬼子赶回东洋了，国共又干戈大动，每一块土都是血与火。 这样的小城自然无古建的包袱，官员一挥手，开发商一跺脚，拆，拆，拆。 清真寺一带拆迁，断壁残垣，竟拆出个完整的中式庭院。 龙脊，飞檐，花墙，雕窗。 一水的青砖，年头老了，黑如铸铁。 一片废墟，这座庭院，是一帘夕照，一曲挽歌。 好的城市，是应该能让子民产生乡情的，这乡情来自历史和诗，自然和一栋栋火柴盒无关。 虽然人人皆以为盐城的建筑无历史，我却眼看着历史片瓦不存。 其实即使是五六十年代建的办公楼，青砖青瓦，红砖红瓦，曲尺回廊，木板护檐，也已有了历史的深沉。 比如一中正对大门的小红楼，拆了，一块一无所有的绿地，一贫如洗，历史的贫穷。 一位同事说盐城的新建筑，只有图书馆和国土局大楼能看看，此言虽颇愤激，但谁为了眼睛、为了心灵、为了历史建房子。

什么都要我们拆了，连同街坊邻居的生活。 而后我们留给后人历史和诗的贫困，让他们无处逃离。

水响西门

十几年前，有部电视剧叫"皇城根儿"，盐城话没有儿化音，父亲照字念，皇城根三字连着，像说个姓黄的人名，儿字拗拗地拖落下来，接不上调，一句话说得怪腔怪调的，一家子就笑，他也笑，《皇城根儿》播了多少天，就笑了多少天。后来父亲就生病了，就过世了。

城根儿，盐城也有。夏夜，在登瀛桥上，深蓝的石块砌成的大块的天，月亮高了，贴着天，似乎不真实的冰白圆盘。我们的腿还是好的，就抬脚走吧。不走建军路，不上太平桥，斜斜上了城墙路。路口排着三四家大排档，白日里这儿是三四个补鞋老头的摊，等鞋穿的女人丝袜的脚乱在一堆破鞋中。毛巾苦头的胖女人喊，卖蟹蚱泥螺麻虾子啊无沙大泥螺，这儿还有老盐城的舌头，有她的市场。城墙路，大名环城西路，就像旧式衣服上拆下来的滚边，还是掐牙的滚边，但朽烂了，坑洼处是老人掉了牙的瘪嘴，两侧还是泥地，泥地上站着一排酒瓶，洋河大曲，十几年前的酒，赤膊飞天飘然起舞的酒标都霉了。你晓得这个叫什呢啊？围观的人中一个也是赤膊的大汉问。他自己又答，大奶子，那时候叫大奶子。大奶子酒味不烈，但是是旧年月干净的粮食味道。转过酒瓶，酒标背面印的生产日期清晰，1987 年 6 月 8 日。 拿两瓶，那正是大学毕业的日子。 两边面街的小房子挤挤挨挨，连门窗带生活都站到路上，是三十年前下放户返城搭的违建，都快添了两代人了，老辈的坐在屋外有一句没一句地乘凉说闲话，孙儿躺在怀里，睡着了。 一两条黑咕隆咚的小巷叉上来，像倒着的树棍；一两辆自行车电瓶车窜出来，像野猫。 没有路灯，人车也少，风却很畅当，路边偶尔戳出一两棵水杉，既委屈又犯犟地梗着身子。 走近了市中心，天空已是泛着红，烟蒙蒙的了。

走到老城北商场这儿，得穿过解放路，你还记得凌桥小区是最早的体育场。 走几步，就上了迎宾北路，这几步叫环城北路。 迎宾北路像个傻小子箍着小衣服，总显得粗头犟脑的紧巴，快车道一直贴到盐中的西墙。 五六月墙内开花，槐花，一路的明亮芬芳。一直向南走，走到迎宾桥，不过桥，向西，穿过城中城，直到新西门，这一条道是环城南路。 然后上建军路也好，沿着串场河走也好，我们就又回到了登瀛桥。 这一圈正是绕城一周。 哪个城？ 瓢城，最老的盐城，我们走的尽是城根儿，差不多就是尾着老城墙，正好画了个瓢。

登瀛桥下，就是瓢城的西门。 小时候，父母亲在乡下教书，每年总带我们进趟城，就是在西门码头上岸。 除了公园的几只癞毛猴子，就记着西门了。 太过兴奋的序曲，奔到码头，巴巴地望轮船的红旗，坐船，轮船像犁铧刨进水里，绿沉沉的水面翻出一条白白的长带。 水面上漂起烂菜叶、菜根、西瓜皮，城就要到了。 下船，宽宽的大码头，城市的大手扳住客船。 候船室外湿漉漉的青砖路，小贩脸盆里挤挤的青萝卜，报纸叠的三角包里的葵花籽，炸花了的蚕豆，薄荷糖。　有一次就住下了，码头旁的旅社，四合院，木地板、木楼梯、木床、木脸盆架、木靸子，炭炉子甜甜的湿煤气味，服务员脏花花的白大褂，收音机闷在院子里的声音，《红灯记》，小铁梅的唱腔也有了隐逸闲情。　旅社前面是家酱园，正在登瀛桥东，酱园高高的台子，迎街的一面是大盆的黄酱，腌黄瓜、萝卜干、炝大蒜、榨菜头；朝着小巷的是几个食品罐，一个玻璃罐里有黄黄的屑子，父亲说，果屑子，你妈妈最喜欢吃的，却没买。　父亲过世后，有一次竟看到了果屑子，买了，母亲已不能吃甜了。　酱园比大街低，有几级麻石磴的台坡，登上去，正是弧连着的登瀛桥太平桥，那么开阔，该是多大的城啊。　轮船码头、旅社、日杂门市、竹器店、蔬菜门市、豆腐供应点、酱园、法桐树山峦重叠的树冠、晨雾中挎着菜篮子神情木讷的男女、黑布蒙的鸟笼、扫大街的大扫帚在空洞中发出的唰唰声、搬运队的大板车、叫着烟炸油条的大婶、上班的自行车铃声的河，即使在严酷整饬的"文革"年代，西门依然展示了丰裕的商品生活，"城里人"的自在日子。　两个下放知青来看同学——酱园的女营业员，女营业员请他们吃糯米糕，白白的脸，白白的衬衫，蓝军裤风灌得满满的，男知青们黄军装，挽着裤腿，大家站在街头，都高高兴兴的，年青的开朗亮在阳光中，手里捏着的糕软而透明。　正是登瀛桥头抬高升起的地方，城低下去，灰瓦脊的海低下去，青春总是能将人顶到一个世界的高点，彩虹之巅。

　　三四十年前青春虹顶的人呢？　老是肯定老了，日子是不是也跟现在的西门一样，低低的矮矮的乱乱的萧条在城的西角。　西门暗淡，西门已废。　城墙路与串场河之间，曾经八卦阵水街叫得多响亮多派头，原有的单位现在基本上已倒闭，没了生气。　就穿进北城路走走吧，挤得往路上挣的小房子，灰暗，破旧，舍不得亮灯，屋里屋外黑乎乎地摸索着，裁缝铺的问开小店的吃什么，毛豆仁子，见有外人走过又加了句炒茶干。　蹬三轮车的大婶，蹲着捧个大海碗扒饭。　不知是什么厂，倒了，连厂房都倒了，单剩个门楼子的一面墙矗着，掩着身后的废墟。　有几棵歪脖子榆树，气息奄奄，活够了的光景。　也有几幢住宅楼，也是晦暗不明，缩头缩脑，理不直气不壮的声气。　路越走越细，仅容一个人转身，两边都是屋檐齐胸的小棚屋，一间一间小得只能放张床，除了床也没什么东西，这是老船运公司的家属区，矮如羊舍的库房披屋都住了人，荒地上丝瓜黄豆茂盛，歇着两辆三轮车。　日子突然跌落到糟糠，叹息肠内热。

　　老码头呢？"老码头"饭店还用着当年的候船室。　只有河堤，没有码头了，塔吊都锈了，高大的库房也间成了宿舍，门前麻利的小大妈端着水给女儿洗头，黑夜吞没了黑发。　瞭望塔上拉起"本着公平公正公开原则，做好合法合理合情工作"的横幅，巷子口的拉呱的都在谈拆迁。　西门，水的西门要完全变了，水运时代连同它冗长的凋敝尾声就要终结了。

　　弹指间，西门一番生死。　笑眄日子川流，惯看江山兴废。　开酒！　二十年前的酒，且就二千年的河。　串场河，蟒蛇河，河流黑暗，河流响亮。

省淮大院

京剧团的死吃，淮剧团的死省，歌舞团的死美，武生朋友说。歌舞团的你晓得的，饿肚子也要现人眼；我们京剧团的，钱不过夜，有钱就祭五脏庙，落个嘴快活肚实惠；淮剧团的一毛不拔，小把戏要吃鱼，闹得不过身，老子抓根帐竹子，大头针别个钩，钓三四条馋猫子，咸菜煮煮，一家子开荤。你就诌吧，肯定是当年追人家淮剧团的小姑娘没追着，胡诌，听的人笑倒了。真的哪，就那条小河钓的，不是小洋河，后来填得了的，人民路边上的。

几个剧团间的调笑当不得真，你看那开不得玩笑的老实人，听了嘴唇直抖发急腔：就……就你好！放……放屁！不过，早先人民路东，并排是有条小河。还有些宽度，不至于称沟，两岸很有些芦苇，初夏去放过小苇船，大概有鱼，小鱼吧。到文化会堂看电影，是走过这条河上的小拱桥的。桥边灰尘斗乱，烘山芋的，卖苹果卖青萝卜紫萝卜的，皲裂的手脸，干皱的苹果，冻山芋的黑疤，还记得起。过了桥，清爽了。嵌边青砖大道，北侧几米宽的空地，空地后面是开了门的红砖围墙；南侧长池，满塘枯荷，铁打铜铸，从荷上望去，文化会堂也颇为巍峨。红墙里会跑出几个穿练功服的，在空地排开，一二三四地喊着踢腿下腰，马尾巴一甩一甩的。 还有弦声笛音从围墙上飘出来，令人神往。

这一块，就是盐城的艺术区了，官办的艺术区，淮剧团、歌舞团、戏校，文化口子上的单位大多在红墙里边。 有样子没样子的老头老太走出来，总有人指着背影说什么花什么珍什么少，当年包银谁几斗米谁几斗米。 巴黎的拉丁区，纽约的格林尼治村，是个城市，都会有也应该有自己的艺术区，波希米亚人的乐土，城市给自己最宠爱的小儿子（放浪不羁的艺术家们）一块保留地。 机缘巧合，上世纪九十年代，自己也进了已称省淮大院的红墙内。 那时，毓龙路一切，太阳石商场新世纪文化城一竖，宿舍楼挤挤插插，大院局促凌乱，似乎只剩下生活区的功能了，杀鸡宰鹅卖熏烧的，收破烂的，卖冷饮的，还有不知道干什么的混住其中，天天有人家喊自行车被偷了。 其实与六七十年代直到八十年代初的兴旺比，已是今不如昔，京剧团已散了，仅剩编员几个人的留守处，料理料理后事；但歌舞团大型晚会挑得下来，省淮《太阳花》《路魂》还有戏出，戏校招生上千人报名。 立在台中央的总有话把人说，谁薅住局长袄领骂了，谁跟谁拍桌子了，谁家年三十大门要人家糊了粪，谁被贴了十几张大字报了，谁跟谁睡到一块去了，见天依旧有新闻，人事比艺术更热闹。 内还有戏，外还有戏，十几年唱下来，独膀子结婚——硬撑，也不大撑得住了，几任文化局长都与时俱进得很，大搞文化产业化，戏校的地一割再割，颈脖子的校长也搬了几任，歌舞团淮剧团合了，戏校并把师范了。 老的退，病的休，好像说行当都不全了，小的没得戏演，每月拿个二三百块，医药费都报不了了。 饿倒饿不死，大院里每天从早到晚，百弦千键地嘶鸣着，那是苦钱带学生的。

　　笛清清亮亮地声张，弦欲扬又抑地蜿蜒，鼓急急作作地催进，水钻巍巍，点翠颤颤，红粉的面，黑瀑的发，繁花的衣，凤飞的鞋，媚眼一亮，蛮腰一拧，咿呀一声，有违了。 大嗓子喊他喊你，捧着大茶缸荤荤素素打闹着往排练场荡，连排响排彩排走台预演公演一天天管急弦催的日子，稀了。 好消息在报上，市里要建上亿元的艺术中心了，大楼是竖得起来的，政府办此类事是有魄力的，言而有信。 但舞台上的谁站呢？ 奔五的手指扒扒能数得出，奔四的呢？ 奔三的呢？ 刘爹爹（少峰）讲话的开场白还有人学，淮（淮阴）腔扬（扬州）调：本来，今天我是不想说话的，实在是忍不住了，我还是要说两句，得罪各位啊。 刘少峰死了，说得着话说得出话的了，当然，谁听你说？

边缘，南纬路

　　一对五六十岁的农民老夫妻，在风头里给行道树扎支护，白发蓬乱，脸皮灰皱，迎风掉泪的眼睛风吹得红红的潮潮的，手皲裂了，口子又黑又红。　前面还有几个三十几岁的小大妈，也在护树。才栽的行道树，都有一腕粗，但全锯去了头冠，直直的树干上仅几杈枝叶，一株株像举着破雀窝。　笔直空疏的大马路交错，高架的路灯队列密集，排齐的行道树雀窝连连，以开发区、新区、大学城、职教园之名，不断推进的城市，边缘大体若此。

　　南纬路，硬生生地横杠在城乡之间，路北是职教园，路南是村野。　南边的人行道下，有小菜园，泥里嵌着红砖头，隔着一步远一块，一块一块歪斜着走向小河，河边有残破的瓮和坛，韭菜畦。　那小菜园后面本应该是农舍，这曾经是完整的乡村生活，残破在城市前沿。　河对岸，二三十棵白杨，疏朗的小树林，杂着灌木，蓬蔓牵连，河边丛丛斜欹的钢芦柴，低旷的田野，甚至近旁还有一座半壁砖的土屋，乡村风貌宛然若画。

　　小河上有红砖拱桥，桥沿破损，修马路挖起的土乱堆在桥头，隐约还能看出大寨桥的桥名。　桥北是还没失去土地的农村，三两人家，棉花地，萝卜地，麦田，草垛，鸡，羊，灰堆。　村路冷清，半天才有一个老汉骑自行车经过，车后绑着从城里运回的泔水桶。电线杆上贴着一张题为"起民书"的告示，大意是快拆迁了，政府要答应夏桥三组村民什么样的安置要求，要不然免谈。 起民书，农民在等着征地，清寒佝偻的身影，莫名地期待，兴奋又惶惑，变为城里人的兴奋，失去土地依靠连根拔起的惶惑。 变电站的墙上，还贴着"赌咒书"。 起头是"广大村民同志们：人世理不平，评天理，赌咒"。 正文说十几年前买了谁的房子，因当时没写字据，现在拆迁了，对方不承认，反将自己告上法庭。 最后是赌咒时间、地点、双方叩头人，还注明"自带身份证，出生年月日自己报准，各人自带三根香，请广大村民到时观看，事理、天理和人心"。 这是拆迁带来的民间纠纷，农民的天空，竟然想着靠老天解决。 初冬了，小河里有船划来，是电鱼的，女人划船，男人伸着带网勺的竹竿在芦苇水草窠里麻鱼。 河畹上还有山芋地没刨挖，叶蔓萎黄，城郊，农时也有些荒废了。

广漠的大地，宠爱着自己最小的儿子——城市，要什么给什么，城市恣意生长。 城市的推土机隆隆地向前碾进，2007 年，边界是南纬路。 在风中瑟缩着的护树的老两口，说安置在农民小区，两上两下的小楼，每月有两百多块的补助，找点小工做做，做一天算一天。 老人说那几个小大妈的补助每个月只有八十多块钱，有截止日期呢，2005 年 12 月 31 日后出生的就什么都没得了。 失去田园的，都被圈进城市的明天，无依无靠，依靠的只有城市承诺的明天。 城市声色犬马意态张狂，顺者昌逆者亡，欲壑难填，大包大揽，胸脯拍得山响地为明天下保证。 明天，格外沉沉地笼罩在城市边缘，暮色般暧昧不清。

北　闸

　　城北大桥上又拦了路障，超过两个轮子的不让过，仅留了一米宽的口子，两头人流堵塞，像大气球当腰勒了根绳子。这里原先是盐城最早的出海口，两岸挖出过不少秦砖汉瓦。出海自然求海神，建有天妃庙，也就是妈祖庙，建闸也就叫天妃闸，因在瓢城北门，又叫北门闸，至今老百姓还叫城北大桥为北闸大桥，这一带也被泛称为北闸。城市至此，颜面顿失，桥是年久失修险情不断，桥北马路塌陷碎裂，渣石暴露，大大小小的污水塘步步相随，黑灰粘积房子道路，阴沉的大厂厮混着低矮简易的民房夹杂着小菜园，黑挺挺的烟囱高耸，欺压着天空，乌漆麻黑的厂房，没有玻璃的破窗，震耳的轰鸣，泥颜的工人，码头裂，吊车锈。杂乱的房子，还有莫名其妙不搭调的色彩：电厂的房子屋顶天蓝墙面浅藕，两根大烟囱顶端红白相间像接力棒，怎么想得起来？新洋港，一条大河，可与浦江一比，到此也丧气，水浑，横七竖八的旧船挤满水道。混乱，破败，这就是城北，旧的、黑的、乱的、脏的、穷的、臭的都积到这儿。城北是城市的脚，虚荣的城市只顾得脸儿光鲜，哪管鞋破袜脏脚丫臭。

　　通常，每个城市的大厂区都在城北，新中国工业起步时簇新崭崭生龙活虎，现在大都败落了。 向南发展的城市，抛下城北，像艳妇抛弃又老又穷的男人。 水泥、钢铁、化肥、煤、电，曾经是家中的顶梁柱，如今是败落的长房。 一走城北，就看到一个时代的败落。 当年，大马路如玄带飘曳，新工厂如玉山崔巍，新兴工业文明的标志红砖大烟囱喜气洋洋地高耸上天，那真是意气风发欣欣向荣，这两个词现在也没地方用了。 咱们的脸上放红光，咱们的汗珠往下淌！ 一个阶级，工人阶级，也曾经那么明显地凝聚着的，虽说谁也没觉着是自己在领导一切，但至少气昂昂的，步高高的，珍惜着自豪着自己的职业，主人的心态是足的，走过小青工的宿舍，看见他们练哑铃弹吉他看杂志读外语。 如今，城北大桥南北，一条人民路，大厂次第喑哑，仅剩一家尚由国家专营的电厂风雨飘摇。 资本的支配下，工人蓬转，四处打工。

城也像人一样，生命中有无数彻底改变命运的偶然。 城北大桥桥南不远，是全国人民都知道的燕舞，气焰横天的形势与声名，四五千的员工，如今只剩一堆堆水泥砖渣。 停业，倒闭，破产清算，土地出卖，综合生产楼爆破拆除，每一步都戳在燕舞人盐城人心里。 燕舞的综合生产楼，曾经是城北的标志，盐城的标志，钟楼顶，玻璃墙，可见纵贯全楼的传送带，像经济图表中变量箭头上升的斜折。 爆破之际，一声巨响，千行老泪，轰然倒塌的不只是一栋楼，是多少人心中的悲痛。 曾经是家电业数一数二的牌子，要是能像海尔像长虹，那盐城又是什么样子？ 一个城市，一个国家都曾经有过无数兴旺的可能，但都自己给毁了。

行经城北，心中是悼念与黯然，此意也许有许多同乡同道明白。 城市还在发展，兴废之举朝朝有是，随处可见城市的生死遗言。 也许它该回一回亢奋的头，看一看城北。

（拆除重建的城北大桥 2008 年 1 月 8 日通车）

朦胧塔朦胧街

"我父子射阳河里常嬉水，登瀛桥头遥望西天飘余晖，忘不了三仓（应为便仓）枯枝牡丹美，大纵湖畔秋蟹肥，玉带大糕薄如蕊，丹鹤翩翩掠天水，朦胧塔下论是非，镇淮楼历尽沧桑一岁岁，高沟酒香飘心扉，做官踏上青云路，梦断故园一回回"，这是扬剧《十把穿金扇》里的一段唱词。 所咏风物除了高沟酒镇淮楼是原淮阴的，其他可都是盐城之宝，这明明白白的盐城颂，真真切切袒露着作为盐城人的骄傲，在戏文中可真是稀罕，搁今天不使钱也是进不了"文艺"的。（《十把穿金扇》这剧目，淮剧扬剧柳琴黄梅安徽琴书河南坠子都有，一出戏画出淮河这一条文化走廊，沿着河流，古代东西向的文化传播要比南北畅通，河流是古代社会的命脉。）

站在戏文中唱到的射阳河的轮渡上，阳光恬然自安，大河静流无声。"当我们进入祖先所居住的地方，我们就成了明确的尘埃与阴影。"大水之上，天高地迥，让人肃穆不已。 如果沿着射阳河，像拉一根渔网的绳索，拉起沿河大大小小的湖荡，什么马荡、九龙口、缩蒲荡、兰亭荡、花粉荡、大纵湖、蜈蚣湖等等，当可以拉起一个碧波万顷的古射阳湖。 射阳河在盐阜大地夭矫放纵盘旋翻覆，可想古射阳湖的浩瀚与伟力，自然的伟力总是令人敬畏。 人类的河流也在大地上奔走，两条河流的交叠，朦胧的塔影在波光中浮沉晃荡。

西塘河是射阳河的上游，潮河汇入后，下游就叫射阳河了，河流的三岔口，水势凶险，古人建塔镇妖，所谓宝塔镇河妖，这塔戏文中也唱到了，就是朦胧塔。 朦胧塔在岁月中的倒影也朦胧，被各种传说沉埋。 朦胧塔的来历，一说叫耆糠搓绳拉宝塔，说宝塔是个叫张邋遢的神仙从江南拉来的，用耆糠搓的绳，要九头牛拉，张邋遢只牵到七头，就又逮了两只蜗牛，趁夜拉到此地墩好，黎明一看，塔歪着，他跟做豆腐的借了块豆腐一垫，天黑做豆腐的跑来要钱，看到豆腐已成了汉白玉石板。 一说是蜘蛛神救真龙，讲唐太宗李世民作战落败，逃入枯井，追兵看到井口结着完整的蛛网，就离开了，李世民登基后，派尉迟恭在井上建塔，皇帝为龙，蛛网蒙龙，所以塔名蒙龙，误传误写为朦胧。 朦胧塔现为三层八面重檐砖塔，塔身向东北斜了两三砖，塔基也真有块白石板。 塔内两米高处砌穹窿顶，呈蛛网状，壁中镶有砖刻菩萨，即为蜘蛛神了，二说附会得有根。 当地还相传拾个砖片塞入塔缝可除腰疾，又盛传取块塔砖回家可生麟种。

宝塔在传说的烂漫蓬勃中塌毁，上个世纪中叶，千年宝塔只剩两三层断壁，旷野暮云，野树凌欺着断塔，残砖支离，塔门洞废，历史的粗蛮力量，岁月风暴的击打激越，那景象是何等地触目。 其实，废墟的挣扎，才让历史令人敬畏。 上世纪九十年代，朦胧塔修建，"景不够，菩萨凑"，旁边又建了寺庙，工程拖延至今，游人寻至，稻田间老奶奶大婶们奔来簇着卖香，这也会成为朦胧塔的朦胧往事。

水运交通的特殊位置，朦胧塔下应有商市，不致如是乡野，一问，果然，被日本鬼子烧光了。 隔河，射阳河，便是阜宁的永兴，叫过朦胧镇，史称小香港，可见昔日繁华。 有渡船相通。 那些四通八达的车道，径直而明确地将平原缩微。 河流之上，平原广阔，无限延伸。 平原，重叠的土，重叠的水。 摆渡，让平原依然悠长。 从渡口的碎石坡上岸，一丛高大的芭蕉出墙浓密，翠绿袭眼。走入窄窄的青砖巷道，踏上千年生民的脚印，永兴独特的"三步两庵""十步九墩桥"景观早已毁灭，阴暗潮湿的巷道，完整的一条上世纪六七十年代青砖建筑的小街，代表建筑就是那废弃的堡垒式的高墙粗棱葵花黄的供销社，小街隔河相望朦胧塔，就叫朦胧街，已是衰败之地，极清冷，如穿巷之风，如爬山虎满墙的秋意。 南巷口横着条小沟，两条小渔船，满船架着鱼鹰！ 夕辉镀上鱼鹰，静默如铸，告白射阳河鹰击鱼翔依然鲜活。 鱼鹰出自西边的青沟，荡区，据说那还有专育鱼鹰的，那儿应更多自然的生机。

永兴西去，马荡，益林，罗桥，青沟；再往西，淮扬；再往西，是豫皖，江淮大平原越来越深了，那是中国的腹部，无限江山蔚然兴起。

暖暖收成

盐城也是有王陵的，在建湖县蒋营乡的收成村。

在收成，摸得着一道道历史的刻度，尽可以感受一种叫湮灭的惘然。 这种湮灭，思及这块叫盐城的土地从古至今一直处于边缘，历来被眼光省略忽视而失踪、隐秘，就更令人驻足怅惘。 收成庄有七八十户人家，都是农户，狭巷砖道，平房院落，草垛猪圈，鸡鸣狗吠，杂树榛榛，墟烟依依。 庄中有一条沟贯穿首尾，也叫夹沟，收成夹沟。 本地有夹沟的集镇，如丁溪草堰刘庄都是古镇，据此推测，收成曾经也是个商肆辐辏之地、繁华所在。 要塌不塌黑洞洞的老供销社前，有块三角形的空地，周边是一家小浴室和两三家小铺子。 每有生人寻来，供销社的老职工现在的承包人，一位吴姓老爹爹会主动迎来，热情介绍本地风土人情，他说收成有"烟锁绿槐""渔火繁星""五港分流"等十景，有凤凰池、孝子坊、薛仁贵拴马石等风物。 供销社本是座罗汉院，院前有棵千年古树，一株唐槐，"未有收成，先有唐槐"。 槐树高耸，根深枝繁，佛寺香烟缭绕，出入翠盖，是为"烟锁绿槐"。 而今，唐槐只剩两三米长朽空的枯树段斜倒在墙根。 据说是一个屠夫作的孽，他将待宰的猪扣在树根，猪啃树皮，经年累月，古槐不得不死。 枯木下黑土油润，有几棵肥大的牛舌草，肥阔而舒展的叶子，那只能叫作茁壮与蓬勃。 一位曾经拜了唐槐做干爷的村人补栽了一棵国槐，青枝绿叶，亭亭植立，窈窕而年少。

　　收成庄后，堤上是菜地，堤下一边是麦田，一边是河。 河，二三十里长，贯通南北，一头挑着九龙口，一头挑着马荡，吴爹爹说叫庄子河，因古时一条河边都是大庄子而得名，水淹泗州时全没了。 正是冬阳，严霜化了，田埂濡泥，菜麦越发乌油碧绿。 河对岸是荒柳、枯苇、塘坳，一片萧瑟。 仲春清明，堤上高突的吴氏祖坟满是油菜花，堤上满是油菜花，堤下满是油菜花，青底上的明黄，株株蓬勃，高过人头，跌宕壮阔，蔓延无尽。 菜花丛中有四角碑亭翼然若飞，碑文说此处乃晋东海王王陵所在，但已荡然无存。东晋"八王之乱"中，最终得势把持朝政的东海王王族终结于此。史书上记载东海王葬于射阳湖东堤，这堤下曾经就是堪与彭蠡云梦比肩的大湖，古射阳湖（射陂）了，庄子河、九龙口、马荡乃其孑遗。 北宋范仲淹有诗《射阳湖》，诗云"渺渺指平湖，烟波急望初。 纵横皆钓者，何处得嘉鱼"。 此后黄河夺淮，渺渺平湖，泥沙淤泻。 元代诗人萨都剌《过高邮射阳湖杂咏九首·其二》云"秋风吹白波，秋雨鸣败荷。 平湖三十里，过客感秋多"。 那时还有个三十里的湖。 至清顾祖禹著《读史方舆纪要》，说"射阳湖阔三十丈，长三百里"。 似已成河（今射阳河）。 万顷澎湃也罢，钟鼓玉食也好，如夕阳入地再无消息，尽皆在苇荡田畴之下失踪，湮灭。

　　白云苍狗。 古射陂、晋东海王陵、唐槐，收成十景哪怕已杳然无踪，依然在收成立起自然与历史的标杆。 它们和那位吴爹爹都是叙述者，只是等着人们的耳朵与视野。 自然与历史文化的版图，观察与叙述者是有中心的，因而自然与人文就仅仅只是中心的自然与人文，就有了边缘与漠视，隐秘以及失踪。 其实自然与人文一直是整体的存在，它焦急地盼望着隐秘的揭开与失踪者的归来。

收成庄相邻的谈赵舍，还有个这样的叙述者，是一株五谷树，相传为郑和下西洋，从海外移来的宝树，有五六百年了。 主干业已朽烂倒伏，但从根上爆出的若干小树，已经茁壮。 其叶似桃，干似榆，春来满树稻麦绿穗般的花串，秋至结实五谷。 五谷树在当地为神树，预报天时年成。 其果实若五谷，当年则稻谷丰登；果实若螺蚬鱼蟹，当年则要发大水。 五谷树信仰在苏皖一带较为普遍，就盐城而言，盐都区北龙港乡也有一株，东台安丰建湖建阳也有。 以五谷树为中心，是一种农业文明的秩序，昭示的是神灵的大地。 文明如此顽强而自足的生存，怎不令人唏嘘，景仰，依恋。

湿地:九龙口,瞭望塔码头——主码头

人散后。

九龙口,一个人的苇海和夕阳。

湿地初冬,枯干的与苍翠的都生机大作。

种种鸟作种种声。

天空深蓝、蓝灰、灰黑,直至一颗星、两颗星凫出黑夜。

　　荡:九个方向的水,驱策着落雪满头的芦苇浩荡而去。 九龙口,古潟湖、古射阳湖的中心,时间漩涡里疾旋着一个个洪波涌动的大湖。 苇海无垠,卷压建湖、阜宁、宝应、楚州四县区,沙村荡、安丰荡、野草荡、九里荡、马家荡在此盘互交错,一个个古代大湖的浩渺穿透时空崩落在眼前。

　　滩:沙家庄背后是沙庄河,河北的田地都退耕还荡了。 荡边,是低岸滩地,起起落落水,坑坑洼洼滩,该长在水边的都自己跑过来长了,野长着,也长得野,光脚踩着河、塘、沟、洼,肆意奔跑。

　　草:芦苇,个子最高的草,最抱团,也最张狂,不是密匝匝挤一塘,就是最先冲到水里一排拉着手,冲到水深处的赶紧抱成团,簇成小小的岛屿。 蒲也是一窝窝的,总是与芦为邻,隐忍不发,见缝插针，蓬勃着叶片的长剑，一次次鼓舞自己抽茎争高，却只长出短短的蒲棒。 青与黄在每一个叶片上激烈争斗着，油彩高亮。 荻与茅是草中的小姓，霜一打就烧得赤红。 此地之荻高过芦苇，又不似其东斜西歪的，傲然一柱。 野胡萝卜竟然还在开花，高高低低繁密的白伞。 野麻菜野油菜的叶片肥大如猪耳。 暖冬，贴地长的巴地根、牛膝草、蓟与蒿、癞蛤蟆窝子草、车前子，忽而枯黄一片，忽而林下葱郁。

木：有老树，大抵是柳，坡地上低龄的土杂树簇集成小小的林带。 十棵垂柳拖住一块高土台，自成聚落，一家子演习春风舞雩。水杉，铁锈红的炬火映亮林间。 桑叶枯而未落，蜷曲如鸡爪。 白杨叶落了，吧嗒的大声响胖狗般趴在木步道上。 构树，树干老农一样黧黑。 楝树的光枝抓着一簇簇果实，紧绷着一个个小小的弹射欲望。 椿，枝丫都秃了，认不出来了。 咦，刺槐呢？ 又瘦又高的柳，青皮柳还是白柳？ 有没有鸟儿衔来沉浮岛上五谷树的种子发苗？ 枸杞，荆条乌绿得发亮。 泡桐的青皮，永远的少年感。

鸟：湖荡里最著名的冒失鬼，野鸡，走到跟前才从苇丛里飞起来，笨重地扑腾腾地飞起来，吓人一跳。 据说淮字就是野鸡的象形，野荡多雉，那远古淮夷就在这里纵横出没了。 苇莺们在芦叶丛间腾跳，小小的脚爪细碎的踩踏声钻进干涸的苇塘深处，比大熊猫还稀罕的震旦鸦雀是不是也混迹其中，这黑眼圈、鹦鹉嘴、白围脖的拇指夫人。 喜鹊也多，粗哑的声音不时短促响起，像农妇哑声破锣的痴喊。 叫天子的婉转细碎地从云端洒下来。 有磔磔的鸟叫从荡里传来。 有叽叽叽旋转的花腔从林间传来。 有各种翅膀飞起来的声响。 大鱼也从水里跳起，想飞还是想叫？ 向晚，夕阳红得发痴，挂下一匹嫣红，一直铺到水里。 挂桨机船们回来了，有的发动机一线轻快的声音，有的通通、通通、通通地放炮，搅起的水波慢慢地晃到岸边的苇丛。 两条船对向驶过，水波竟然画起了方格。 眨眼间，夕阳消失，暮光顿暗。 两只追赶大队伍的南飞雁掠空而过。 杨树林中，宿鹊不时自惊，数百只喜鹊擦着夕光乱飞如流矢，有风卷声。

人：荡边还长着潘、李，还有后到的马。 潘姓、李姓这两个表亲，洪武赶散赶来的吴民，来这里已经七百多年，都从荡里讨生活，渔猎樵耕读、官商兵匪霸，开枝散叶，积富积福。 荡里的银子齐腰深，沙家庄的老房子都是高门轩窗，老家底都是殷实的，旧时就有戏台子，年节酬神，一唱就是头二十天，怪不得在这里打造淮剧小镇。 现在退耕还荡，潘、李、马又要把荡还给荡了，亲手再造一个新的秩序、一个野化的荡。 和鱼鸟草木重新团簇在湿地，人以消除自己影响的方式显现自身存在，护卫野鱼野鸟野草野树野荡之野。

沙庄河码头淘米洗菜的搓濯声，又湿又重地跌落在夜色里。淮腔的弦弓一触即发，秦香莲、小方卿、丁黄氏、赵京娘、李翠莲、穆桂英、八贤王一大趟子陆陆续续都到了。

然后，黑就黑满了夜。
人和湿地都在宇宙的怀里轻鼾。
霜和黎明渐渐从黑夜析出，
最后析出的是朝阳。
九龙口又是新的。

走通射阳河，兼及射阳湖的历史尘埃

　　在大地上，总会碰到一些孤单的很罕见的微尘般的虫子，茫茫宏宇，是什么样的通道让这些稀少的物种相会并繁衍至今呢？造化冥冥，大德曰生。那么人呢？每一个人海微尘的你，身后拖着的是什么样的种族脉络？人的聚落又经历了什么样的兴衰变迁？当我寻找盐城人的历史血脉时，总自然地依赖河流，比起塑形了盐城地理的长江和黄河来，我更信赖并敬仰一条起讫都在本土的河流——射阳河。

　　射阳河的源头是射阳湖，其得名也因为射阳湖。射阳湖的得名已不可考，《汉书》《水经注》《春秋左传杜注》等汉魏文献中已有"射陂""射阳湖"的指称。今日的射阳湖像只破碎的瓦罐扔在射阳湖镇边角，蹙缩不足八平方公里，还被河流、养殖塘、荒滩、圩田切割零碎，堤堰纵横，看半天也不像个湖，不成样子。很多盐城人不知道有个射阳湖镇，在宝应。我们常常在初春油菜花星星点点、田野还带着冬日的庄严时，沿西塘河到射阳湖镇走一走，日子好的话，就正好有高大的梧桐在田头村角开出一树凤凰来。射阳湖镇靠着射阳湖这一块，还有成片低檐窄巷青砖青瓦的民居，都没荒废，家门口会有盆栽的菖蒲和艾，巷口有大妈卖削好皮的荸荠，小玉鼓一样，一咬一口水藻味的甘冽汁水，是一湖的甜与汁。 宝应人说这里是汉初封为射阳侯的项伯的国都，也是后来设置的盐渎县、射阳县的故城。 阴翳与阳光交错漾动的小巷，突然就会亮出块牌子——陈琳故居，汉末群雄之一领誓讨伐董卓的臧洪也是这儿人。 最大的巷子叫驻马街，竖了砖牌楼，因唐代大将薛仁贵带兵征讨高句丽驻扎此地而得名。 驻马街边上的小河就更出名了，考古的说就是吴王夫差当年开挖的古邗沟。 史载吴王寿梦、夫差两次将都城北迁于邗，北上争霸，"吴城邗，沟通江淮"，当年此地繁荣可想而知。

射阳湖算得是盐城的缘起。 沧海桑田，盐城在漫长的地质年代海陆屡次变迁。 最近一次成陆，约从公元前七千年前后开始。长江北岸沙嘴和淮河南岸沙嘴不断向海延伸中，沙堤合围，形成巨大的潟湖。 今苏北在江北淮南间的诸湖荡大都是古潟湖的遗存，其中古射阳湖应是最大的承嗣者，最早的先民活动也就在湖边沙堤，蒋庄遗址、施庄遗址都在这条线上，有着共同的独木船棺葬和良渚玉器礼制。 泥沙淤塞、圩田农植、黄河夺淮等造成了古射阳湖的崩散，大湖崩解为散丝般的河湖港汊，这些乱丝散坠彼此连带。从射阳湖而下，大的河流有蔷薇河、嘎粮河、西塘河，蜂窝样的马家荡、绿草荡、九里荡、洋马荡等挤挤挨挨，它们都汇进了一条大河，这条大河承袭了祖先光辉的名字，就叫射阳河。

人民逐河而居，文明因水而生而盛。 那些大的聚落挂在河流像藤蔓上结的瓜，瓜瓞不息。 射阳湖东南是兴化，锅底洼，平均海拔1—2米，人们挖土垫高为田，取土处成河，水里垫起来的一块块岛屿样的田叫垛田。 射阳湖东北是盐城西乡，地势稍高，人们筑圩排水，圩子围合成堤，堤内为田，叫圩田，堤与堤间是排洪交通的河。 圩田、垛田，还有任水淹的荡田滩田，烧盐、种地、打鱼，养活了一代又一代的生民，九里荡边有汉墓"九里一千墩"，蔷薇河边有五谷树庇佑下的收成，盐城唯一的王陵东晋东海王墓在嘎粮河边，丁马的燕子阁、朦胧的朦胧塔一直陪伴着塘河，那些唱僮子戏的玩杂耍的戏船也在这些河流上兜转，蚕豆花儿香、麦香、稻香，淮剧、杂技就在水光潋滟里盛起，陆秀夫、乔冠华的读书声应和着桨声欸乃，静波和尚、茗山法师的诵经声接得上星露簌落。

从朦胧塔往下游，开阔的射阳河名正言顺了，射阳河把自己走通了，它知道自个儿的丰沛壮阔，再不是一根蔷薇藤能扯到对岸的小沟渠了，它意气风发又泰然自若，它要奔赴大海，它要成为海。一条大河波浪宽，那些更大的码头喻口、庙湾排迭，迎得了黄巢、孔尚任、林则徐了，喻口蚬圆子、庙湾玉带糕、板胡羊肉汤、青沟大剜花，东沟小狗肉，马荡烧野鸡，水陆杂陈，南船北马往来不息。 再往下，它更牛了，不停吐纳泥沙，造海成陆，滋生出一个县，射阳县。

《元和郡县志》说射阳湖"萦回三百里"，今射阳河盘曲在盐阜大地，它盘旋绕圈，像彩绸圈舞的螺旋，因其多回环，也足有三百里长。 这是多依恋着母亲故土啊，又给了两岸人民多少滋养。 盐城这地方水远海旷，每到朝代鼎革往往聚人出人，比如东汉末的陈琳臧洪、隋末的韦彻、元末的张士诚朱升、明末宋曹等，这些密布盘旋的河流啊，卧虎藏龙。

人民生息，射阳河从射阳湖走过来，它要出海了。　海通，在这里，是河也是海，河流入海口的大喇叭口，射阳河最宽阔的一段，那么多的水夹着尘埃生命的光影都汇流到此，在射阳湖边失落的大湖观感终得实现，大水泱泱，汪洋浩瀚，射阳河冲入大海。

黄河西

"周小三、你再坏，把你嫁到羊塞；顶头舍子两头拽，十块钱三套衣服拐。"天天住顶头舍子倒还罢了，十块钱买三套的衣服穿出去丢人呢，哪能，周小三立马规规矩矩端端正正地坐上自己的小趴趴凳，可怜巴巴地看着大人的脸色。"周小三、豁耙齿，一嫁嫁到黄河西；公公是个罗锅子，男人是个鳖爪子；撅根芦柴做筷子，端起碗来山芋干子。"未来如此凄苦，暗无天日，周小三满怀悲伤，泪水冲开掉光了大门牙空荡荡的嘴。周小三放声嚎啕：大门牙又不是她自己皮掉了的，就为这个她得嫁到黄河西，什么不讲理的世道！

周小三开着自己的玫瑰小轿，带我们到她曾经"魂萦梦绕"的"婆家"那段看看（那段，阜宁话，那地方那一带之意），看看废黄河尚存黄河风貌之处。小时候听说找个婆家黄河西，吓死了，阜宁城关人周小三说，三十年后似乎还心有余悸。也不错呢嘛，家家砖墙瓦盖，小楼房多哩，人家能要你倒不丑了，我们笑她。你们晓得什呢子啊，年老无知，阜宁北（渠北，苏北灌溉总渠以北）三乡，羊塞、北沙、芦蒲，那时候穷呢，我有个舅奶奶就是这块的，一辈子没吃过一顿白米饭。

黄河西，阜宁人特有的地域概念，指的就是北三乡，阜宁西北，废黄河边，老黄泛区，黄河暴走冲积成的泥沙地，雨水大了即成涝，雨水小了即成旱，贫瘠，盐碱，只有种种山芋萝卜还有个收成，民生艰苦，不能果腹者常为流民及乞丐。今日依靠水利设施的便利，也是稻麦两熟；村村又通了公路，打工经商，活路也多，与昔日自是有天壤之别。但看苏北灌溉总渠、废黄河、淮河入海通道，水道整治得河堤高轩河槽平阔，河面宽畅而平直。可那一条暴怒而飞背负苍穹翼若垂天的千古浊流，因而也一点踪影也无。行经羊寨大桥，走过中山河（废黄河的下段），河道的平直线条，哪是"黄河之水天上来""天下黄河九十九道弯"！

周小三将车开到芦蒲童营。童营一里多长的南北街，是沿着废黄河河坡跌宕下来，愈登愈高，两侧街屋壁立，愈增高下之势，俨然行于山镇。六九晴冬，蓝天朗朗，河道弯弯，中流平静，近岸却随处可见急湍激流。河水消瘦，河滩白杨森森，干枝萧萧，浅滩上阳光煦暖，枯草银丝铺叠。河流清澈，早已不是黄河；河滩广覆，黄河纵横决荡的脚印，分明还在。童营之东，田亩穹窿而起，向天绵延，黄土高坡的浑圆高平，正是黄河在入海前对黄土高原的准确模仿。土地颜色干灰，细碎茸松，一看即是黄河冲积的沙地。冬麦成片，北风畅荡，土狗逐嬉，野雉飞翔。坡上突然深裂低陷，一线蜿蜒谷底，如黄土塬的溪涧沟壑，是著名的童营洞引水渠。再往东，是钱码头。钱码头是阜宁的最高点，海拔十七八米，村舍层层级级地高低错落，高处场院与低者瓦脊齐，整个庄子如挂黄土崖。村民说庄子在老堆上，真是堆堤，被黄河冲埋，再堆，再埋，如是不已，黄河成了悬河。 不禁想象，秋水高涨、百川灌河、两涘渚崖之间的汪洋无端。 今天的河道旁还有残断的新堆，与老堆间约有百米，可见黄河北归水势弱小后河道的收缩。 我们找到了黄河曾经来来往往于苏北平原清晰的记忆。 大哉，阜宁。

河浜，妇女们成伙地推着独轮车来，成筐成筐地洗萝卜，红萝卜，刨丝作包子馅。 忙年，老婆婆脱了鞋，连袜踩进水里，兴头头地洗萝卜。 老大爷也是美气得很，用掏灰耙子捣弄着木盆里的猪肠。 一辈子原青水绿的，心不累。 村路小道，电瓶车上白发翁媪，一个骑一个坐，在盐城打拼混得人模人样的周小三，突然心身俱老撑不起来。 周小三手机挂在嘴边打遍熟人，说要在废黄河边砌幢房子住住。

赵州桥是什么人来修？ 玉石栏杆什么人来留？ 什么人骑驴桥上过？ 什么人推车压上一条沟？ 小时候爷爷教的阜宁腔，一直唱成压死一条狗。 赵州桥本是鲁班修，玉石栏杆仙人留，张果老骑驴桥上过，柴王爷推车压死一条狗嘛咿呀呀呼咳。 周小三左手把着方向盘，右手翘起兰花指唱《小放牛》，阜宁话嘟噜嘟噜地冒。 你们晓得啊，柴王爷推车压出的沟就是东沟，盐城有得卖的，东沟小榨豆油的东沟。 方向盘在她手上，我们被兴高采烈的她领着，跟随柴王爷的大脚片子和咿呀咿呀的独轮车去压东沟的沟。 咿呀呀呼咳，呀呼咳，咳，咳。

孟滩"黄河大桥"

这桥有名（字）吗？

怎没名的，黄河大桥嘛。

我乐不可支。 守桥人极不情愿地说：废黄河大桥啦。"黄河大桥"，水泥桥，跟砖碴子路齐平，低低的，直直的，窄窄的，就两三米宽，像担在河上的长跳板。 长铁棍焊焊就是栏杆，桥中一位老奶奶靠着栏杆扬麦子，麦芒草屑厚厚地覆到水上，水流拉成一条线。远处，河滩有一趟白鹅。 南桥头搁两张长条凳，两个五十上下的乡下大妈坐着，一边拉呱，一边看桥收费。 桥头还有个功德碑，重点表扬出资的台湾乡亲。

从北沙烈士墓，沿着废黄河堤走过来，河堤白杨林深深，林下草稀，树上有冠羽扇形耸立的戴胜鸟，有黑漆漆的乌鸦，都不叫唤。 陡然撞上一个空手的壮汉，立刻就慌张了，是个放鸭的？ 说了句什么，也没听清，急急地走了。 走累了，我也坐到凳上，翻翻地图。 两个大妈，一个矮团团，一个瘦长长，矮的有老伴陪着，大爷抽着烟。 是我们队上十几户集资建的，政府准我们收费把钱拿回头的，瘦大妈警惕地跟我解释。 是新地图啊，新地图上就有这桥，大爷说。 翻烂了的盐城地图倒是标有孟滩，没标这桥。

桥两头都是荒野，鸟叫得一声两声，就没什么声响了。 一辆电瓶车驮着对青年男女过来了，都是高爽爽的身材，男的瘦小些，零碎了几句，女的掏着钱付费，扬手把男的头一打：大人说话，小孩别岔嘴。 车过了河了，我跟着两位大妈撇嘴，撇那女的嘴：这种女的，娶家来怎好呢？ 好长时间不见人过桥。 难守呢！ 大爷说。

迎桥头俩门柱上架着个铁门头，焊着"鸡鸣四县"几个字。 怎么是鸡鸣四县？ 我问。

我们这块是阜宁，桥那边是涟水，石湖镇，东边是大套，滨海的，河东北是黄圩，响水的。 我们队有几十亩地在河北。 大爷说。

一个老大爷，呢中山装（也不嫌热），厚茶镜片，骑车子过来。 一辆货三轮，绑着一车子家具，说运到盐都的秦南去。 一辆黑桑塔纳，轿车也过得去，还少你钱吗？ 马上还过来呢，一块给，天天过呢，司机的白衬衫都漏纱了。 大半个时辰，只收了三回钱。

一辆客三轮晃了过来，开车的是个胖大的黑婆娘，阳光喷狠了啃黑了，黑裤黑衫黑墨镜黑粗辫子，脸虽黑肥，眉眼倒是极端正，还能看出鸭蛋脸的模子。 到了桥头，掉链了，黑婆娘除了墨镜，锁了发动机，一个人钻到车下，吭吱吭吱地摸了半天，嘴里说不停，哑声破锣的嗓子，大家看着她爬出来爬里去骂他骂你的。 还好，黑婆娘笑了，开心地说，得亏弄起来，要不什么法粘到小街啊。 一手黑油泥，抓两把草擦擦。 她开了发动机，突突地开走了。 她男人对她好啊？ 矮大妈问。 她三个男人呢，你说哪个对她好啊？ 瘦大妈撇嘴。 对家把药她吃的啊，要不然嗓子能吼呢，哪要吃这苦，矮大妈颇同情。 矮大妈告诉我，这女人原来是戏班的，又代人哭丧。

石湖镇上竖着块涟东淮戏道班的招牌，现在搞懂了，淮戏道班，就是能唱戏的鼓号班子，喜丧事能打鼓吹号，能唱戏，能哭丧。 她自己生养的？ 矮大妈问。 没有，现在个男的，自己就三个小的，瘦大妈说。

北桥头河堤高，桥才齐堤腰，就截平了些河堤。 下了桥，要上坡，桥头依着堤腰有间小店，门朝西。 前年冬天经过这儿，正是年后，大中午，开店的老爹爹老奶奶吃中饭，红太阳光抹在桌上，白菜肉圆热气冒冒的，还有鱼冻子，两个小酒盅。 迎着阳光，老两口笑嘻嘻的。 门口的林子里麻雀大的黄鸟很多，问老奶奶，说是燕雀。 燕雀安知鸿鹄之志的燕雀，还真有这鸟。 燕雀没有了，小店还开着。 没看到大爷，老奶奶在门口冷着脸跟个中年汉子说话，那汉子恐怕是她儿子。 走乏了，不想去石湖了，石湖镇前有个果园，矗着几十株奘奘的老梨树，本想再看看的。

回北沙吧。 瘦大妈的老伴开着电瓶车送我去。 北沙也曾是黄河的入海口。 有比房子高的高墩子，上面有几十户人家，大概是古时候的海堤。 街面很平淡，商铺凌乱不整，有些废弃的暮气。 闲汉，也有两三个，挠衣缩裤的，抓着个手机在发廊进进出出。 十几个大妈老奶奶在一家屋里，团着两张拼齐的八仙桌，捧着本书念着，听不清是佛经还是赞美诗。 小超市门前的凉棚下，一团子人在哄小儿。 抱着小儿的年轻女人，才生育的胖。 一旁的店主忙着吹凉奶瓶，看不出是爹爹还是外公。 小孩和母亲，都是细眉细眼的大团脸。 是黄河飘过来的脸啊，北沙长起来的脸，将来又会飘到哪儿呢？

以下河之名

"哎,那个喃,那个喃,就是那个喃,那个我找死了,盐城就没得",邵小九子始而旁敲侧击,温婉呖呖地要。"我要,我要,我就要嘛",继而短信响雷,意乱情迷直奔主题。 邵小九,有房有车有博客有个首席编辑,难得还有老公,还是原配,雪白雪白的白领,如此忘形动情,"我就要嘛——益林酱油",咳。

益林特产除了酱油,还有大糕,益林大糕,没少吃,喜欢切片油炸了吃,一盘蝴蝶,金里镶玉,脆里有糯,香里带甜。 即使不吃吧,红艳艳的喜纸包着白生生的糕胚,细粉粉的清甜隐隐地粘在鼻翼,极有年节的喜庆。 有个同事益林人,说起益林,早上喝豆浆,百叶包麻棍。 在阜城吃过百叶包油条,阜宁人称土狗子。 麻棍,麻棍,麻团倒常吃,麻的棍想象不出来,耿耿于怀,为此一直想着益林。

去年年根,在益林,为麻棍,发过一次飙。 腊月底,小吃店早点店家家代客蒸包子蒸到半夜,早晨都不开门,几条街寻寻觅觅,没有麻棍。 我要吃麻棍,我要吃麻棍,一道的周小三胡荣嫌我嚷嚷得丢人现眼,离我五六尺。 北大街还有家粥店开门,是叫王三粥店? 坐下来,当然也没麻棍。 我要麻棍,麻棍麻棍,益林怎么可以不做麻棍。 邻桌的小大姐捂住嘴笑。 阜宁人周小三忍不住翻白眼：咦，你晓得啊，阜宁人叫又高又瘦又黑的男人——麻棍。 胡荣也帮腔：不是我说你，还麻棍。 我又不高，瘦是瘦，也不怎么黑吧，麻棍？ 我也会翻白眼。 麻棍！ 麻棍！ 麻棍没有，只好拿早饭撒气，两个茶鸡蛋，一笼蒸饺，两大碗菜稀饭，还有一碗面。 吃完了，滚圆的肚子挂着，不能上车，只好遛街。

人民路上店全开门了，市面繁华，不像盐城的商业街，一家家时尚的专卖店，全无村气，爱迪尔珠宝店竟也开到这卖钻石。 阳光烂烂地铺下来，地上又没风，小巷子里明媚得很，有指示算命的指路牌，有做酱油的、门里看得到大酱瓮，有老头老太相遇了客客气气地打招呼，有大妈除下门板糊布骨子，还有大白鹅，圈在污塘里一身的泥。 蹿来蹿去，找不到厕所，有一家没院墙，堂屋心里婆媳俩在给摇窝子里的换尿布，宝宝醒啦、宝宝乖啊、宝宝痛啊地叽咕，见探头探脑的，婆婆笑着问找哪家啊。 我也笑着回：宝宝才生的啊。 白胖胖的媳妇倒是笑嘻嘻的，那个婆婆失了笑，剜了一眼：喂唉，呀狎。 想着这极生动的呀狎两字该怎么写，平生第一次遭人不屑，倒没有不快。 从商业街的大牌坊拐进中心菜场，买的卖的人头攒动，肉案上堆满了，鱼桶里挤满了，菜台上盛满了，肩的、提的、抬的都满满，野鸡对对，野兔双双，整板的豆腐还冒着热气，青菜还像在土里一样翠生，乡镇上的菜场总有最新鲜的泥土味，人头攒簇得年味十足。 这生活多逸当啊。

益林的街，昨晚已遛了大半夜，老大领着。 老大也姓胡，胡大，大学同窗，一个班上最大，一个最小，一个宿舍，那才叫兄弟，用胡荣的名言，就是"We two，who and who"（咱们俩，谁跟谁啊）。细想起来，对阜宁的亲近，应是由他而生。老大自毕业就一直在益林，在益林也算得人物，去马荡，上青沟，都是他做东，邵小九、胡荣、周小三，我的朋友们都认得了胡大。说为了麻棍惦着益林，也是实情，倒不得罪他，只有他惦着我不懂事，他哪有什么要我不放心。昨夜走的是海陵路，老大边走边介绍，鱼市口，早年马荡青沟的渔船全到此售鱼，荸荠花藕慈姑芋头船排长龙；盐阜银行，新四军那时的，就剩个破楼了；说起锣鼓亭，益林的特色，元宵灯会等节日，搭起彩亭，彩绸木架，乐班子演乐，原先的文化站长领头重搞过，上了中央电视台，现在都出去做生意了，锣鼓亭散了；说到老码头，说到电影院，全废了；说到火烛更，一个腊月，专人沿街沿巷敲竹筒打更，防火防盗，镇上有文人写了，就叫《火烛更》，发在《雨花》，写的人死了。老大说现在还有人打更，街街巷巷寻了个遍，也没听到。镇上的房子黑魆魆地站着，影子也黑魆魆地靠着，沉沉的，像是包容了古今的烟云与心事，混沌沌地黑着，无尽的岁月黑沉沉地团簇着。黄黄的下弦月倒是上来了，乡村空气清洁，月亮如汁水饱饱的橘瓣，越发地显得天朗气清，生命繁衍不息的清朗。

回盐后，翻了《益林镇志》。盐城八大镇，唯有益林不是以盐起家，益林的兴起，已是盐城盐业衰落的清中晚期。镇北古旱道，直通清江淮安；镇南海陵河，可通高宝兴泰，直达江南，南船北马，喧喧昼夜。镇上南北货集散，东西商交易，店铺上千，市民万户，每年仅帮猪行交易三四十万头猪，时人谓"买不到的东西到益林买，卖不掉的东西到益林卖"，为盐阜之盛数百年。 特别是上世纪四十年代前期，益林周遭大城市皆为日伪盘踞，一时为民国政府经济中心，年商业总额过亿元，有苏北小上海之誉。 但随即而来的国共内战的打击，再加上建国后以大中城市为中心的计划经济的压迫，益林败落了。 志书上说，大运河的淮扬段叫里运河，运河以东习称里下河，益林正处淮扬盐泰中心，惯称下河。 看到这，心里"噎"的一下，以下河之名，益林的旧时月色一下子涌了出来。

月朗下河，雪月一色，分明听得到梆子声越来越近，嘎吱嘎吱的踩雪声，从明朝起那苍老的声音就是这几句，"寒冬腊月，火烛小心，锅门口摸摸，灯台上望望"，"屋上瓦响，莫疑猫狗"，梆声中有新棉褥里暖热甜甘的和平，又有祸福难测的惊悸，还有莫名难已的消沉。 梆子声远了，青瓦上真的有响，是风旋起雪沫，是隐隐约约的管笛声，准备元宵灯会锣鼓亭的班子在合乐，练到中夜，是最有名的竹业行的锣鼓亭，大概到了《梅花三弄》了。

夜访青沟

　　我们追着夕阳，往青沟赶。 冬日早早的就昏黄了，灰扑扑的平原，农田麦苗稀落，光秃萧条而荒凉；纵横交错的堷沟刀切斧削，又显出一种严整果敢蓄势待发的力量。 光收了，线条模糊了，却有苍茫越来越浓了；平平地贴在田地上的公路，和狭小的河沟便浅浅地往起浮。 路转树遮，时隐时现的夕阳倒是越来越大，越来越红。只有在隆冬的疾风阴霾中，夕阳才有那么大，大得沉重；那么圆，圆得饱胀；那么红，干干的，又不是全失了水分的红，是饱鼓鼓的红，明艳亮丽的红。 在青沟中学停车，夕阳正落在青沟庄最西头一座青瓦房的屋脊，有半间屋那么大，定定的，干干净净的，不沾不连不染不晕，那么磊落分明的一轮，是什么话也没有的回眸。

　　早听说青沟荡，就跑来了，来看日落湖荡。 青沟中学的朋友们带我们去看荡田。 往南，走上一条土埂路，路面疙瘩不平，路边杂树萧瑟，麦田低洼，是苇滩改造的圩田。 路越走越黑，夜色四合，夕阳已消失。 经过一个小村庄，朋友说以前叫淤尖，是渔村，现在叫沿荡，草垛，草棚，乱堆的养鱼网箱，夜色中黑魆魆的农舍低矮错落，烧稻草的烟味混着，惘惘的有些亲切，又有荒郊孤村之感。再往前走，就是一条条圩埂分隔成鱼塘的苇荡，抽光了水的空塘底黑乎乎的淤泥，穿着防水连靴裤的汉子在淤泥里捡鱼，塘边的大木桶里肥肥的黑鲫鱼闹翻翻的；有的塘正抽水，没抽水的水也很浅，麻雀柴莺在苇丛里叫作一团。 路旁偶尔有一间养鱼人的窝棚，窝棚顶上晒着鱼干，几只母鸡飞到树枝上睡觉。 土路被一条东西走向的河断了，朋友说河南边就是马荡。 近处看也是围塘，远处遥遥的有灯火渺茫。

回头吧。 一回头，啊！ 那天的穹隆突然深蓝，丝绒般的质地，蓝得柔和而隐隐地有喜悦的底子，天地交接处是青白色里揉了些红。 长庚星璀璨，遥挂西天，是星星中年轻而热情的王子。 各种各样的宝石堆积鱼塘，或是满塘胭脂，或是青如眉黛，或是落寞深紫，或是半塘翡翠半塘丹朱，或是金星流漾粼粼，那枯蒲干芦也有了苍劲而妩媚之美。 夜空华美，我们像突然闯进王子与公主的舞台。

青沟村口，立着高大的石牌坊，街道纵横平整，也有路灯，逢年过节亮。 小村子格局倒不小，可见殷实。 晚饭在一家酒楼，小包间也颇上档次，筷子长的昂刺鱼、虎头呆子，小孩腕粗的鳝鱼，蚌肉馄饨，大河虾，刮花鱼，尽是湖荡鱼席，鲜美丰盛。 老板烧菜，老板娘上菜，气氛家常而融洽。 席间朋友们介绍，青沟是几百年的老街，水乡腹地，数县接壤，物资流通，兴商利厚，特别是抗战军兴，一时为苏皖中心，省立第八中学、苏北行政公署都曾驻扎于此。 吃完饭，身上热乎乎的，到老街走走，黑沉沉的小巷，幽幽的能听到时光清水流淌的响声。 街上灯亮着的是药房，有两三家；还有杀猪的，快过年了，整只整只的光猪往外抬。 街角有一大片拆迁后的空地，朋友们说就是青沟中学的校长开发的房产，民办的青沟中学他也是大股东。 他们扳起手指头数着说，青沟上千万资产的多呢。 财富安安稳稳地在这远村生长。

青沟街跨个桥，就是老淮安的流均。 流均原来属盐城，史书上称"建安七子"之一陈琳为射阳人，葬于盐渎境内流均沟。"石麟埋没藏春草，铜雀荒凉对暮云。"晚唐诗人温庭筠有诗《过陈琳墓》，那时已是荒坟了。 千载以后，盐城、淮安、扬州各市县志书里都拉住陈琳，陈琳的生乡死壤却无从考实，最滑稽的说法是陈琳墓在"江苏省盐城市盐都县西郊射阳湖镇赵家村大纵湖边"，射阳湖镇在宝应。 青沟这里原是古射阳湖的西岸，说不定我们一脚正踏着了当年温庭筠的脚印。 青沟与流均的界河，叫渔滨河（淮调起板：郑廷珍一路气冲冲，心中难忍。 淮调：郑廷珍一路气冲冲，好一似钢刀刺在胸啊，哪一个女儿家不识礼数，从今后再不干这倒头活，我急急忙忙回家来啊——老妈会唱的新四军的淮戏《渔滨河边》），起于西北方沙河镇，接引运河水。 河中有二三十条鸬鹚（鱼鹰）船，立于棚架的鸬鹚墨如铁雕。 盐城一带的鸬鹚，据说都是买的这儿的。 这鸬鹚定是经过陈琳的时代繁育而来，说不准陈琳少时也放过鸬鹚，陈琳的慷慨踔厉，正有些鸬鹚的鹰气。

当启明星升起，晨曦击打大地，那二三十条鸬鹚船箭一样划向鱼群，湖荡河沟都将沸腾，满是鹰击鱼跃。 年年有余的人们，梦里鱼腥气浓，一条条大鱼呼啸飞来，大棒子似的往他们大花被子上砸。

雪苇鹤国

　　大铜马，向东；建军路，向东；一直向东，盐城一条长长的鹤腿笔直地伸到海边。

　　从春到冬，风长成了，摇撼世界的勇力与欲望煮沸着它，急吼吼地肆意行使自然的暴力，上天入地，如怒海之降临，满世界浩浩荡荡地冲决，嘶叫。　自九月始，风积厚，息吹猛，抟扶摇而上者，丹顶之鸟南徙而至。　多年来，我内心的风暴一直呼应着它的飞翔，经久不息。　我与世界攻防多年，彼此冷淡而疲倦，像一对懒得生气懒得吵架、同一屋檐同一张床却视而不见的怨偶。　我想，我是该来了。　我欠着一份知己，但我也要到我能够成为知己的年龄，等着年轮中大风起云飞扬。

　　向东，平旷的田畴匍匐风中，微微作颤；苗麦久久地激荡，日夜不宁。　突然，防风林拔地而起，森森矗立，这是海的序曲，隆冬针叶凋尽枝干苍劲的水杉赤红着身子，竖挺起风的图腾，是风凝固的吼叫，更是血与筋腱的争高直指，这只能是男性的，男性的魅惑洋溢。"高树多悲风，海水扬其波。"防风林身后，南北纵贯的海堤，一刀切开陆海，平畴戛然而止，陆地突然跌落，跌落成泥涂。

　　陆地赤脚踩入海中，芦苇盐蒿，是大地的踝脚漂浮在海水中的毳毛。 横荡下去是海，峻高上来是陆，陆海之间的过渡，芦洼与蒿滩正是风的营地。 风就栖息在芦苇丛中，飞来飞去。 无边的苇田，芦苇亿亿万万，雨脚的稠蓬麻的密，因地高下，形成苇海的激流漩涡。 芦苇细细一杆，精瘦而高，苇头爆发出矛尖似的一团花穗，一朵朵，一蓬蓬，风中摇漾纷乱，低低地擎举起一片盛大的焰火，不停地扑向天庭，是密密麻麻的鸟群飞起旋落，更是挤挤挨挨的风之兽在跳跷腾跃。 赤金杆杆，烂雪堆堆，铜干银冠的芦苇，汹涌澎湃，敞出辽阔的冬天，铺开疾风的国土。

芦苇下的水是平静的，清清粼粼的涟漪，迅捷而平稳，细致如刻。 平静的还有鸟，生息和平，飞翔自由。 滩涂人烟荒芜禽兽生动，是飞鸟天堂。 麻雀自然少不了，卷扬栖落，如雨如沙，这败芦碎叶般敝衣褴袍的小不点，朋党啸聚，竟有了一分枭雄之勇与绿林的热闹自在；柴鹭潜伏在苇干间腾跳，啼鸣婉转，腹背明黄，刹那闪现，苍茫中一抹鲜亮；肥大的豆雁突兀而起，飞得笨拙，肥肥的屁股沉重地掠着苇梢，飞不了几米就挫入苇丛；海鸥急飞而过，翅膀折叠成倒"V"字，极为奇峻的飞翔，逐着涛声而去；苇荡中有几个水面颇广的湖泊，湖边多野鸭，稍有动静，上百只野鸭如同浮流之舟，纷纷漂向湖心，湖心的浅滩上立着成群的白鹭与丘鹬，细高腿，细长脖，神色苍茫；野鸭之翅短硬如劈柴，扑棱棱地飞起来，一团黑乎乎的肉球插着两根急速旋转的发条，笨拙，竭力；天鹅，黑的，白的，躯干一窝钻石的雍容华贵，脖颈长长地伸展出矜持优雅，柔板般舒缓地凫行在湖泊中，一个世界的从容与华丽。

何时我们背离了鸟？ 是什么让我们丧失了双翼的自由？ 只能

站在尘埃，离天空越来越远，肉身沉重深陷于大地，连大地也模糊不清。 因而飞翔成了渴望，飞鸟成了知己。 鹭、鹬、鹦、鹳，如影如臣，引导出鹤。 雪苇之国，千鹤翔集。 滩涂之王，那丹顶之鸟在浅水中踱步，如此高蹈，卓卓而立，哪像是在觅食，是在准确地启示智识的高蹈。 鹤，圣者，瘦，知识的干硬，此岸与彼岸之间的使者；长喙，长颈，长翅，长腿，颀长精干，一米多高的鹤立，让百鸟臣服，黑与白的纯色相互映衬绵延，旋律跌宕悠长，一坨顶红，王的宝石之冠。 一声鹤唳，长震四野，轰然起飞，祥云缭绕。我看到飞翔如云般舒展，我看到体内黑暗中自己的心。

夕阳在陂，西天红朦，丹顶鹤在夕阳的眸子里飞，头颈伸展，双腿伸展，羽毛伸展，长身若箭，大翼鼓风，排云而上，雍雍翚翚，从世界冥冥黑暗的内部飞出一片光明的书写。

海堤攻略

我们又去看海了。 中路港，那冲天而起的水杉林依然赤肉地红，远看高扬如卷打上天的巨浪。 水杉密密的剑戟挺直而刺，苍穹颤栗着软软地伏卧下来。 春分才过，杉树还没暴芽，林中透亮，春草鲜嫩，散着百十只羊，白羊白、黄羊黄、黑羊黑、花羊俏，母羊们拖着沉重的大肚子。 在绿色最汹涌的暮春之时是接羔季，羊羔、羊羔，蹦蹦跳跳，咩咩地叫。 没有一只鸟，杉树顶沉默着数百个黑压压的空巢。 上了海堤，丹顶鹤保护区的天顶，两群鸟高飞，一群排成一字形，一群似乎想排成人字，却总在乱画圈。 春风吹动了日脚，吹动了鸟心，鸟们排演着北归的飞行阵。 春天渐次浩大，上万亩的茂密芦苇飞舞相和，那都是鸟，鸟在等着，紧张、兴奋、忙乱而欢悦地等着，等着越来越急的春之弦鼓中鞳鞳一声的号令，磅礴而起，铺天盖地，怒飞而北。

新洋港闸。 闸北也有一片水杉林，离海近了些，杉树更为黑瘦而高，大概就是滩涂诗人姜桦说过的有十二个鸟窝的杉树。 这是鸟的都市，上千只的鹭高踞树顶的鸟窝和枝柯。 树林中的天空总是低的，鹭鸟一千只飞起，一千只盘旋，一千只栖落，一千只蹲踞，磔磔云霄间。 射阳河闸。 闸南有意杨林，淤泥中的意杨林萧瑟落拓，主干短粗，无叶的枝柯越发蓬乱，也坐满了鸟窝，有喜鹊，有鹭，有椋鸟，有鹬，有乌鸦，混杂地生活，低落短促地飞落，暗淡躲闪沉闷。 一路上总有鸟。 一只啄木鸟，抓住棵榆树在敲啄，意想不到地小巧，斑斓得明媚的彩羽。 雄雉，鼓腾起胸腹，拖着长长的油亮的尾巴，沿着引水渠觅食，又放不下端着的架子，尖利而阴狠的头僵硬地转着。 红嘴黑身的水鸡，三五成群地嬉闹，被惊起的在水面狂奔。 一对才好上的喜鹊小儿女，衔着小树棍，欢天喜地地商量着安窝。 还有鸥，孤飞而高，掠向大海。

奔海而去，道路总是与河流相伴而行，从大地上暴突而起。 而海堤截击了道路和河流。 海堤，海洋与陆地相拱而成的虹，地球的脊骨，一线若脐。 我们沿着海堤而行，沿着冬候鸟回归的方向，牵挽起土地和波涛，触摸大陆与海洋的边缘。 接连不断的闸桥，切割大地的一柄柄刀把，河流静静地等着放关，比想象的耐心和节制，但只要闸门一开，立刻雷霆而起，跃于海中，这是多么成熟的水，一路奔波，一路成长，只有如此阅历的水，才能到达并汇入大海，大海也才坚定、承受、主宰、无穷、轮回、永恒。 新洋港闸。 利民河闸。 黄沙港闸。 运棉河闸。 射阳河闸。 运粮河闸。 双洋闸。 奋套闸。 丫头港闸。 扁担港闸。 二罾闸。 振东闸。 废黄河闸。 翻身河闸。 滨海闸……射阳河闸有一二公里长，迢迢而来的大河，曾经是万顷湖泊（射阳湖），依稀有昔日的风华，闸口浩大，涵淡激越，水汽氤氲到空中，总会有五彩的霓隐隐在云庭。 黄沙港镇，一镇三闸，利民河闸，黄沙港闸，运棉河闸。 黄沙港闸闸口关不紧，水瀑横挤出闸板汩汩而泻。 闸外有叼着烟的老者抛旋网，铁皮桶里游着几条小鲫鱼与昂刺。 退潮了，光滩了，远远的浅水里搁着约百条渔船，桅杆如林，红旗龙旗飘飘。 废黄河闸，一条纵横决荡的大河，今朝竟只盈握！

海堤是不确定的，因为不确定的是海与陆，射阳往南的滩涂还在淤长，滨海及其北却是大海突进陆地蚀退。 海堤莫测，时而铺着沥青，西装革履；时而坑洼开裂，鹑衣百结；时而泥堆羊肠，尘土飞扬。 海堤游走，忽而蠹于田亩之中，两望麦野青葱，平原如海；忽而切开滩涂，滩涂生荒不毛，才诞生的土地贫瘠未驯，一个个养殖塘豁开大大小小的口子；忽而废了，出了黄沙港，老海堤只是个土堆，灰尘三丈，颠簸不平，开着开着，堤上挤满了杂树，路掉进堤下大田里。 路边有窝棚、顶头屋，树棍与泥的建筑，老人破旧的老棉袄棉裤，儿童黢黑而饱满的开心。 堤上的青菜瘦不伶仃的，竟都开花了，细小的菜花尖挺起。 堤边大多栽的是耐盐碱的楝与刺槐，被海风吹得七倒八歪的，一点绿色还没发生，荒野之感扑面（野生黄豆种群保护地）。 有的堤段十几里不见一棵树，直截了当的不毛之地。

海堤延伸开不确定的生活。 盐场、港口、苇场、电厂、炮队、村庄、养殖场、军营、小镇、田地、荒滩、化工园、保护区……在海与陆的边缘，是生活的边缘。 雨滴了滴的，淋淋了起来，恍惚间，连我们自己的生活也被颠簸得不确定了，很边缘，我们往哪？拉芦苇的农三轮，苇垛如山，晃来晃去地霸着路心。 射阳盐场场部前的水泥桥，"文革"时建的，桥栏上本有各种浮雕——雷锋、刘胡兰、货车、民兵，酱黄的葵花色，一年不见，全被刷上了石灰水。

测绘员的丈量，标尺、支架、手势和喊叫。　长筒靴的汉子们搭窝棚架。　军用卡车，驾驶室里挤着的绿色形体，青春乍起又被压制住的铁腥。　开着车到海边钓鱼的，女人们打扮得像过节。　空旷、孤单的房子前都竖着高竿，红旗飘飘。　康复村（原来的麻风院？），扔在田头的拐，没腿的老汉笑嘻嘻的，领着个青眉小子撒化肥。　延续不断的，圆冢般的废弃的战备堡垒。　晒盐池，巨大的棋盘。

　　而海，时隐时现。　过了射阳电厂，喇叭口，海第一次出现，海湾，弧形的海的嘴，咸湿的气息，啃噬的肌腱律动。　海轮面色苍茫，失火的茅草尖叫着踩在海水里奔跑。　小蟛蜞、蛏、蛤、泥螺正在醒来，那推浪鱼的浪已经涌起。　其后，海把滩涂抛给海堤。　灰色的海，漂浮的泥土，海不紧不慢地沿着荒滩浮游，又像一面灰色的旗，忽隐忽现地招展在我们的前方东北。　直到，直到我们突然开到一道石堤，石堤冲进海里，堤下是犬牙交错的石滩。　是扁担港，淮河入海水道的闸口，海水白茫茫一片，不再浑浊。　石堤石滩咬住的大海，定定地站住，无穷无尽，苍苍茫茫，是海的样子。　海敞开了。　从此，海堤尖起，从海面上隆隆而过，像一列火车，压过废黄河口，压过黄河扔下的一张嘴，压向灌河，压向北中国。

　　我们走过海堤。　我们在努力成为一粒盐，不确定的分子会齐、交错、硬结。　盐粒，粗砺的晶体，我们的最终，入海微小的海堤，僵白，微许的透明，咸、涩。

两条河流的忧郁：天场、大套

　　滨海最西边的两个乡穷得出名，俗话说"天场大套，没人敢到"，前清民国，这两地因贫生盗，穷乡僻壤匪患不已；俗话又讲"天场大套，没人想到"，是说建国后，因为穷和偏远，干部教师无人肯去工作。 贫穷也是一种力量，狰狞的力量，生命被打翻在地，泥涂碱水中的熬煎，欲望赤露灵肉挣扎。 多年来一直经受着它的召唤，终于去了，既到了天场，又到了大套。

　　正值初夏，阳光开始热烈，也开始毒辣，乡村深陷于两条汪洋的河流。 一条是死：麦子黄了，焦黄，腰肢瘫软头颅濒临崩溃；菜籽棵灰了，枯灰，脏污的蓬乱白发；蚕豆黑了，乌漆麻黑，豆荚豆叶豆秸淋了墨汁，粘着蓬蓬蛛网。 长着，长着，不长了，把自己长枯了，长死了，从去年冬天走过来的作物，在端午前纷纷止步，一块块田地，一块块死亡的黄、灰、黑。 另一条是生，春天苏醒和新生的草木正郁郁葱葱，花开如雨。 这两条河流久久地激荡着大地。

　　乡村忙乱不堪，麦草、麦子、蚕豆秸、菜籽秸堆晒在村道上，树棍树桩拦个边。 举起连枷的大婶，头上苫着湿毛巾。 晒麦的小夫妻，金黄的麦子从笆斗里倾泻，黑乎乎的小男孩光头上涂着红汞。 天场乡乡政府，近年才搬到紧靠县城与国道的马套，原来就在天场。 天场曾是滩涂，其浅沟低洼吸纳海潮，日晒后自然成盐，犹如天赐，得名天赐沟。 明代，官府始在此设场煎盐，称天赐场，后省称天场。 从马套到天场，只有摩的，细如蚓迹的村道，一路尾着引灌渠，芦苇蓬蓬，渠水腐黑，农舍零散，大田广阔，异乡顿显草莽生荒之气。

天场也是砖墙瓦屋了，还有当年乡政府所在地的格局，方整整的街道平阔，厚厚地摊满麦草，麦草金亮饱挺，阳光落满堆积的金棍儿。 迎街的都是瓷砖贴的两层商住楼，公家都搬了，店只开得几家，也有两个卤菜摊，兼卖徽子与青货。 街面空荡无人。 听人说过，天场小街不容两人错身，很有味道，四下里没找着，找着一块块路碑，上面写着什么路什么公司援建。 问卤菜摊的，回说在河里呢，挑河老庄子全拆了。 河呢？ 回说最西边的路，过个桥就是。最西边的街，天场中学在路边，泥操场，男女生在打羽毛球，烟尘斗乱，尖细的叫喊，被一只白头翁滑亮清脆的婉转牵向辽远。

过了桥，上高堤，壮阔横亘，好一条大河。 正是淮河入海水道，夏汛还没上来，水流只是河心苇草中细亮的一线，小木船闲闲地斜横，河床纵深，草坡葳蕤，艾蒿的花红，甜蒿子的花黄，黑粉蝶飞飞，褐土蜂嘤嘤。 东西两望，河道远处澹澹生烟，不辨首尾，云烟苍茫愈显逶迤无穷，那茫无际涯的大水似乎咆哮将至。 淮，古中国的四渎之一，一条凤鸟之河飞翔之河（"淮"字为水与鸟的合体），飞翔自由栖止无定数千年，终被猎获，归化驯性，一只吉祥的凤鸟从这里飞向大海。 虽是牵缚之中，失却自由，毛羽委顿，但那水击三千里的鹏鸟之美，煌煌赫赫。 凤栖天场，谁知这方荒野有如此大美。

从天场到大套，还是摩的，乡村生活原来也可以有这样一种绝尘而去呼啸生风的飞扬。 路边的砖瓦房，突然现出一间黄泥土屋，树枝的窗棂，墙面一块块裂缝翘皮，如嶙峋欲碎的骨殖。 那揭不开锅的贫困，和匪盗世界的快意恩仇，被图财而丧生者哑默的灵魂，都似有了落实。 六七十年代到大套支农的，记得乡亲们中午招待客人就是韭菜汤与麸面饼。 八九十年代到大套扶贫的，记得光溜溜的小孩争抢饮料瓶、破衣烂衫的大人争抢救济衣物。 宽阔的黑色公路，公路边盛开的木槿花，脚手架塔吊，大套庄前沿河一圈石栏杆，贫困的一页已掀过去了。 旱、涝、洼、碱解决了，贫瘠之地变成良田，农业上去了，温饱解决了，又对发展工业野心勃勃，随处可见招商引资气势汹汹的标语横幅。

大套街，从闸桥而入，"之"字形，和众多乡镇一样，迎街的商铺，三岔口的菜市，污水横流，黑蝇如麻。 河流地势弯曲处为套，大套是黄河的河套。 黄河夺淮入海，夹带的泥沙淤积成陆，才有了滨海，黄淮两条大河哺育出了滨海。 虽然清末黄河改道北上，黄河故道犹存。 大套西北，于庄村后，土地陡地升高，一片高原，沙土，果园，麦地，走过著名的于庄教堂，一去四五里看不到农舍，只有麦田，麦田中的男人赤着上身，中国的农夫，总不是挺胸立腰的，微微地佝，面朝黄土，他们的胸肉并不发达，甚至有些瘦瘠，但有着世上最宽阔的肩背。 这一片高地就是黄河老堤，黄河宽阔的肩背。 到了黄河——废黄河边，是有些失望的，意下不足，河面并不宽阔，一条再普通不过的河流，但水深流急，水面下涌动激烈，细小漩涡飞转直前。 浅滩中有洼塘，蒲苇萋萋，哗啦一声，一头黑牛突然站起来，庞大的身躯掩映芦草，哗啦一声，黑牛又躺到水中，只见一片草绿。 在黄河边，我睡了，田埂盘腿，背倚白杨，跟几千年黄河边累乏的农夫一样，只是没有大奶大屁股的农妇来送饭。 醒来时风一阵阵钻进白杨树，一两片嫩叶旋转着悠悠地落下来，像风从树冠里掏出的鸟。 几台收割机从麦田的高处下来，割光了麦子的地形正像一个巨大的漩涡，凝固了的黄河的漩涡，黄河的伟力令人震慑。

天场、大套，正在黄淮两条河流之间。 两条河流，一是凤凰，彩翼难展，屈抑悲鸣；一是黄龙，见废困顿，忧愤低沉。 那自由的伟力，在悲吟，在挣踹，我听得到两条河流的忧郁，沉默涌动，东流无尽，那都是我心中的块垒。

东坎流水

　　滨海常出人意料。 在它最偏僻的乡村田陌，小子姑娘们也满头炸着最前卫的发型，披披挂挂的衣服上，口袋与窟窿也是最流行的安排。 相对于经济基础的薄弱，这样的时尚自然是廉价的，质料低劣，与环境还不搭调。 你说它只顾着形式没有实质，失重失衡，它又不是肤浅地撷拾些皮毛，挺有内涵，就比如它的开发区。 开发区大抵是一览无余没内涵的，过于横平竖直、过于宽广开阔、过于密集交叉的黑色大道，清清楚楚一目了然的大草坪大广场、树列花行、高楼厂房，每一个侧面都暴露无遗，全无隐曲，顿显空洞。 而当车子从国道拐进滨海开发区，竟然会有一湖清波扑过来，一霎时一个城市明眸俊眼地鲜亮。 这是滨海人开挖的，叫南湖，弯长如眉，一座多孔砖石拱桥横卧如虹。 这是我喜欢的滨海，青春发育人高马大的躯体，还有一颗诗心。 在你以粗莽视之时，它又很深沉，深情款款。

　　滨海县城在东坎镇，发展也是越来越向南跑。 跑不动的老街，老态龙钟地枯坐在老房子的墙角。 东坎老街（东坎中路）基本还原样，东西三四里长，五六十年代的建筑，百货公司，新华书店，医药公司，邮局，老饭店，工农兵理发室，渔具店——一条街的老县城原封未动，竟未遭破坏。 我们小时候向往的繁华地，灰扑扑地遗弃在那，两层小楼灰水泥严封的墙面黯淡，单位都搬走了，隔成了一家一家批发店，竹床子堆着日用杂货挤到街心，生意也清淡。 前店后家的生活还保存着，穿过门面铺子间的弄堂，有大杂院，也会有一栋攀满爬山虎的小洋楼。 法桐树蔽日，老街冷清，是迎着阳光向南跑的城市的影子，阴暗，孤冷，无生气。

十字路口。 南北小巷叫渔市口巷。 北巷是石板路，南巷道竟然是土路，两边的房子和房子里的生活都很简陋，炭炉子生火的烟直冒。 南巷出口，是桥，中市桥，桥下流水，老东坎人亲切地叫着前河。 桥头东西各有一栋老房子，灰墙黑瓦，门窗有砖砌的檐罩，残破了。 东边一栋，还有东西两间厢房，正房前却新砌了两层红砖小楼堵着，门口的自来水龙头旁，洗衣的小大妈、灌水壶的老师傅、斜躺在藤椅里的老女人说着话。 在东坎，想起一个人。 一问起来，三人都说这就是啊，是他家房子。 老女人说，大屋锁着，里面有值钱东西呢，前年他家孙子回来，说全捐给国家，县政府划给了二中，我们是二中分过来住的，他孙子，就庞学勤呗。（这话不确，有机会问到庞学勤的亲戚，说庞倒是一个庞，远了。）

一百年前起，中市桥下，是举人庞友兰的世道。 拖辫子、剪辫子，孙大头，袁大头，吴大帅，孙大帅，国民党，日本人，"和平"军，新四军，王旗变幻，庞老爷一直都还是庞老爷。 庞老爷仁义，初一十五逢集，总让下人大铁锅煮上一大锅白菜炖肥肉，庞家佃农赶集的定来吃午饭，谁都知道，不登门庞老爷生气。 管家的后代记得祖上的金牙是庞老爷打的，庞老爷还写寿联送金戒指为之过生日。 庞老爷威毅，知道有佃农不逢集上东坎镇闲逛，会大发雷霆，立马叫人找来，呵斥其不务正业好逸恶劳；他知道自己守寡的姐姐与一长工私通，也下得了手，把姐姐塞进棺材活埋，他维持着那个时代的道统。 庞老爷又是深明大义的，"抗战倭奴"有民族节义，新四军在盐城重建军部，大搞统一战线，他欣然就任阜宁县参议会副参议长、阜东县参议长、盐阜区副参议长，与陈毅将军常有诗文唱和。 庞友兰对上马能征战下马能吟诗文"不要命兼不要钱"的共产党人很钦佩，视为知己，听说阜宁县长宋乃德爱书，就把自己家藏的一套大号字木刻本《二十四史》送去，据说全国才二十几套。赶走了日本人，外侮一去，国共阋墙，解放区土改运动深入，庞老爷被打死，士绅的时代亡了。

人世几回伤往事，还是向南看吧，阳光下，黝黑的滨海亮着白牙朗朗地笑着，身大力不亏，干事虎虎有声。 前河南岸，"2007 中国·滨海首届书画艺术节暨金秋经贸洽谈会"的招贴戳到半空。滨海的书风很盛，常谓泼墨成河积宣成山，庞友兰的字不必说了，那是入了典的，几十年来领袖盐城书坛的李敦甫、臧科都是滨海人，管峻等年轻才俊更是一茬茬涌现。 兴亡盛衰之中，文化血脉流长，深情怀抱常在。 脸大脚大身奘腿奘的粗身子里，跳动的真是诗心啊，一湖清亮的诗心。 庞友兰有副对联，题的是"大海有寔能容之量，明月以不常满为心"，搞文化、搞经济，滨海人可不正是像先贤期望的那样做着。

丰富海

　　我爱——这句话常在心底涌起，瞬间涨成一个海。 在熙熙攘攘的人群里，我是一个海，我无从着落，胸腔里擎着这个海，任天风海雨的席卷，潮涨潮落。 天地之大，物类繁盛，总会有烙上这两个字的所在，盛得这个海的，也就成了我的灵魂，灵魂海。

　　海是浑的，盐城的海是浑的，二十年前，我来过，在芽那样嫩的年纪，我没办法包容海，没有"遥望齐州九点烟，一泓海水杯中泄"的心理空间；那一年，又看了山岳，又望了江流，心力交瘁，我整整崩溃了一年，虚弱不堪。 其后，我又时常崩溃，又一节节骨头一滴滴血地复活。 二十年后，在滨海港，我把这无边无际翻涌的混浊搁进灵魂，把灵魂搁进这无边无际混浊的翻涌。

　　单调的平原，平原悠邈，从滨海县城东坎镇到滨海港，小中巴无休止地开着，直杠杠的引灌河，黑暗暗的引水渠，秋收忙过了，新麦还未出，玉米棉花叶子败坏秸秆枯立。 秋阳下沙土灰暗，大地空荡，打盹的疲乏与萎靡。 售票的喊，到闸了，终点了。 一下车，腐烂的海鲜腥臭呛过来。 小渔村，沿着公路摆了大格局，沿街的大草坪里荒草芊芊。 闸口有几家海鲜楼海鲜收销店，几个婆娘叫卖着几盆海货，小黄鱼、花蟹、鲜海蜇、墨鱼，都说是渔船刚到岸。　闸是翻身河闸，站在闸上向东看，一片桅樯，小红旗飘飘，都是近海捕鱼的渔船，七八米长的古铜色木船，一块块的龙骨横横的，男性的腹肌块块绽现，渔船出出进进，很繁忙。

还没看得见，却已感受到大海莽莽苍苍的巨大身影的威压。闸口外，河堤也就是海堤。　海边长不成什么树，光秃秃的海堤公路高峻宽阔。　一里多路，就和海面对面了。　面朝大海，远方云雾迷茫不辨，海天相接处总似乎那儿是无边无际平静的黑土。　近处，渔船看不出动静地航行着，近岸有人驾着泡沫筏子捕鱼，小筏子起伏激烈，海的凶险毕现。　海水浑浊不清，挟沙裹土，和大地一样的泥颜，滚扑怒吼，海越发地混沌苍茫。　渔民讲泥滩富金滩穷，沙滩好玩却少海产，泥滩极适于蛤螺蛏蟹，这是一片丰饶之海。

海堤向内缩出个三角口，是古黄河的入海口，在此下了海堤，泥沙滩硬硬的，一层层如叠岩如凝固的飞浪。　正迎着海浪，浑浊的海浪扬着浮沫，一次次汹涌而来，茫无涯际滔天而来，无边无际无着无落飞扬起的奔马之鬃，大浪滔滔，磅礴起落，嘶吼雷鸣，狼奔豕突，云崩石流，席卷过护滩的排桩（排立的水泥管桩），浪头一人多高，渐次从桩顶砸下，拍击得水沫飞溅，呜呜地叫着冲向乱石堆。　海，就这么浑黑着，蛮横不驯，唇边粘着白沫杂秽，从地球深处爬出来的远古凶兽，张牙舞爪，劈山裂石，狰狞地向岸上奔突，大地震颤，原始的力量，地球的力量，造化的力量夺人魂魄。

在这里，陆地在退缩。　黄河南迁后，大海已推进三十多里。滨海港原来叫老龙尾，南边是大淤尖小淤尖，之间原是一片水荡草滩，正是广阔的黄河口，几十里开阔的大喇叭口，一条龙吞吐天地大张的嘴。 遥想当年，无边大海滔滔而上，不尽黄河滚滚而下，咸淡交接，清浊激荡，洪波相拥，浪涛牵连，阴阳交接的温柔而勇猛，相互呼应鼓舞的拼狠而缠绵，于是大地新生。 海洋崩溃而成陆，大地崩溃而为海，一双眼看得见松柏摧为薪，看得见桑田变为海，即使是天地，也曾经崩溃，我也曾崩溃，所以我才能定定地站在大海面前，扶着它的肩，说，我爱。 只有海搁得下我的灵魂，盛得住我爱。

至少，还有海。 你为什么要海是清澈的呢?

关河冷

　　一条龙不再左冲右突，决然北归，一条大河终于结束了自己的动荡生活。　清咸丰五年，黄河在河南省铜瓦厢决口，尾闾北归，穿经山东入海。　人们并不知道，这恰是一个时代，一个漫长得时光停滞不流的古中国终结的征象。　率先呼吸到兴亡更替悲凉之雾的，是古中国的最后一位诗人龚自珍。"日之将夕，悲风骤至"，一八三九年，知事已不可为，他辞官离京，返乡杭州，这一路南北，正是一次故国之别啊。　末世，生命的大限暗里相催，诗人悲情脚步踟蹰河山，也登上了彼时的黄河入海口——云梯关。　黄河即将北归，在躁动，在告别；时代即将崩溃，在惊栗，在感愤。　世运潜移，诗人感触为诗："云梯关外茫茫路，一夜吟魂万里愁。"

　　隔年，鸦片战争起。

　　再一年，龚自珍卒。

　　后一十六年，黄河溃圩北徙；同年，云梯关废。

　　后七十二年，宣统帝退位，清祚终，民国始。

　　后百有十年，共和国成立。

　　后百有六十六年，我辈登临云梯关。　但见平原低旷，白杨荒草，三五人家，寂寂无声。　土地微许坟起，勉强一点也可称墩子。

有断碑几方，作证此地就是云梯关。 遍地黄土，含蕴不住的水汽沾裹着尘灰，空气都灰蒙蒙的黄。 那黄土来得可是远了，即使是在地图上，手指一拃一拃地量过去，也有些远哩。 从大陆的腹部，到大陆的边缘；从最高的雪峰，到低平的海滨；那清冷的雪水千里迢迢地下来了，那黄土也路途遥遥地搬过来了。 此地的黄，是几千公里外黄土高原的黄。 地球深处的运动还在给雪峰增高，地表的水土流散又将这高度运到另一端，这一端就在脚下，云梯为名，当年必是高峻。 眼前却连废墟都不存，不曾存在过一样消失。 雄关巍峨，云梯穿空，金戈铁马，兵气森森，无影无踪，无从想得。

云梯关，今属江苏省响水县黄圩镇。 此地偏僻，经济不济，尚见土屋。 黄泥墙，败黑的麦草顶，柴棍竖插为窗，那黑与黄烘映得门上的春联可就惊心地艳而媚了。 于一间土屋前见有四方深坑，是考古学家们遗弃的。 土凿的阶，拾级下坑，一脚下去，是明，明朝的地面。 今世的阳光灌注下来，抚慰着前朝的苍凉。 坑底东侧几堵垣崩砖裂的墙角汪在水里，黄土砖没有黏土砖坚硬持久，岁月深埋，一块块砖头软塌鳞裂，砖的颜色也被吸走了，病夫脸的死灰，砖的精神也走了，如纸帛的发黄，分明是明的骨殖。 考古队揭得那么准确，坑中西向有挖掘出的一条砖道，道旁的地皮子那么光整，像是在明朝刚刚扫过，细细的能看到大扫竹的划痕。 谁的南窗谁的园，谁家少年击剑更吹箫？ 檐下燕语，闾巷童戏，缦立远视，戍卒来归，一下子都从地底涌现。 苍苔四壁无语，坑底枯立如囚。忽然听到大声，如雷若虎，呼啸而来。 听到淮，听到泗，听到汴，听到灉，听到河，听到江。 天上来的，黄河之水来了；地上奔的，淮河之水早已涌来了；一条大河，长江之水也灌进北岸支流汇来了，一整个大陆的水直奔尾闾，今天的苏北一带就是亚欧大陆的尾闾之地。 泥沙裹挟而下，河床抬升，一旦淤塞，弃而不顾，以高就下，另择通道，现成的河道当然侵占得更顺便，古淮水、沂水、沭水、泗水、汴水、射水等等下游河道因此重重叠叠，黄河也时常奔袭而来会盟称霸，河道更是少年人的步子，风的方向，游踪不定。今天无边的黄泥沙土中，时而明显地呈现一些条状的痕迹，就是淤填后死亡的河道，当地叫"川田"。 水退了，泥沙留下了，一年年地涨，一年年地退，沙堆愈积愈高，层层叠叠十几级，状若云梯，云梯关遂得名。

"自古黄河十八弯，历史上有个云梯关。 云梯关，真古老，相传周朝建，嘉庆重修好。"据说是当地的童谣，却一点童稚没有，死板，僵硬，分明是地方文人有意编撰。 云梯关，关始设何时已不可考，最早是古淮河的入海口，相传大禹来过，这倒有可能，战国楚简本《容成氏》中有"禹通淮与沂，东注之海"之句。 渔民出海，盐民晒盐，海船出入，便有祭祀，有商集，有关防。 云梯关因河而兴，因河而败。 淮河本就暴烈不驯，黄河还时来席卷，毫无法子可想。 水来了，亡，全亡。 洪水过后，"螺蚌满近郭，蛟螭乘九皋"（杜甫诗）。 岁月的和平，并不能使人世开窍，天地峻烈，一次次用灾乱打掉人生的痴狂与执念。 水退了，没死的无几，回返的更少，但新居民又来了。 洪水一次次冲断历史的赓续，新来的对前事茫然不知，云梯关就这么越来越来历不明了。

云梯关最终废了。 其废，废在黄河。"一支黄浊贯中州"（王安石诗）的黄河，"善淤、善决、善徙"，史称三年两决口，北淹燕赵，南平长淮。 凡决口必改道，黄河下游改道频仍，北宋后，每隔个几十年便夺淮入海一次，旋即北归。 南宋建炎二年（一一二八年），黄河在今濮阳决口，改道南行，夺泗，夺淮，由云梯关入海。 汉时人即言"河水重浊，号为一石水而六斗泥"。 黄河带来的泥沙，促使海涂淤长，入海口不断东移，至清咸丰五年（一八五五年）黄河北归，河口已离云梯关九十公里，云梯关周遭陆野无际，关防功用丧失，即废关，云梯关彻底冷落下去。

云梯关之废，又不在黄河，在执政。 元时漕粮海运，江南之粮经运河等途入淮，由云梯关入海抵京。 漕粮海运泼油添薪，云梯关一时兴盛，重江复关，四会五达。 明清弃海运，两朝俱厉行海禁，漕粮只有河（运河）运一途，国家命脉因而系于一河。 海禁，而云梯关不兴。"运河一线，介于黄淮两大河之间，有时黄淮假道入运，运河有崩溃之虞"，其实不但黄淮危及运河，运河河堤拦断各大水系，也阻挡河流湖泊下泄入海。 漕运盐运形成的官商利益集团当然死保河运，海禁永无解日。 海禁是帝王的专制，专制又是既得利益者的需要，得其拥戴守护。 愈是保漕，下水愈不畅，河道愈埋堵；河道愈埋堵，下水愈不畅，愈是保漕。 如是循环，叠加积重，黄淮运遂交叠为害，苏北常为泽国，生民为鱼虾饭。 有国家，斯有为国家横死之百姓。 为了保漕，旱年甚至引黄济运，泥沙沉积，焉得不堵？ 运河渐成悬河。 黄河夹带的泥沙左堆右拦，终至交相壅塞，漕运越发不保。 河道政道人道一也，总是自己把自己给堵塞了。 清末黄河遗弃下游塞道，掉头北上，运河也已淤塞不可用，始又海运。 其时，海已远，海运也不关云梯关的事了。 荒芜的云梯关，一直到上世纪四十年代，还有残破的海神庙等建筑，日本鬼子一来，一把火烧光；为防日寇据高筑堡，抗日政府领着四乡百姓复扒平高丘，云梯关遂夷平。 千古关城，荡然无存。

那么，站在这明时云梯关，是站到时间大脑皮层沟回的深处了。 明的地层再往下挖是宋元，再往下是秦汉，考古学家说，云梯关地下深埋一架通向历史深处的云梯。 地理学家说，再往下是海贝，两三千年前这里还是海，再往下是野猪麋鹿的残骸，七千年前左右，这里又是陆。 而由于黄河北徙，泥沙来源锐减，海岸剥蚀，海进陆退，海水日益逼近，几又成海。 几番沧海，几番桑田，每一粒沙，都曾经天地兜转。 古今宇宙的蜂窝，突然被捣烂了，时光纷飞，糟乱一团，天地崩溃，却又册页一样在脚下历历分明。 剑气箫心，万千哀乐；你是忧天的，是被末日追逐的杞人；你是不平的，是关闭在鞘等死的剑；你是隐忍的，是磐石下弯弯曲曲寻找出路的笋。"俟河之清，人寿几何？"千秋兮百代，人生经得几番消亡，天上人间，流水落花。 天地，家园，人生，几番蜕壳，逝水边，看着自己过去的遗骸顺流而下。

登上云梯，走出土坑，江山又到得眼前。 李后主言江山无限，苏学士曰江山如画，毛领袖道江山多娇。 曾日月之几何，而江山不可复识矣。 江山处处兴废，夕烟浓，关河冷。 眼前的云梯关，还有几竿东坡竹，有几丛东篱菊，不知何朝夹带所遗，或许就是晋宋。 村民多姓杨，族谱尾追到杨家将中的杨五郎，明嘉靖年间云梯关守将杨茂，为其后裔，杨茂殉国，后人留居，于今废武而农耕。

正是农闲，余晖底下，团着老棉袄的老汉们高筑四方城。 地上闲走着当地俗称"屯子"的番鸭，尖嘴，矮腿，漆亮覆着深翠的毛羽，跐啊跐地从尧舜走到今。 天道周转，不因尧存不为桀亡；世事未济，总是《周易》最后一卦。 背靠夕阳，胸臆中荡起划然长啸，却嗓眼潮热，说不得话。

还是在一八三九年，还是龚自珍，他以诗解未济卦云："未济终焉心缥缈，百事翻从缺陷好。 吟到夕阳山外山，古今谁免余情绕？"

丙戌,芒种,灌河

在我的边缘,应该是一道大水。在我身心栖居的盐阜平原的北至,正是一条汤汤疾走的大河,灌河。

丙戌,芒种,204国道。盐城—阜宁—滨海—响水。白杨高峻,夹道壁立。麦子黄熟,遍地红铜。麦芒上煮沸的空气,白得炫目。向北,车辆断续,人烟见稀,通(南通)榆(赣榆)河不时涌出伴行,大路长河,愈显天高地旷。高头大马的收割机,驾驶室里黑杆杆的腿脚挤着被褥卷。趿拖鞋的摩托车手。黝黑的健妇飞蹬着自行车,大盘脸大膀子,丰乳肥臀。驴拉的大板车,站在车上拉着缰绳的老爹爹,套着老棉袄的中山装罩衫,瘦得两根筋攀住颈。各种车轮,都绞扯着一缕缕麦秸,麦秸摊乱了乡村,乡村被麦子拖进一场战争。荒草洼子,小花牛,白茅开花——田园的柔情。苏北,依然是对土地温和而恭敬的农业主持着。竭力向工商业献媚的小集镇小县城入口处,都有条条杠杠圈圈的不锈钢雕塑张舞者,人力的、电动的、机械的三轮车攒乱,绿化带里草疯长乱爬,有花也开野了,老少男女黑污的拖鞋脚,尘土里打滚的塑料袋,满墙满墙白瓷砖冷淡的笑容,直往你脸上铺贴。

灌河中止了盐城的地界，灌河大桥将国道摆渡过河。 走上大桥，身在半空，有飞鸟之眼。 灌河，一条直肠子的大汉，大地草木深处迎头走来的伟丈夫。 水面有里把宽，就像男人个头冒过了一米八，五六十米长的货轮贴在码头，船像条船，河是条河，河与船都像样。 河道平直，水量丰沛，两望长河浩渺，这条汉子够奘。 河心，波光粼粼中，处处有水流止步不前，一块块床单大的水面白纸样的平静，水下定有急湍拖住了河流的腿，更有骤然而起急速圈舞的漩涡，那翻腾的涡流之口，饥饿的雏喙一样大张，那是汉子凹凸的肌腱，狂莽的力量。 灌河河口没有节制闸，潮汐涌动，海潮来来去去，水流纠结抵撞，那是汉子遍身健旺的血脉，血脉偾张。 河流的力量，无声的光芒。 是大汉，汗毛披拂才对味，那河滩宽阔的芦苇田河堤数排高大的白杨就是。 芦苇呼啸，踢打追逐着风。 白杨叶呼啦啦地掀动，是一树一树的鸟在振翅。 鸟，突然在空中绽放的花火，生命哗然而起撞击长空的闪电，飞越过河，疾飞、滑翔、停顿、急转，如猴在林间跳荡，那空气是它们的森林吗？ 响水县城就挂在灌河上。 正因灌河河床陡深，潮起潮落，支流河口跌水轰鸣，声震数里，故名"响水口"（响水）。 史称响水口"鱼虾之利，此口为最"。 海中大鱼，常溯流而上，二十几米长的大鲸也曾成群而现，全国轰动。 几米长几米长的海鱼，洄游入河产卵，响水人司空见惯。 但据说修了灌河大桥后，也有说是两岸化工厂的大烟囱冒烟后，大鱼上游终点一节节败退，从响水口，而双港，而海安，而陈家港，终至不再现身。 灌河特产四鳃鲈鱼，也如江刀一样稀罕了。（陈家港，为灌河口，灌河至此已是海河一体，黄海泥沙上犯，水浑如泥汤，疾风急涛，卤咸的海腥气直扑。 河边低矮之芦，风中起伏，才六月初，已抽出如玉米顶生的雄花一样丫权着的紫花，与内陆芦苇不同，当地人称之芦青。 河滩，小螃蟹招潮蟹在芦青下的油泥上横行。）重载车驶过桥面，桥面波颤，若崩，从脚到心的惊栗。

太阳从东河跳到西河，脸跳紫了，云缝恰如膜状的蛋囊，太阳慢慢地滑进去，黑夜，蠓虫一样成团地飞出来，暗暗乱撞。 大桥下，响水一边建了个叫听潮阁的公园，无非是水泥地，死水池，游乐场，野草，荒树。 公园门口堵得严严实实的门面房。 二十年纪的老板娘，小孩已歪捧着个碗踱步了，长长的结结实实的麻花辫，长辫子一样的长身子，门口摆了张桌球台，没客人，硬拉起摊在躺椅上的老公打一局，俯压在台边举杆开球，那长腿像细直的清涧跌落成瀑，一笑，酒窝成杯。

河流黑暗，不能朗照的月夜，河面有灰白的微光，对岸河堤白杨、河滩芦苇的阴影高浓低淡，逶迤如山。 响水水已不响。 一趟初中生下到河堤，大呼小叫。 早有辆小车横在堤上，车内只有指示屏发着蓝光，前座上的男女厮绞着，生命烂熟，情欲满斟。 一对小男女牵拉着双手，静静地对视。 晚风轻发，蚊虫无有，啊——男孩子炸嗓子；唉——女孩子也在喊叫。 来（响水方音 la）噢，嘴（响水方音 zei）大点喊噢，正在上坡的夏天，青葱岁月，少年人的啸叫，青春初起风暴将生前的飞扬，落在黑暗里，顺着风，顺着水，往大海里去，谁也赶不上。 桥上隆隆的过车，车火流经，正好给了青春人世狂流的背景，也可看成是预示：黑天黑地，人生碌碌，隆隆一路地开下去，萤火虫般乱撞，萤火般明灭。 乘着夜色，灌河不声不响地在涨潮。 我的手紧紧拉着灌河，拉着大海的臂膀。

咸

咸

乡谚有"三年喝薄粥,盖栋大瓦屋"之语,稀粥之所以"坚硬"(王蒙语)实端于此。 南方河网密布土地平旷,说是鱼米之乡,但地少人多精耕细作粮仅果腹,其民早晚皆食粥。 北方地广人稀旱作面食,一天三顿干的。 自然北方之人多魁伟,南方之人多细巧,俗称北侉南蛮,侉者粗大蛮者灵巧,都是吃出来的。

靠喝薄粥砌瓦屋,可真是要肠胃喝得下来。 同乡之先人荷锄夜归,桌上一盆粥映着月光,白汪汪的,举碗而视,忽将一盆粥倒在桌面,喊来婆娘:你自己数数有几粒米! 还有喝粥喝得无以为家的,有绰号十八碗之壮汉,喝粥论盆,有喝十八海碗的记录。 有力气,做工也不惜力,但因食量大没人雇得起,自己上门荐工只求能有粥喝个半饱,一辈子没养得住婆娘,"三年自然灾害"时率先饿死了,那时途有饿莩啊。

喝粥嘴淡,佐之以咸。 咸是我老家苏北盐城方言,音读同韩,夏衍称为粥菜,即今之所谓小菜。 盐城说的是淮扬官话,淮扬官话有小菜子一词,指的是各式精致小炒。 大菜就是所谓六大碗八大碗了。 萧条年代婚寿正宴都是八碗大菜:膘皮,涨蛋糕,红烧肉,肉圆,炒猪肝,烧大肠,肚肺汤,豆腐羹。 头里另加一盘"拼盘"：芫荽萝卜糖蒜松花蛋海蜇杂拌，尾子再上一道鱼咸（鱼到酒止）。 还穷的再少两道肉菜，就称六大碗。 这种席面今天拿不出手，但在通年闻不到肉腥气的年代，可真是梦寐以求了，积蓄经营数年甚至举债才办得成。 百姓餐桌上就粥下饭的还是"咸"，以咸名之，以盐腌渍。

咸菜·酸菜·菜干

深秋，春末，一家家的场院摊开苇席，拉起绳子晒青菜，显出穷人家过日子的热闹来。 青菜洗净，日晒风吹上两三日，剁成碎丁，盐腌逼出水分，挤出菜汁后盛缸贮之，以石压口密封，一月后开缸即食。 咸菜以玉黄色为佳，酸，鲜，咸，清口。 腌制五六天便食的咸菜叫神仙咸菜，苏北老乡汪曾祺称之"不咸，嫩、脆、甜，难可比拟"。"文革"中穷得一天三顿喝粥，小人捧到粥碗便哭，唯有神仙咸菜上桌，叉几筷子在粥碗里一拌，笑眯眯地喝个肚圆。 腌咸菜是考验婆娘们的真功夫，能腌出黄爽爽香喷喷的极少。有的婆娘一辈子都腌的是"小脚丫子臭"的咸菜，不过，咸菜烧豆腐还非得要用有一点脚丫子臭的咸菜不可。 除青菜外，麻菜，雪里蕻，苜蓿，萝卜缨子都可腌咸菜。 芫荽是腌不起，大都在咸菜封坛时填上一两把，这一两把可就是咸菜中的极品了，当年陈毅到盐城来重建新四军，房东大娘无以待客，抓了一碗腌芫荽，据说元帅后来对腌芫荽还很想念。 咸菜煮小鱼，煮青蚕豆青黄豆，烧豆芽，烧草虾（苇荡里产的一种小黑虾子），炒粉皮，炒猪血，余蛋花汤都是很下饭的家常菜。咸菜炒肉丝，咸菜炒野鸭则上得了台面了，而且都是咸菜先吃光。

青菜晾晒后整颗泡进盐水卤里，过得月余便成酸菜，又称大把子咸菜，胡萝卜也可同酸。酸菜好吃的是菜莛子（茎），脆酸而多汁，穷人家的孩子有当点心小食吃的。酸菜豆腐也好吃。酸菜腌时不封缸，就压块石头，所以腌酸菜的人家都有种灰暗的纠结的酸腐气味，大概这就是所谓的穷酸气。

酸菜煮后晒干便是菜干，乌黑，一捻就碎。青茎绿叶的生动偏要弄成黑渣渣的才吃，想是想不通的，但是行得通，好贮藏。干菜只有一点，香，尤以菠菜干为最。吃到嘴里也就是咸咸的渣渣的。做菜只能烧肉，干菜烧肉各大菜系均有，干菜得块肉之油之腴，肉块得干菜之筋之老，如中年美妇傍着白发鹤颜，真个是配合默契相得益彰。"女人端出乌黑的蒸干菜和松花黄的米饭，热蓬蓬冒烟，河里驶过文人的酒船，文豪见了，大发诗兴，说，'无思无虑，这真是田家乐呵！'"这是鲁迅先生的名小说《风波》中描写的，农民的肠胃里就这些东西，几千年吃下来了。钵子里放些咸菜干菜，滴几滴油，饭头上一蒸，田家是用来吃饭作菜的，俗话"煮饭炖咸菜，忙死个老奶奶"，可为佐证。余秋雨先生认为白米饭与霉干菜是一种经典搭配。"雪白晶莹的米饭顶戴着一撮乌黑发亮的霉干菜，色彩的组合也是既沉着又强烈。"这是满肚子油水的纯审美了。食的至味是饿，出大力流大汗，躬耕勤劳之民吃什么不香啊，几筷子咸菜，大碗大碗的白米饭眨眼工夫就能扒下肚。

野菜中新鲜的马齿苋（俗称安乐菜）水焯后晒干，可做干菜包子。 我家的食法是与芋头、扁豆干、豆腐、百叶、花生米、鸡汤、肉汤同煮什锦，名为十香菜，一年吃一次，三十晚上才吃得到，解腥腻防伤食补脾胃。 十香菜，提起来就有股子团聚热闹的吉祥劲。

酱油脚子·苋菜咕·辣椒糊

除了盐，农民在吃上面从不买什么。 酱、酱油都是自家做。盐阜有俗语：不经厨子手，不脱酱膀气。 什么是酱膀气？ 自家腌的酱油上了层白膜子再泛些蛆子就是这个味道。 盐内草酱里蛆，盐城人司空见惯见怪不怪。 大伏天把黄豆或蚕豆煮熟，用干面拌成团，掰摊成小饼状，盖上棒头叶，捂出黄子（生霉菌），泡入熟盐卤，在伏天的大太阳底下暴晒便成酱油，水少的便成酱。 张炜的小说《古船》里的人物张王氏做酱油，随手拿到什么虫草都放进去，做出来比什么都鲜，这大概是取柏杨的"中国文化是酱缸文化"之说，未必可信。 家制的酱油不似酱园里做的稠而近乎油，稀汤寡水的，但也别有一种土味。 酱油中沉底的豆瓣，俗称酱油脚子，加葱花放到饭锅头上一炖，筷子头伸伸嘴里吮吮，吃得饭，喝得粥。 把青扁豆角切成丝，装进纱布袋，然后放入酱油缸，酱上月余取出食用，翠绿，生脆，又有扁豆特有的毛茸茸的清苦，极为爽口。

苋菜有红有绿，土语读苋音同汗。 苋菜长老了，茎可一人高，可制苋菜咕。"我们那里很多人家都有个臭坛子，一坛子'臭卤'，腌芥菜挤下的汁放几天即成'臭卤'。 臭物中最特殊的是臭苋菜杆，苋菜长老了，主茎可粗如拇指，高三四尺，截成二寸许小段，入臭坛。 臭熟后，外皮是硬的，里面的芯成果冻状。 嚼住一头，一吸，芯肉即入口中。 这是佐粥的无上妙品。 我们那里叫做'苋菜秸子'，湖南人谓之'苋菜咕'，因为吸起来'咕'的一声。"这是汪曾祺说的，汪曾祺是高邮人，少年时在盐中借读过几日，在书中说盐城的水碱性大，不能泡茶，盐城人很不高兴。 盐城距高邮不足百里，同属里下河地区，但不食芥菜，也没有臭卤之习，我总疑心汪曾祺少小离家记错了。 盐城离湖南可就太远了，但也称苋菜咕。 苋菜秸切成段，用水泡后再晒，晒干后泡入盐水沤，沤出碧绿的上结盐霜的稠糊糊，就是苋菜咕。 绍兴人也喜食此，称为苋菜梗，腌苋菜梗，周作人有专文介绍。 苋菜咕上锅一炖，澄绿如玉，一伸筷子，可真是汪老说的"佐粥的无上妙品"。 苋菜咕焖豆腐更好吃，豆腐之嫩之细之滑无可比拟。 有的人家以冬瓜与苋菜同沤，据说风味不恶。 没吃过。

辣椒糊则是大江南北均有，红辣椒切碎盐腌后磨成糊便是，吃不得太辣的可加南瓜同磨。 盐城人不拿辣椒糊作菜，只作蘸汁。青菜汤里的青菜，萝卜干，咸菜，酸菜都可蘸辣椒糊吃，消化道一辣就扩张了，什么东西都吞得下去。 读中学时住堂，没什么吃的，常见同学们把辣椒糊拌入白粥、焦屑糊中吃起来，通红通红的，很好看，吃起来酣畅得很，很可惜没尝试过。

萝卜干·瓜纸

深秋便有萝卜船来了，但也不是每家都买得起。盐城南洋镇产上好萝卜，牙白色，脆甜多汁不渣，像梨又有萝卜味，解腻通气又不搅人肚肠，名曰白荔子（白栗子？），掉在地上就碎裂如泥。萝卜洗净切块便晒，家家户户摊出苇席来晒，半干半潮的萝卜生吃很好，做妈妈的要看着孩子不让偷吃。每天晒过了还要收起腌入盐卤中，第二天再晒再卤，干得有些瘪了，便可收坛封好滚味，等到味道差不多滚过来了便可食用。讲究一点的人家用八角料酒白糖制卤，自然香气更袭人。萝卜干的味道很冲，附着不去，极其洋溢，一块萝卜干的味道充斥一屋子，难以消除。俗话说：曹操倒霉遇蒋干，薄粥倒霉遇上萝卜干。萝卜干之下粥可见。

农家人的蔬菜都是自家种的，夏天黄瓜小瓜吃不完，剖开去瓤，用盐腌过，在毒日头下暴晒，晚间再收入卤中，第二天再晒，一日日晒下来，便成了黄黄的泛着盐霜的薄如纸的瓜纸。食时以水泡开，切成碎丁，加酱油、糖、香油、蒜泥，脆脆的，咸咸的，加上蒜香，就粥吃要省省吃，省省吃。西瓜皮也可同法制成瓜纸，食时别有一番西瓜的清香。

麻虾子·蟹蚱·泥螺

盐城靠海，重盐重腥，初夏之始常有小船从海边划到各村落。

卖的大宗都是蟹蚱（即蟛蜞又称小蟹），附带一两缸麻虾子泥螺搭着卖。因此又叫蟹蚱船。麻虾子是小海虾磨制成糊状，暗红色，极腥，极鲜，大概没什么人敢生吃，多是加葱油炖吃。现在难得一见，菜场上碰上卖麻虾子，小的认不得，老奶奶们围住桶光转，倒不是没钱买，馋嘴又不敢吃，怕肚子受不了。近年来，盐城的一些饭店也推出了麻虾子炖蛋，再加上海蛎子烧涨蛋，鳝丝烧徽子，咸菜烧虎头鲨等，总算是推出了盐城地方菜。

蟹蚱现在也上了正规餐桌，作冷盘。酒店老板们还暗中比试口味。腌后的蟹蚱肉腐成冻冻，腐而不臭。蟹蚱吃的就是这海腥和腐而不臭。蟹蚱好吃的是黄子，香，细腻。也有人专喜欢吮蟹蚱卤的，腥而咸。买或者用粮食换点蟹蚱也算解馋的，一只小蟹蚱要哄小孩一碗粥。有位王姓婆娘不会算账，一斤蟹蚱喊价九分钱，还到八分钱，三斤算成"三八二十八"，卖蟹蚱的听了暗自高兴，这婆娘摸出钢镚一八一八地数着给，卖蟹蚱的没多赚到钱自己也感到好笑，说与别人，便有了"王大妈买蟹蚱——一八一八地来"（老老实实按部就班之意）的歇后语。一提起来，多少让人感受到贫寒中的坚忍与自尊，沉着与机警。传言蟹蚱船怕蟹蚱腐烂变质，用蛇同腌来避臭防腐，未亲眼所见不知是否。但每次见着黯黑窄小的蟹蚱船，便想象其舱内悬着一条灿烂花纹的美女蛇。

泥螺的价可就贵了，从前是小小的尖尖的有沙包的泥螺，极难蜕壳，仅用舌头蜕壳去沙包，那可真是吃上的一大真功夫。什么是巧舌如簧，这便是。蟹蚱船上卖的泥螺仅用盐腌，极腥，极咸。虽然盐城特产伍佑醉螺盛名在外，近年来又盛行养殖的大如拇指的无沙泥螺，但许多人的记忆里仍是蟹蚱船上的泥螺风味浓郁，小时候不会吃，父母蜕下一粒泥螺肉送到粥碗上，能吃一碗粥。

家境稍宽裕的人家还腌些咸鸡蛋、咸鸭蛋来待客。 或用盐卤腌，或用盐泥腌。 自家人舍不得吃，腌一次吃上一年两载，煮后蛋白都发糙了，蛋黄发黑。 腌久了咸鸭蛋易臭，有人嗜食臭鸭蛋，特别是臭咸鸭蛋的蛋黄，乌黑，沙而油。 麻鸭生的小绿壳子蛋腌蛋最好，煮后筷子轻轻一捣便有红油渗出。 咸鸭蛋的蛋黄是漂亮，艳得像落日，粤菜或点心中有许多用咸鸭蛋黄。

至于嫩姜片、至于醉蟹、至于变蛋（松花蛋）也是盐城特产，但平民百姓家做不起，也没养成口味习惯，多为店铺专营，不絮叨了。

毛泽东问起身边一位卫士的籍贯，卫士说是盐城人。 毛打趣道：噢，咸城人。 味在盐梅之外，这是不出力不流汗的人说的。盐是人生存的基本需要，咸是人最基本的味觉，盐中的钠离子氯离子引出食物中的各种氨基酸，产生鲜，咸味调和一切味，盐城人说"穿尽绫罗还是棉，吃尽美味还是盐"。

冬天了，一家人团桌而坐，粥气氤氲，粥碗温烫，佐之以咸，谈以家常，其乐融融，何能及之？

大河堤

  大河堤还在。 从龙冈往西，盐城人称作西乡，是苏北里下河平原的腹地，水网圩区，地势低洼。 大河堤（盐城话读堆）就像龙脊，让天空高耸，让田野开阔，让河流入海，让平原上的人和事物找到位置，秩序井然水落石出。 大河堤是千百年间兴建整修的，风雨剥蚀河水冲刷，河堤已没有了坡面，直溜而下就是河滩或是河面，恢复了河岸的自然面貌，尤其是蟒蛇河盐河这些个自然形成的老河，这些老河可是江河淮济四渎的同辈。 但河堤的高度还在，高出圩内田亩两三米，高出河面总有四五米，遇上高墩子，则有七八米的落差，真是临河耸峙了。 河堤绵延，从船上望去，有似丘山，大河堤可不就是平原上的山么？

  老河都是东西向的，向着海。 河面宽阔，河床至少五六十米宽，河面总在百米，比起南方那些一步就能跨过去的江们，可称汪洋了。 两岸河堤都是南堤荒废，北堤为正路，连接起庄户人家。大概是河北为阳，逐河而居的农家卜宅都在河北之故。 河堤的顶部也就米把两米宽，祖祖辈辈走过，用脚夯实的路面，结了油一样黝亮的泥壳，泥壳上印着大大小小的脚印。 顺着这些脚印走吧，一路上都有人关注你，耕地的，点豆的，挑稻草的。 上哪家啊？ 淘米的老太太站住问你，粽子小脚尖尖地指着你。 肥嘟嘟的灰鸽子，野的。 被顽童处死的青蛇。 走过篱墙疏疏径深深的小庄子，下了蛋的母鸡咯咯咯地叫。 飞上树的公鸡。 黑狗尾追着前蹦后跳猖猖叫着。 河滩上暴出的芦芽。 茅针。 枸杞。 墒沟长满了马兰头。 一河坡一河坡青底子的黄菜花没膝高。 河面上掠过的翠鸟，柴棵里嘤嘤相鸣的黄雀，雨点一样的麻雀。 蓬着大尾巴，狐媚的黄鼠狼。 卖小鸡小鸭的担着两摞竹圌，圌里是唧唧喳喳繁忙兴奋的交谈。 孤独的打水机。 牛耕扶犁的打号子，悠长而宛转。 插秧。 牛毛细雨。 花喜鹊一幅破布晾开似的叫声。 焰火树。 白头翁。 虹彩。 最像人的植物向日葵，高高的个子，笑呵呵的圆脸，灿烂的金黄与翠绿。 一色清水的砖瓦房，红的红砖红瓦，青的青砖青瓦。 土坯的钉头屋，封泥剥落的芦席墙，蜜蜂们钻进钻出。 做丧事的人家沸沸扬扬，麻，白布，黑膀套进进出出；哭声，鼓号声，烧纸钱乱糟糟的；村外挖茔的说说笑笑，泥土被揭了皮，四四方方的口张着，泥土潮黑，可真像嘴唇张着。 训斥爬树摸雀的孙子，气急败坏的老爹爹。 半个篮球场大的累累圆冢。 篊，鱼鹰，下丝网，耥蚬子。 一趟大白鹅。 参差荇菜，左右流之，菖蒲，菱与莲。 蕴藻的香气。 夏日暴雨后镶金嵌银的云霞宫殿。 嬉水的少年，扎猛子，比憋气，踩水夹蛤蜊，腿肚子撞着游鱼，鱼的惊恐，人的心悸，鱼和人一齐蹿出水面。 菜园子篱笆上的牵牛，野蔷薇。 黄牛，白羊。 炊烟，缭绕。 仲夏月，天色冰彻，地如积雪。 一夜骤雨，枕河人家，起床了，一脚踩在水里，扑通一声，跳起的不知是鱼还是老鼠。 拉出门闩，推开门，大太阳的反光在密密的黄豆棵子上闪烁。 老奶奶上菜园，小脚拨开瓜叶，一条大肥猪似的冬瓜，露出白白的肚皮，大声喊来儿媳妇，儿媳妇又咋呼来孙媳妇，小辈的抬，老奶奶颠着小脚厮跟着，祖孙三代得意地走在邻里惊叹的目光里。河水淌多远，这件事就传多远。 霜红了的茅草，枯黄的巴地根，芦花雪白的头。 积雪下凸显的坟堆的轮廓一道道的波浪线。 新娘子船，新郎新娘都戴着墨镜，端坐在舱里，油得红红的桌椅箱柜，贴着喜字的新被褥。 一路顺风，贴在道旁的祝福。 城里雨乡下风，春日惠风，炎夏凉风，三秋金风，穷冬烈风，原野上畅荡的是自由自在的风。 长河落日，圆，红。 老河九曲十八弯，流着流着就拐一个弯，大河湾，南北东西都是水的浩淼。 河湾处窑厂失火，山岭一样的草垛子燃烧了，火红，落日，晚霞成绮。

摇啊摇，摇到外婆桥。 从小就常沿着蟒蛇河堤去水府的外婆家，也许是走惯了，一直视之为蟒蛇河最美的一段。 水府一带有五柳先生种树植竹之俗，家家户户都种植果木，堂前桃李，后檐榆柳。 修竹巨树掩映着大河堤。 堤上时有高岗耸出，君临大河。 外公从私塾教起，民国时做到高小校长，那时蟒蛇河边上可就只有一两所高小。 外公的白眉毛长长的，弯垂过睫。 蟒蛇河边上都有他的学生，一路上走来，提到白眉毛老校长，乡人们对你更亲切。 西乡的人一直是尊师重教的，都把子弟读书视作正途。 外公外婆就葬在蟒蛇河边的阳坡，夏雨听瀑，冬雪碎玉。 清波粼粼，河水平静地流着，昼夜不舍。 反"右"，"文革"，历次运动，外公已自觉地认为自己的学识反动腐朽，从不教诲子孙。 整日躺在屋内的竹躺椅上，动也不动，手植的桃梨荫蔽了院子，叶缝里漏下的阳光细得像断脱的蚊子腿，一字鸟声从空中落下，像石子落在枯井里，时光在枯寂中消去了。 外公送过我一只派克笔，早丢了，只有写给我的两句话还记得：玉愈砺其愈坚，苣愈榨其愈香。

天上的水要下地，地上的水要入海，海里的水要升天。 里下河清贫偏僻，从大河堤走出去的子弟，一头扎入繁华地，都不回返，比方说二乔，比方说顾竹轩，比方说郝柏村。 里下河的血脉和里下河的流水一样源源不断，流向浩瀚。 每一滴不肯归宗的血里应该有大河堤的倒影。 出去的不会造福乡里，乡人们也不愿去攀附，一代代的只是把人尖子往外送，大河堤上下，找不到古木豪宅亭台楼阁。 游子无论在外多么轰轰烈烈，桑梓地无迹可寻。 里下河的财富与人文积淀不下来，大河堤下便永远是静静寂寂的乡村。

蟒蛇河记忆

　　乡下也是有"城""郊"之别的，大队部供销社合作医疗都在庄子上，几十户农家在高墩子上团簇成庄，是一村的行政商业医疗舆论中心；几户几户敞荡地散住在大田上的叫舍。　老家叫袁家舍，小时候，父亲讲袁家舍旁一座木桥，半夜就会响起榔头敲击桥桩声，如果谁在桥的另一头对敲，敲得更快，那敲桩的神怪会把自己的金榔头换你的木榔头。　小心眼里，未来，就有了一把金榔头在飞。人都是用一辈子跟岁月对敲，跟世界对敲，换到金榔头没？

　　袁家舍也在蟒蛇河下，蟒蛇河是盐城人的母亲河。　传说，有一年朝廷突然派了位白胡子大臣来开挖此河，快要竣工的前晚，他让军士们拦河一条线齐插了一百零八把大锹，第二天人们起来一看，大锹下是一条断身的巨蟒。　河边高墩上一户姓王的人家，生下来就遍身龙鳞的男孩半夜也断了气。　原来这位大臣是朝中宰相，他看盐城有王气，来此开河挖断王脉。　那时年纪小，听了故事，小心眼里便慌张，惧怕着夭亡。　就不喜这世上有老头，管他有没有白胡子，似乎都是那白胡子宰相的同道，都会升到半空，站在云头上张望，看到何处有五彩龙形云气，就去剿灭，就有小人还不知自己担承着帝王之业便遭害了。　但听了故事又有高兴，高兴的是家乡也是有天子气的。

民间是这般的烂漫，圆融而又放达。 工作了，在蟒蛇河边的龙冈，小年轻常凑到一起瞎聊。 绰号小秀才的，常会出几条令人想入非非的谜语蒙大家。"一胎生得五兄弟，个个完婚把妻娶，偶尔小叔进嫂房，惹得路人笑嘻嘻。"想得大家头疼。 笨，中山装不是五个纽子，你纽错了洞，上大街，人家不笑话你？ 再出一条，不准瞎想啊，听，"两人对面耸，腰扭屁股动，累得满身汗，为了一条缝。"大家想得面红耳赤。 你们思想不健康啊，瞎想瞎想的，不就是拉大锯吗？ 这叫荤打素猜，懂啊？ 年轻时候见着素的都往荤里想，落在荤谜里还能素得出来？ 大伙一拥而上，扒光小秀才衣服打夯，夯得他七荤八素。

再不，就打牌。 一位插着牌，牌好，顺嘴唱起儿歌来：

"黄花菜！"

"哎。"

"你在哪块呢？"

"我在海里呢。"

"什么海？"

"毛蟹。"

"什么毛？"

"喜鹊毛。"

"什么喜？"

"芦花喜。"

"什么芦？"

"香炉。"

"什么香？"

"烧香。"

"什么烧？"

"胡骚。"

"什么胡？"

"茶壶。"

"什么茶？"

"开茶。"

"什么开？"

"扁豆角子两头开。"

　　这真是天籁了，是趣味生动的人文初始，却是一辈子著文做不到的化境。 天地本就是一派混沌而灵醒的童心，蟒蛇河下便能参悟。

西南有莲台

西乡有水龙卷。 夏日，太阳蒸腾得湖荡水面银汁飞溅。 蓦地，天阴水晃，湖面急旋，巨大的漩涡，愈转愈疾，飞升而起，一柱飞腾的旋流直冲云天，首尾长达百丈，盘摆移动。 只见黑压压的龙颈移向大淀深处，很快消失。 天又晴了，大太阳下，满湖又是白晃晃的银针。 水龙卷后，浅塘就见了底。 西乡便常下奇怪的雨：下鱼，下虾，下米，下麦，下芝麻，下豆，绿豆、红豆、有一年还下黑豆，辽远的北国的黑豆；下小猪，下鸡；还下人，蛮言侉语的小脚老太太，睡得昏沉沉的小大姐；甚至下星星，北龙港乡祇圆庵供着块陨石，都说不清落下来几百年了。

祇圆庵，垛田村庄子西头，枯莲般静寂的小院，连门楼子算上也有三进，陨石在后院的天井正中供着，灰灰的，麻壳，猫耳朵一样尖尖立起，听了几百年的人间，耳朵眼里听出一大一小两个洞。一位老师太迎上来，一袭黄袈裟，眼神迟缓，走路颤颤巍巍，那平和与慈祥就如外婆，莫名的亲近。 敬香时，庵里的住持来了，能贞师太，一袭灰袈裟，瘦筋筋的，矮仅及椅背，很健谈，一见面就问你晓得我今年多大了？ 多大了，九十几了，她自己答道。 近百年青灯黄卷，木鱼磬鼓，那该是多么干枯的漫长。 北龙港原为荡区，祇圆庵外就应是大荡，白茫茫的大水，田田亭亭的莲花，青青苇草，鱼虾自由，现在都成了圩田。 圩田的高堤上，七八岁的男孩女孩骑着自行车狂蹬，啸叫声狂，最前面一辆后座上的双手捧着个干绿的鸟窝，一个世界正蜂拥着向他们的翅下飞来。

　　而他们的祖先，是戏水弄舟如履平地的。 西乡河湖交错，荡荡连环，"菰蒲深处疑无地，忽有人家笑语声"，又是适于隐者的。"文革"时常见土墙上红笔写的最高指示"深挖洞、广积粮、不称霸"，这是顺手拈来明的开国功臣朱升的九言策改成。 朱元璋与陈友谅张士诚相持不下，朱升献计"高筑墙，广积粮，缓称王"，朱元璋依计而行，生息备兵，终成帝业。 朱升又是范蠡一样的智者，朱元璋登基后，即告退隐，为避功狗之屠，离乡远徙，"涉江沂淮抵东海转西溪而筑室于南龙港庄"。 南龙港在北龙港乡正南，朱升的墓淹没在浓绿的田野，一抔土堆，荒芜冷落却安详，安详的还有他的后人。 朱升墓的西南，隔条河，有个正德庵，原是朱氏后人建的家祠。 庵中有棵五谷树，据说也可追溯到明初。 五谷树果实赋形，涝年为鱼螺，丰年为五谷，稻麦粟豆肖似者其年必丰收，乡人以为神。 庵堂檐下风铃叮当，声声落在水上，时光也这么清脆而渺茫地惘然了，零碎断续却又连绵永恒。

　　三千年沧海，三千年桑田，盐城地界一直在沧海桑田的反复中，水滋生了文明，文明在水中生息。 也许帝尧真的是曾生活于此的淮夷之一支的后裔，淮（水上凤鸟）即是其族图腾，淮夷且渔且猎，在湖荡水草中还发现了原稻而开始稼穑，冰河期结束，大洪水时代盐城全境被淹，尧的祖先率领族人退至高邮龙虬一带的高地，在海水浸入的逼迫下，尧带领族人继续西进北上，在平阳（临汾）定都，华夏始有国，走出蒙昧，始有信史。 子曰：惟天为大，惟尧则之。

正所谓有水则灵，水总是灵异的，鱼龙变化，沧桑翻覆。 北龙港西南是大纵湖，西乡湖荡最大者为大纵湖，烟波数十里，浩渺无涯，盐阜的母亲河蟒蛇河射阳河都由此发源。 大纵湖与其西南的蜈蚣湖宝应湖广阳湖高邮湖，藕断丝连勾连相应，都是古潟湖的遗存，盐城人嘴里的西乡，本就包括兴化宝应高邮一带。 此处鱼米丰熟南北圆融，水光潋滟中，一代代文星闪耀，陈琳，秦观，施耐庵，解缙，宗臣，王艮，高邮"二王"，郑板桥，刘熙载，盐城"二乔"，汪曾祺，毕飞宇，俱称得国士。 谁让这里有那么多的水，竟好似汇聚了一中国的水，江、河、淮源源而来。

还是在明朝，五台山一僧云游至大纵湖，夜来竟见菩萨趺坐于湖畔莲花，放大光明，遂发愿于此募化建成龙兴寺，香火迄今犹旺。 这传说倒是西乡很好的隐喻，有水就有菩萨，水即是莲台，千月千波，千万莲台顺水流动，湖荡安详，菩萨安详，生民安详，文明安详。

洗把澡

　　"乡下人上街，不是吃饼就是相呆"，"乡下人不识货，百叶当成包脚布"，"乡下人吃百合——自讨苦吃"，"乡下人不识个麒麟——有钱的牛"，无辜地遭到如此糟蹋，乡下人也是要反击的，"街上人认不得牛屎——硬酱（犟）"，这就肯定是乡下人编的。 乡下人散住在大田上，庄子都少去，难得到镇上赶个集，那就叫上街了，小镇居民就称得着街上人了，至于城里人，本地特指的是盐城人，当然上海北京这些大城市的更是，"盐城人心不公，好雨化成风"，乡下人也要调侃盐城人。 这种城乡间的相互嘲弄，各地皆然。 偏僻的小地方，即使是城里人又能有多大见识，比方说它的传统语汇中就没有"游泳"一词，夏天下河不说游泳，叫游水玩水，意思却连洗澡也包括了，甚至就叫洗澡。 如果游泳过了，回家还要洗澡，老人们就会问：你还要洗澡呢，有多少脂垢啊？ 以至于现在有了两三家游泳馆，还听人常说成去洗澡。

　　有钱没钱，剃头洗澡过年。 先前，腊月二十四掸过尘，乡下人头总归是要理的，洗澡呢，就着摊饼蒸糕的热气，灶膛边横个桶，热水扑扑身子就算了，舍得花钱的才上澡堂子。 从前开澡堂子的哪儿赚得到乡下人的钱，上澡堂子洗把澡，那是街上人的做派，城里人的"乡风"，哪像现在一个庄子还开几家澡堂子。

　　嘴上说的是澡堂子，人家民国开始早就叫浴室了，老辈的嘴改不过来。浴城多了，澡堂子少了，老爹爹们抱怨现实。这些城里爹爹其实也可怜，除了家里没地方去，十二点澡堂子一开汤，老爹爹们陆续就到了，"今格水好呢，滚烫"，泡泡，哼哼，蒸蒸，搓搓，躺躺，说说，笑笑，总要盘桓个把时辰，从中午到下午浴室都是他们的天地，直到晚上下班的放学的涌来。天天上澡堂子洗把澡，这个习惯可不是老无聊赖养成的，少小时就种下根苗，且是一方水土养成的一方习性。大冬天的还有个十几二十度，就自家冲凉了，澡堂子兴不起来。冷到零下十几二十度奔上，冰雪封门，那也没人动开澡堂的念头。冬天够长，冷又不太冷，南边说是北北边说是南的地方最适宜开，再是商旅云集之地肯定开得红火，大致在长江黄河之间，东南富庶的江淮平原最适合，扬州的洗浴业最为发达就是明证，扬州人就号称早上皮包水晚上水包皮，条件相似的希腊罗马古代兴盛时也流行公共浴室。近朱者赤，紧邻扬州的盐城人自然讲究吃早茶泡澡堂。

　　生下来三朝一过，年轻的爹爹们就抱着儿子骄傲地上澡堂了，说是洗一次长一层越洗越长，热气蒸腾，人头攒动，小家伙们大多很安静，小爹爹们用温水浇轻轻地擦，小家伙笑嘻嘻的，笑得口水拉撒，人人都要来看看逗逗，遇上一个哇哇哭的，大家都来想法哄。能跟着跑了，就嫌水烫了，老子会示范用毛巾湿水叠成垛湿湿胸口肚脐，适应一下再下池。七岁八岁狗也嫌，大多不愿洗澡，又嫌烫又嫌闷又嫌老子搓得疼，摁着直扭，性子毛糙的老子就要打屁股，这会招致全体老爹爹的训斥。 十三四五才长毛，再不肯跟着老子一起洗，老子也嫌爷儿俩一块光身子别扭，让他一个人去洗，看人家擦背修脚喝茶抽烟打牌吃青萝卜神聊草谈，横陈竖立杂乱的光身子交代着过去和将来，偶或还因拖鞋毛巾位子要大孩子欺负。小鸟鸟呢？ 把我摸摸看，不得了了，小鸟鸟没得了，老爹爹逗小孩。 络腮胡子又是胸毛，上头是毛下头是毛，新娘子还要你戳几个洞喃，老爹爹跟小伙子说笑，小男生半明半昧地就懂了，他们的成人仪式在澡堂。 二十一二呼朋唤友吆五喝六，卷进浴室里一股铁腥味，脱着衣服他捏你一把你抓他一下打打闹闹，又耐不得泡，搓个背，光躺着喝茶，来了个块猛的暗暗比试一下肌肉，然后脸红红的发漆漆的眼亮亮的，风一样又卷出去，聚到谁家打牌。 中年，步子呆滞身子虚泡，湿气鸡眼嵌甲全来了，澡堂子跑得更勤了，坐到开水池的木隔板上，毛巾蘸了沸水，一个个脚趾里蹭搓过去，痒得挠心，杀痒舒心，龇牙咧嘴，哼哼有声，搓背时总叫人家重些再重些，忍不住还要哼哼舒口长气，而眼里头不认识的半大小子越来越多，认识的也都是皮塌肉耷了。 他妈的，雀子上都长老人斑了，当年的伙伴说。 这是澡堂子里的流年。 曾经是厚实实的草帘子，后来是破烂烂的人造革帘子，现在是半透明的塑料帘子，一掀起，风寒与挣揣都退后了，凌乱不整，暖意融融，人声嘈杂又细碎，皂液汗垢肉体烫热混在洗澡水里蒸腾出的湿荤气味，蒙在雾气中热腾腾红通通的身子，母胎般的浑蒙，大家光身子的坦诚，放达享乐，清贫中隐秘低调的狂欢。 堂口的殷勤，浑身都是手眼，眼到嘴到手到，毛巾把子直飞；擦背的下力，下垢，杀痒，拿捏去皮酸，敲打掉骨软；修脚的刀快，削，磨，挑，捏，服侍得趾脚轻便。 泡澡，擦背，修脚，说闲拉呱，看报，喝茶，吸烟，咬青萝卜，岁月暗转，澡堂子成了人生纯棉般煊暖的底子。 这样的人生，大抵不会喜欢浴城的清冷暧昧与淋浴房的站立，更何况上澡堂子是老爹爹们仅有的公众生活，大年初一，盐城的浴室不开汤，几个老爹爹坐车到扬州洗了把澡。

生岁不满百，常怀千年忧，太多变迁，每一代都有自己的劳苦，每个人都有自己的劳苦。 有一池滚烫的水等着，苦日月也就安逸了。

走啥，上澡堂子洗把澡去，能有多大事。

CHINA TREE

桑

华夏先民们栽种在家院的第一棵树应该是桑。 传说黄帝的正妃嫘祖即养蚕缫丝，被后世奉为蚕神，那时是否已种植桑树不得而知，也许是靠采摘野桑叶养蚕。《尚书·禹贡》篇论兖州之地"桑土即蚕"，说兖州土壤宜于植桑，可养蚕，因此岁贡纳丝。 可惜《禹贡》之成书年代及所言是否真实已不可确考，因而也不能确证先民种植桑树的年代。 在甲骨文中也刻着一株株高大的桑树，片片阔大的桑叶像手掌的烙印。 史传商汤逢七年大旱，剪发断爪，祷雨于桑林，祷毕云集雨沛。 这些也无法确证其时已育桑。

《诗经》中最常见的树就是桑，"迨天之未阴雨，彻彼桑土，绸缪牖户"，"蚕月条桑，取彼斧斨，以伐远扬，猗彼女桑"，"十亩之间兮，桑者闲闲兮，行与子还兮"，"菀彼桑柔，其下侯旬，捋采其刘，瘼此下民"，"隰桑有阿，其叶有难"，"黄鸟，黄鸟，无集于桑"，"将仲子兮，无逾我墙，无折我树桑"，桑树苗壮在先民的生活，桑树摇曳着先民的歌唱。"期我乎桑中，要我乎上宫，送我乎淇之上矣"，这些诗句倒证实其时也即周代已广泛植桑。《诗经》中桑树总荫蔽着男女情事，春社之日，男女欢歌，目逆心悦，便牵手钻了桑林，许或女子的胸口正焐着蚕种，云雨之沛，桑树更加挺拔，桑叶越发繁茂，蚕儿也纷纷破卵而出蕃盛康壮。《史记》说孔子乃其父叔梁纥与颜徵在于空桑之地野合而生，论起来孔子也正是这样诞生的一条蚕。后来桑中桑间便成了男女幽会密期的代称，生生不息的中华因而光滑如丝。"于嗟鸠兮，无食桑葚！于嗟女兮，无与士耽！士之耽兮，犹可说兮。女之耽兮，不可说兮"，一枚枚累累缀缀、紫太阳般的桑葚燃烧起弃妇的沉痛，这则是桑间的悲歌了。情爱在桑林和别处一样悲喜交加。"五亩之宅，树之以桑，五十者可以衣帛矣"，桑树又给孟子小康生活的美好遐想以凭借。"维桑与梓，必恭敬止"，院中宅旁的桑与梓，先人所栽，所以见之恭敬，从此便以桑梓指代故乡，良有以也。

彼时桑树直立在农宅旁，而现在家前屋后都看不到桑树。从何时起桑树离开家门成为陌上桑，也不可考。有解释说因桑丧同音而遭远迁，真是沧海桑田。《左传》中记晋公子重耳出亡，"及齐，齐桓公妻之，有马二十乘。公子安之。从者以为不可。将行，谋于桑下，蚕妾在其上，以告姜氏"。养蚕的妇女隐伏叶中，树下密谋的人无从发觉，可见那时桑树之高大。野史说刘备家东南角有桑树高五丈，有相士道其家必出贵人，刘备生在东汉末年，彼时五丈高的桑树即成祥瑞，普通桑树也就没多高。如今桑田中的桑树蓬生如荆，矮仅人高，这也是沧桑之变。

柳·杨·樟·槐

"昔我往矣，杨柳依依。 今我来思，雨雪霏霏。"杨柳也早就依依在先民的茅舍旁烟翠葱茏，朱子释杨柳为"蒲柳"，至少在诗经时代杨柳已为柳之别称。 而不是如冯梦龙《古今谭概》所言，隋炀帝凿通运河，沿河插柳，赐柳姓杨。 杨柳枝韧如藤，叶狭如眼，随风轻扬，婆娑作舞，其飘逸的青翠温存的风姿，亘古以来就一直袅娜着国人的生活。"渭城朝雨浥轻尘，客舍青青柳色新"，"请君莫奏前朝曲，听唱新翻杨柳枝"，"春季到来柳丝长，大姑娘窗下绣鸳鸯"，艰难时世因柳儿女情长，严峻历史因柳秀峰迭起。 似乎自古以来杨柳就妩媚在水边道旁，没有河沟，也得有井，那如云之垂的翠亮柳叶，要水来滋润打扮，柳色就是水色，而水也要借柳活色生香，水如青丝柳为簪。"杨柳岸，晓风残月"，"寒溪蘸碧，绕垂杨路"，"潋滟十里银塘。 绕岸垂杨"，"塞柳万株，掩映箭波千里"，最爱咏柳的柳永，词中之柳尽染水彩。

"阪有桑，隰有杨"，十几棵旗杆般笔直而高的白杨树遮蔽了屋舍，一根根只从树干伸出的枝柯，整齐如列兵，一律上扬，宝塔形的树冠几乎从树梢披拂到树根，锻银的叶片在阳光下飞舞着闪烁着鸣叫着，几星阳光如火斑在院中跳跃。 这是北方的场院，"白杨树下住着我心爱的姑娘"，北方的歌者才这么唱，北地北人，或是苍山如海或是一马平川，地广人稀的旷远，不加修饰的杂乱，伟岸奂大的体征，信马由缰的心性，也只有戟插青天率意歌唱的白杨树厮守得了。 白杨树是北方的树，是一匹匹向着天空奔腾嘶鸣得意的野马，一只只抓着日月而来双翼凭风的鹰隼。

南国则有樟。 樟树作为乔木，更为标准。 主干粗直如柱，枝叶紧簇如髻。 冠盖斯华，春夏绿云扰扰，秋冬翠山璨璨。 其性高洁，根，干，枝，叶，花，实，无一不自内而外散发出馥郁香气，这香气正人正物，百虫可驱，这是南方灿烂的阳光锻铸，是阳光热烈的灵魂。

桑去了田间，柳居临水边，杨立于北地，樟生在南国。 槐倒是地不分南北，宜东又宜西，华夏处处槐花飘香。 而且槐树处得庙堂之高。 开辟夏朝最辉煌时代的君主名就叫槐。《周礼·秋官司寇第五·朝士》说"朝士掌建邦外朝之法。 左九棘，孤、卿、大夫位焉，群士在其后。 右九棘，公、侯、伯、子、男位焉，群吏在其后。 面三槐，三公位焉，州长众庶在其后"。 周天子的朝堂之外就立着三棵大槐树，供三公站位。 左右各插槐棘，以为朝臣列班位次。 因而古代诗文中常用三槐代称三公，用槐棘指代朝官就列。槐树也就立得官府官邸。《左传》记了锄麑触槐这么一件事。 晋灵公荒淫无道，大臣赵盾屡次谏阻，晋灵公派锄麑刺杀他。 锄麑凌晨潜入赵府，见赵盾已盛服待朝，因时辰尚早，坐而假寐。 锄麑不忍相害，叹息道："不忘恭敬，民之主也。 贼民之主，不忠；弃君之命，不信。 有一于此，不如死也。"锄麑触庭槐而死。 官场倾轧，守公而死，以头撞槐，倒是死得其所。 槐树沾了官气，带来官运。《宋史》载王祐遭贬，"手植三槐于庭，曰：'吾之后世必有为三公者，此其所以志也。'"后其子王旦果然做了宰相，王姓因而就把

"三槐"作了堂号。 靠着槐树做的梦都是官梦，唐人李公佐的名小说《南柯太守传》，就讲了一个叫淳于棼的人喝醉了酒，倚在自家屋子东南的大槐树下睡着了，梦见自己做了大槐安国南柯郡的太守，梦醒了发觉大槐安国就是槐树下的大蚁穴。 说到这些，离老百姓的生活远了，老百姓对于槐树的记忆，是传说中祖先曾在洪洞县一棵大槐树下集中后被遣散到全国各地，戏台上七仙女配董永就是一棵大槐树做的媒，上了年纪的肚皮还能记得灾荒岁月槐花度命，槐花桑葚榆钱柳芽可作粮食的。 三四十岁出身农村的也应该记得放了晚学，赶紧背了网袋去捋槐树叶喂猪，还应该记得掰一根槐枝，一片一片地摘叶子，嘴里应和着念升级留级来预测升留级，而许多学生拿到家庭报告书，上面写着升级，却淌着眼泪跟老师鞠躬告别，下学期不能上学了，家里穷。

榆·楝

还有榆。 我的家乡盐城在江淮之间，不南不北，或者说亦南亦北。 经常看到的树种都是时代运动的孑遗。 城市中的行道树基本是法国梧桐，那是建国初学的老上海的摩登，法国梧桐是很张扬的，树冠硕大的叶子堆砌得像谷囤，不过树叶深裂如海星，蒙尘积垢，在风中翻起，像是碎裂的破布，青白斑驳的树干还多瘿瘤。 机关单位的绿化树有松柏冬青，那是一种政治性的选择，象征了政治的严肃与刻板，还有笨拙与机巧的统一。 也有用棕榈树的，那可是真敢用，远离千里之外海风骄阳的故土，棕榈团扇一样的叶子残败，像是折了臂，乌漆漆的棕毛（武松所谓小便处的毛）乱蓬蓬地缠着树干，哪还是棵树，分明是邋遢的流浪汉。 乡野里的护路木防风林有水杉，那是上世纪七十年代大力提倡种植的国粹，水杉是二十世纪才在中国发现的稀有树种，和恐龙差不多年岁；还有各种杨树，那是"要想富先种树"改革开放后兴盛的了，且有组织化地灭绝土生树种之势。 这些树其实都是移民，不是我的乡亲。 有一天经过一片拆了待建的废墟，几棵榆树站了出来。 榆树依然灰头灰面，像是拆房挖沟的农民工，一样的木讷，一样的谦恭，一样的卑微，一样的坚韧。 从来没看到过一棵笔直的榆树，榆的身子虬曲，像是谦卑，像是重轭伤骨。 榆极少有粗大丫杈，小枝甚细，毛里毛糙的细叶也稀疏得很，遮不住的小枝柯，有似青筋。 榆树就是这么一副苦焦了的农民模样，苦巴巴，干焦焦，破皮烂肉。 当榆钱串缀时，榆树可爱过那么一会，玲珑翠亮的榆钱满树招摇，就这么一会榆树是欢乐的。 童年的眷宠少年的嬉戏青春的欢会，榆树没有那么长的欢乐，榆树就只有榆钱串串那么短暂的一会春光，就是苦日月了。 含辛茹苦的榆树的骨头倒挺硬，俗话说"三十年桑树二十年槐，要用榆树转世来"。 榆树长得慢，但农人们愿意用一辈子几辈子的光阴等，自己等不得用，给儿子砌房子用给孙子打家具用，榆树和农人一样有耐心。 榆树还会向南走走，到长江边上走走，去看看江南，但到那就不那么蕃盛了，它那副焦皮灰脸稀毛瘌子相，怎配搭得江南的细皮嫩肉。 人们总是把它往北方的风沙里牵，榆树是耐得住北方的旱瘠的，"榆中""榆林""榆次""榆树"，这些以榆得名的地方还在我家乡千里之外的北方。 古代北方边塞"垒石为城，树榆为塞"，榆树的日月榆树的命就是苦。

由榆便也忆起了楝，记得楝紫茵茵羞怯怯的小花，记得楝黄澄澄圆鼓鼓的球果，记得楝一手高的幼苗在春光里草丛中的稚态，虽然稚嫩也比草坚定，有青云之志。 从黄海滩上陆，盐蒿子中看到的第一棵树是楝，几百米后第二棵是楝，又是几百米，第三棵还是楝，只有楝树，坚定地向盐碱地下深入。 楝主干秀颀，树冠多丫杈，丫杈都很劲健，而且充满韵律，如舞者飞扬的手臂，那仅在枝头簇出的四五串叶子，犹如一朵绽放的花，更是那舞者的灵动之指了。 楝的一枝一叶，如舞者无数造型的叠加，尽态极妍。 楝的身姿就是一个受过严格训练的舞者，挺拔，灵异，韵动，内含张力，向外迸发张扬。 极风致的楝也不名贵，和榆一样是土树杂木，我把它们视作树中的贫贱夫妻。 而在古代楝是香木，其根皮果叶不仅入药，而且作为香料。 传说屈原自沉后，人们为避其尸骸被鱼龙所噬，投粽于江。 屈原白日现身对人讲，要人们在粽子上塞楝树叶以避蛟龙。 在英语系国家，楝被称作 china tree 或是 china berry。 中华树，中华浆果，楝树真的不知道自己还有这么大名头。 楝树也会从我家乡盐城继续向北走走，到淮河两岸走走，就不那么走得动了。 基本上就分布而言，榆树由盐城向北，楝树由盐城向南，这倒合了盐城的不南不北亦南亦北，理所当然榆与楝是我的乡党。

一年中还有几次机会经过乡村田野，杂树生烟，在一些老庄子老房子旁还能见到楝与榆，让人想起楝与榆下的乡谈野语和鸡鸣犬吠，想起老人们半夜的一声咳嗽。 名嘴杨澜采访 1998 年度诺贝尔物理学奖获得者美籍华人崔琦。 崔琦十岁还在乡下放羊，不识字的母亲让他上学，崔琦不肯。 母亲把家中所有的口粮做成馒头，给他带着上路，叮嘱他秋收回来。 但由于战乱，崔琦从此没有回家。杨澜问，如果母亲当年不送你出去读书，你今天会怎样？ 杨澜想崔琦会回答，就是个农民，不可能得诺贝尔奖了。 崔琦却说，他宁可不得诺贝尔奖，就当个农民，那父母在三年自然灾害时就不会饿死，他是儿子。 杨澜问着了这只鸿鹄永远的痛。 哀我父母，生我劬劳。 崔琦宁愿是只不离父母左右的家雀。《庄子·逍遥游》中讥诮两只嘲笑南飞九万里鲲鹏的蜩与学鸠，蜩与学鸠"决起而飞，抢榆枋而止，时则不至，而控于地而已矣"。 它们很满足。 每一个离乡背井的人都自视鲲鹏，飞离了地，飞离了树，以为整个天空都是自己的，却经常摔倒在地。 无论他飞得高，飞得远，还是折翼铩羽，那在栋枝榆条下张望他的父母早已沉默在黄土之下，他永远也回不去了。

盐蒿子的天空大盐礓子的海

先生，请问茅缸（厕所）在哪块？

就在四团胕（周围）噢。

盐城人的幽默常用来糟蹋自己，上面两句是作践说普通话的同乡洋里不像。 上海滑稽戏中说盐城话的，是猥琐的小男人没见识的婆娘，没得个命噢，你死哪块疯的这晚子才归家嚏夜饭，宝呗宝呗我家小心小心我家惯啊惯啊，常使满堂哄笑。《都市男女》《武林外传》等热播的情景喜剧，也开始把苏北方言作为喜剧手段。 上海人自视除了阿拉其他都是乡下人的傲慢，特别粗暴地将轻蔑投在盐城人身上，"倷是个苏北人"一句话就剥光你衣服刀斫你的脸。 可上数三代，他的爷爷奶奶或许就是盐蒿子，盐城人。 盐城、宁波、河南是上海人三大祖籍。 论力，新世纪的飞人刘翔其祖父外祖父，都是十几岁才离盐去闯上海滩；论美，上世纪五六十年代滨海籍的庞学勤是银幕上的头牌小生。

海边的盐碱滩，太阳一出白茫茫，一片盐霜，只有盐蒿子生得。 盐蒿子，蓬棵子，如鸟窠。 针叶，肉质，茶绿或褐绿似海带，经霜转红，映着洼坑天蓝的水。 盐蒿子一年年地红，鸟来了，兽来了，人来了。 人只有盐蒿子的叶和种子可吃，又苦又涩，吃得自己也成了盐蒿子——脸发绿。 人煮海为盐，地因盐得名。 那雪白比玉的盐贵重如金的盐，养肥故国王侯与官商的声色犬马，盐人自己过嘴蘸咸的却是大盐礓子，涩苦，齁咸。 上游的水下来，海里的水上来，盐人为鱼鳖，远避在淮安扬州的盐商和盐官正举杯邀月歌舞作乐。 盐城至今背对着那条掠走财富与繁华的大运河。

盐蒿子一年年枯朽，腐殖成土，盐味淡了，碱性薄了，盐民有的拿起了锄头。 一农暮归，土脚墙的茅屋前，小桌上已踮着一陶盆粥。 连着倒了三四碗下肚，问女将（老婆），今格菜粥这么好喝的？ 癞痢头女将做事难得合男将（男人）意，兴巴巴地说，我放了两块大盐礓子里头呢。 男将顺手筷子头斫了她几个栗凿：你还想滋味吃呢，你个败家贱人。 农人盐民一样的穷苦。 盐城俗语说穷人有三件宝：薄田，丑妻，老棉袄。 上代传下来几亩薄田，那是上辈子烧高香投得好胎，能有间钉头屋上遮下立就能过日子了。 盐城人传下盐蒿子一样耐得苦的脾性，还有泛着盐霜碱花的盐城话。腰里无铜，肚子饿得光喊，盐城话尽说，没有一个说盐城话的大爷大妈，感到词不达意无从置喙的。 方言总是够用的，打闪一样豁亮地浮现生活，尽管受尽歧视。 教师公务员有法管着强迫说普通话，有的考了七八次普通话等级考试就是过不了关，这是最孝顺祖先的盐城人了，梗着祖先的舌头就是不拐弯。

全国人大十届三次会议上，总理温家宝和江苏省代表座谈，盐城的一位村支书率尔发言，说农民是穷了抈嗓富了烧香。 总理说，哎呀，你的盐城口音重，比朱训（原地矿部部长）重。 盐城话是共和国一听就辨得出的乡音。 盐城二乔胡乔木乔冠华更早地让领袖们熟悉了盐城口音，共和国第一次响亮在联合国的声音，就是乔冠华的盐城腔。

我也是一棵盐蒿子，盐城生长，才劣如盐碱，志短同燕雀，强以童子之师为业，上课当然得硬翘起舌头说普通话，比不上学生说得溜，他们牙牙学语时就"普通"了。每一届我都布置作文写《风俗小记》《民间故事》，学生一届比一届茫然，交上来的也是写孙悟空白娘子，他们的衣食生活越来越不乡土，越来越不盐城了。今年倒有位矮个女生记她三十晚上爬门，一边爬一边喊：板门爹板门娘，我要和你一样长，你们长了没得用，我长高了做新娘。阅毕真有浮云一别流水十年之感，乡音乡土的温暖亲近过来又稍纵即逝。

此日相逢思旧日，一杯成喜亦成悲，那盐蒿子广阔的天空大盐碱子的海呢？

儇与愒

——盐城词典之一

说得出写不出，方言大抵如此。 整日招摇撞骗牛皮哄哄的人，在敝乡盐城俗称 xuan 子，怎么写，却一直安妥不下一个字。 大学时读《荀子》，吓了一跳，竟然读到了这个词。《荀子·非相》篇中说："今世俗之乱君，乡曲之儇子，莫不美丽姚冶，奇衣妇饰，血气态度拟于女子"。"儇子"赫然在目。 至少在两千多年前的战国，儇子已是常用词，词义略于今为轻，轻薄巧慧之义。 各地方言不分嫡庶，都有古汉语的孑遗，这就是孔子说的"礼失而求诸野"，只不过人们常数典忘祖，自己弄不懂，反视之为嘈杂乡语。 初冬，玉臂一样的新藕上来，母亲常做炒藕 ji，自小就一直稀里糊涂地跟着说，现在推想 ji 应该写作齑。 齑者，碎末也，屈原《九章·惜诵》云"惩于羹者而吹齑兮"。 盐城俗语"大懒 kai 小懒，伙计 kai 老板""屎不 kai 到肛门不拉"中的 kai 字，也很古老，即《左传·昭公元年》"主民，玩岁而愒日，其与几何"中的愒字，愒日，荒废时日。 而今乡语常用的复合词是愒懒，愒即懒，放着事情不做，今日复明日明日复明日地拖，他推你你推他地推，不负责不作为，推诿，拖，耗，旷废时日，就是愒。 因供职于一所艺术学校，得以深切体会了什么叫做愒,招生从三四百滑到七八十,一个班级七八个人,基毯课两个老师带三个学生,学生到考试连姓名都懒得写白卷一交,愒到此般地步,依然还是愒,任是刘少奇做过校长的光荣,也终至并入他校了事。

儇在盐城有时异读成去声,此间大人常斥骂小孩"儇死了""皮子儇在身上"。《荀子》中也有此种用法,《不苟》篇中说小人"喜则轻而翾",翾即与儇通,轻佻之义。 儿童少年血气未定,血不归筋魂不守舍,嘻嘻哈哈没有正形,常常莫名其妙地亢奋,"定当"不下来,控制不住自己,稍有嘚瑟更是"轻而翾"了,有似小鸟低飞盘桓聒噪不已,屈原《九歌·东君》即有"翾飞兮翠曾"之语。 长大了,还是不定当,就称作"儇人"了,嗔骂之即谓"儇龙"。 荀子直呼这种人为小人,小人小得小成,喜形于色,魂不附体,拽得像个鸭子,抖隆得飘忽如旋转木马,往往乐极生悲。 俗语又称这种人"小麻狂""小麻木果子"。 母亲常举某同事为例,"文革"后甫一开考,竟考中了,欣喜若狂,一乡震动,到邮局取通知书,回家半道上闹哄得人山人海,原来不晓得他怎么搞的,儇得把通知书掉到河里去了,大冬天的,下河边哭边捞。 善良的乡人们下河的下河,十几条罱河泥的船赶过来罱,还算他造化,罱到了。 本土名人乔老爷乔冠华也有几根儇骨头,此公性格外露,不拘小节,好酒嗜烟,谈笑不羁。 论才华,可谓学富五车才高八斗,抗战时所写国际时事评论,一针见血,料事如神,每篇文章都引起轰动,毛泽东说他"一篇文章足足能顶上两个坦克师呢!"同为苏北老乡视之如子侄的周恩来总理晓得他儇,时常拿捏住他,不时还罩住点。"文革"中刚解放出来，他就傀出了祸，灌醉了阿尔巴尼亚公使衔参赞泽契·阿果利，致使其酒醉开车撞死路人罢职而归，惹得总理发了火。后因与领袖的英语老师章含之结婚，攀上最高枝，乃至顺从旨意，在总理最为稳定的后院外交部，批判其右倾投降主义外交路线，令人心寒，"于人为可讥，而在己为有悔"。

　　傀与愒虽都不算大恶，但足以败德坏事。要是由上述之例说盐城人的德性都有些傀与愒，乡亲们大抵会拎着老拳寻上门来。有得愒才愒，有得傀才傀，愒大多出现在公共行政事业单位，职责不明，管理不严，便好愒得。傀人只要多磨砺，不让他侥幸，即可期以诚笃。人生之初，好逸恶劳，苟且之性，即为傀愒。古语云：临财毋苟得，临难毋苟免。自然还应临权毋苟谋，临势毋苟为。荀子曰："君子不苟"，君子与小人之分在不苟，那就不只是敝同乡，人人当以傀与愒自警。

蠠没

mi（去声）ma（轻声）死了，从小就常听乡人这么说，意思渐渐懂了，说人做事摸摸索索，勤勤恳恳却不出活。 mima之人不怎么啧声，但急起来，敂起来，脑子还整，认死理，轴得很。 mima二字如何写，一直未搞清爽。 年岁大了，情重乡音，推究了一些方言词，发觉方言中一些说得出写不出的字，往往是古汉语的遗存。翻翻《尔雅》，《释诂第一》篇中有一句"亹亹、蠠没、孟、敦、勖、钊、茂、劭、勔，勉也。"一看字形，就觉得蠠没就是mima，义，分明同源，音，子音相同。 蠠没在书面语口头语中一直没消失，清儒阮元说"亹字或作眠（文亦音），再转为敏（《汉书》以闵勉为敏勉），为黾，双其声则为黾勉，收其声则为蠠没"。 书面语中蠠没依然保持其褒义的色彩，清人卢抱经为宋刻《汉书》题跋，有语云"余亦当蠠没少佐其未成焉"，仍为努力尽力之意，可证。你这人真蠠没，老盐城人方言口语中会这么说，这口气显然带些不满。

一进市图书馆大门，就可看到高高的大理石基座上，汉白玉的胡乔木坐姿雕塑，眯眯地笑着，没有森严架子，更没有富贵气象，就一个老好人，笑眯眯的瘦筋筋的矮巴巴的老好人。 图书馆里有胡乔木捐赠图书陈列馆，一本本书套在档案盒里，成了圣物，不得流通，这肯定不是乔木本意。 乔木生前，曾向衣胞之地盐都县张本村的小学捐了百把本书，市县乡层层扰动折腾，一所村小学，车子不通，几个月大人物出出进进指手画脚，所费当然远超这些书的市值，这更不是乔木所愿见的。 这样的环境，事与愿违在乔木身上经常出现也就不奇怪了。 胡乔木和乔冠华并称"盐城二乔"，乔冠华曾对夏衍说过：性格即命运。 这句话用在二乔身上都合适。

在血缘上胡乔木与知识分子有着天然的接近，甚至还有知识分子立场。 虽然在延安文艺座谈会上，是他率先批驳萧军文艺不需要组织不需要领导的观点，领袖当晚还请他吃饭，祝贺他开展斗争；但其实，他的党内斗争性并不强，做了领袖秘书也未改多少。丁玲《三八节有感》一发，贺龙王震立马大批，胡乔木却建议文艺问题讨论而已，遭到领袖批评，批评他没有政治家的敏锐洞察力，竟然看不出问题。 江青说过，五十年代她批《武训传》，胡乔木是顶了一气的。 胡风定性为反革命集团，征询胡乔木意见，他不同意。 庐山会议，胡乔木李锐周小舟等过从甚密观点相近，怀疑"平衡是暂时的、不平衡是绝对的"的观点，并论及共产风等其他问题。"文革"后，胡乔木力主废除文艺为政治服务的口号。 领袖说过，我们身边有个胡乔木，最能顶人，有时把你顶得要死。 领袖还说过，乔木跟他二十年，还是一介书生。 但胡乔木只能做到"二为"，他不可能走到周扬那样，主张两个自由"艺术上自由发展，学派上自由讨论"。 胡乔木也有过气势凌人，有时甚至用语尖刻，比方斥责邓拓等人民日报的总编们脸皮厚；比方建国后他任宣传部副部长，宣传部开会，却是他宣讲，部长陆定一记录；比方他声色俱厉地作清污报告，这些都有人记得，历史也抹不掉。但胡乔木的政治主张并不伴随残酷斗争无情打击，至少是你得口头上同我一致或者不公开反对我，至多是我的喉舌不能发出你的声音，岂是王张江姚的棍子能比。在一个自己对自己都没有话语权的制度下，他有些话就会前说后变，政治让他反反复复，因为这些难受的不得已又隐约泛着尴尬。一辈子的秘书，字斟句酌，谨小慎微，晚年入了中枢，惕惕怵怵，唯恐江山变色，亡党亡国，整日忧心忡忡，便有杞人忧天之举。

作为老一辈高干，乔木又是很严正的，家乡人找上他门的也不少，接待是接待的，但不会为你喷个声写个信的。可他终究是关心家乡的，上世纪1982年，《光明日报》报道江苏沿海捕猎丹顶鹤情况严重，提及盐城，乔木立即就此事作了批示，还打电话给江苏省委过问此事，不久《人民日报》又跟踪报道，乔木又给江苏省委去信，要求禁猎丹顶鹤。乔木的关心推动了盐城珍禽自然保护区的建立，这是盐城湿地保护的起点。听到保护区建立的汇报，他赠给故乡一首长诗《仙鹤》："仙鹤啊，莫离开亲爱的人间/请留下，羽化的人性的模范！/你的仪态是优雅的峰端，/你的丹顶是珍异的王冠。/你娴静，又欣然起舞蹁跹，/你沉默，又俄然飞鸣震天"，仙鹤，是他的内心渴求。

建国后在单位能写写的都免不了做秘书，步入仕途。盐城文人更是做秘的命，古有陈琳，今有乔木，盐城秘书都是好秘书，总能按领导意图想出好文章，还不招摇生事，不会狐假虎威而给领导捅娄子。　秘书做久了，个性呢就总有些湮没。"乔木之后无文章"，今天连篇累牍的官家文章，让人追想俊健的乔木之笔，邓小平称之中共中央第一枝笔，这是不易之论。　但恒兀兀穷年于文牍，纵有凌云之笔，又能何如？　更何况偶有得意之句章，也署不得自己名姓。　季羡林是胡乔木的老同学，他记得胡乔木最后一次到他家，言谈中大赞他的学术成就。　季连忙说：你取得的成就比我的大得多。　胡乔木没有多说什么，只是轻微地叹了一口气，慢声细语地说：那是另外一码事儿。　每当想起胡乔木，我就会听到这叹气声，像水泡一样翻起。

二中的脸

　　一掏口袋，钥匙没带，我便爬宿舍的后窗，教务处的刘大个子瞧见了，铁锹大脚轻着猫步抄过来。 感到身后有人，一回头，大个子黑板板的脸砸上眼，我站在窗台上，俯首帖耳。 大个子见是我，转身走了。

　　上世纪八十年代的头二三年和五十年代的前期一样，是共和国纯洁的时光，有着初恋、大病初愈一般勃发的健康纯正的活力和清教徒式的快乐。 环境恶化人口危机道德失范尚在萌芽，于无声处听得出惊雷的屈指可数，生活在盐城这样僻静小城的人们更无从虑及，这就是我们生长的时代啊。 那时二中校舍整齐一律是五十年代建的青砖青瓦的平房，外墙已发灰。 正有了这三四十年的发灰，房子才有了中年有了父性：俨然，沉静，宽厚，从容，可以信赖。那时学校教育尚能接近农业工业。 二中有两片足球场大的菜地，班主任的脸亮不亮取决于菜叶的肥瘦，栽菜浇水抬粪铲菜，学生们叽里哇啦地喊叫着跑跳打闹不亦乐乎！ 放暑假，农村学生，面朝黄土下地或是捞鱼摸虾下河；城里学生，剥蒜头推煤车捡废铁糊纸盒。 我们这一茬，就这样一步步走向自食其力热爱劳作这最基本的生存道德。

毕业十年后再回二中，高楼夹道耸峙，处处是马赛克玻璃森严的脸。 我那么怆然徊徨。 物非人亦非了，威毅而又慈和的刘大个子竟已成了一抔土，我突然感到生命中不能承受的重压与凉意。这么多年来虽有小小浮沉，一直还是庸常生活，心境早枯淡了。 友人指斥我：年轻就该积极暴勇绚烂缤纷，老境再化为平淡。 我强辩：既然最终平淡，何必走弯路，一步到位嘛。 可我知道，一直有重轭在身，这便是师友的信任与期许。 那次刘大个子不教训我，不仅仅是相信我长大了不会穿室入户。 那时同学们讹我早恋，老师们姑妄听之姑妄笑之，从没找过我。 政治考试得了六十一分，班上及格的也就两三人，老师却问我：你怎么考得这样可怜？ 这样的信任，培育的是自由自律宽容的心灵和年久债巨的重负。

　　一位同学说他偶遇一人，感到面熟，一问果是二中毕业的，叙起在校时间却无从谋面，他笑道，二中的学生都长着二中的脸。 二中的脸听起来滑稽，但对我们来说，就是既没有名牌重点的张狂，也没有出身卑微的低贱，自信从容实诚，二中有着这样的脸，我们的脸和生命，都刻着二中烙的温良爱心与恭敬。

　　冬青是从五十年代到八十年代初，整整一个政治时代的标志树种，所有的单位全用它紧簇而方正地圈小花园做围墙，它和杉树这两种终年冷绿的树种当年广为种植，象征了政治的严肃漫长刻板凝重，以及粗笨与机巧的统一。 二中那时也有冬青，在后门充当围墙的却是密密挨挨的香橼，枝干比冬青更像树一点，多刺如梳齿，还结果，却从来果未成实，指肚大的青果就被我们摘玩尽了。 小香橼毛茸茸的，捏碎了，汁液黏黏的，香得苦，香得涩。 高二那年正逢高中学制二年改三年，其时二中尚属郊区，郊区没有三年制毕业生，就将十五六岁的我们赶进高考的沙场。 我们捏碎了小香橼，谁又将还是青果的我们摘下？ 那弃落的黏稠纯净的少年汁液啊！ 二中的后门现在也是高墙大门，很有城府的样子，香橼树已荡然无存。 树犹如此，人何以堪。 世事如烟，社会变迁人事代谢，虽令人有沧桑感流逝感，有一切如飞雪难以捕捉的仓皇，白云苍狗，但历史感也就是这么产生的。

　　你怎么考得这么可怜？ 时强时弱，但我一直听到这饱含期许的质询。

盐

那种粉末状的精制盐，看着总不是那么回事，不伦不类。 盐怎么能如此软弱不堪，像是被彻底打败了，粉身碎骨。 盐是有骨头的，见棱见角的晶体，硬铮铮，沉甸甸的。 盐就是大海的骨头，支撑着大海的无边无际运转无穷，盐就是大海的生命。 地球上的生命起源于海洋，没有一个人离得了盐。 食盐之人，才有吞陆噬天的海的力量与心志。 青春的浓烈是盐的浓烈，青春期是盐最充沛最活跃的时期，大汗淋漓的生命蓬勃，那就是一股盐卤味洋溢，一股海腥味席卷，而性的芬芳明亮分明是盐的洁净纯粹与至味。 世界上许多民族习惯在婚礼上，向新人抛洒盐粒，民俗学家说这是用盐象征精液，这两者不单单是同色，更同在对生命的繁衍维持作用，是生命的根。 盐是男性的，男性的粗砺与坚硬，盐就应该称作粗盐，大盐。

谁能使盐屈服，谁能打败大海？ 一粒盐就是一整个海洋，哪怕是碾碎了烧融了，依然张扬着海的气息海的意志。

水芹与白米虾

这个格高，汪曾祺记得沈从文先生指着盘慈姑炒肉片这么说。山珍海味水陆馐馔，其可目，可鼻，可唇可齿可舌，可咽可喉，皆可以味论。唯有水产蔬果，可心，可肺，可情，可神，方可称得上格。生吃那就是清洌而甘的水，做菜则扫尽主料与舌头与筵席的酒肉油火之气。沧浪之水清兮，可以濯我缨；沧浪之水浊兮，可以濯我足。菱。茭白。荸荠。慈姑。藕。莲子。鸡头米。芦根。蒲笋。从头至尾，全浸在流水里生长，自然得了水不染尘埃的清正，论格那真就高了。

要写到水芹了，舌尖心胸流漾起清新的蕴藻之香。入冬后，水芹上市了，健壮的农妇挑着箩筐推着板车蹬着三轮叫卖。成担成筐的水芹堆着像稻草垛，连泥带水的，不怎么入眼。摘了须，净了泥，小贩一束一束地卖，在冬天的风沙里，玉白的叶柄，翡翠的茎根，叶柄上葱绿的细碎叶片，那叫水灵！参差荇菜，左右采之。窈窕淑女，琴瑟友之。在《诗经》之首，在雎鸠关关，是一位君子的梦寐以求，他爱恋的女子褰裳在流，双手采荇。虽然植物学家都说荇就是开小黄花的水莲叶，但心里总认定《关雎》中的荇就是水芹。水芹和所有芹菜一样叶柄发达，只是水芹的个子秀颀得多，一臂多长，长如水袖，曼舞水中，应和着窈窕女子。那流水扶托的纤细腰身，召唤着我们的爱怜。从那一个雎鸠叫起的清晨，我们长长的情思不断地被采拔出来，一直到今。

一篮子的珍珠在闪，一篮子的水珠在蹦，一篮子的米粒在跳。我记得自己端着篮白米虾上河码头的欢喜。手罩着篮子，跳起的虾子小身子顶着芒刺撞着手掌，初夏炽白的阳光，一种欢跃在跳，满胸膛少年人的清纯活蹦乱跳。平常淘米，在码头上，和小鱼还要盘桓好久，更何况是一淘箩的米虾。白米虾看着就干净，漂掉混着的水草屑就成。淘米箩慢慢浸入水中，那米虾得了水，胸腹的须肢急剧地动着，身子一弹一弹的，不停息地向上弹射，忍不住用手抄进去，一手凉凉硬硬的弹蹦，有的虾逃脱了手的罩压，像一滴水，溅入河中，老太爷一样悠哉悠哉地划入水草丛。

那清澈的河流，那码头边游觅的小鱼，那白如阳光的米虾，那干干净净的日子，那快乐无忧的少年。

草食者的乡愁

春天，吃草，牛吃，羊吃，人吃。

黄花子（草头），洗在篮里，细细切切，清炒了，细若游丝，淡至于无，细细的茎在舌尖上细细地扫过去，风起青萍。

豌豆头（豆苗），冬天的瘦筋春天发芽了，壮壮的，肥头大耳的旺盛，爆炒，浓沃而甘，一样的清香，却要深湛得多。

马兰头，沟畔上一片，箭镞样的三四片叶子，叶子都拧着，像打旋的直升机的浆片，紫脉从根上涨到叶背，青筋暴暴的，使了大力，一群野小子在田野上狂奔嘶喊。水焯了，绿得发黑，青味重，微麻的感觉成串地在舌蕾上爆炸，清口。

枸杞头，粗头杠脑的，一直硬到嘴里，过下水，入口，那一根根的涩，还是很结棍。

香椿头，树叶啊？！ 椿尖，肥紫的嫩叶，焯一下，拌豆腐，或者，炒笨鸡蛋，怎可以，怎可以那么香，唇齿春风流漾，香椿的香！

荠菜，不说它了，野菜中名头最响，现在都是大棚长的，大冬天的，菜场里也是一堆堆的，一堆堆水济济的，绿倒是绿的，但来路不正。 野菜要野，吃到嘴里才有春意才有生机。 那铁锈一样暗红、蓬头刺形的才是野生的，正宗的，吃到嘴里有些粗拉拉的，鲜美。荠菜是蔬菜中的蟹，"不加醋盐而五味俱全"，又脱了蟹的腥与油，脱了俗，我喜欢吃荠菜馅的菜茧子（糯面圆子），直吃到把肚子撑成圆子。

菜园里的都抽薹了，青菜、芫荽、菠菜长成一棵棵小树。抽了薹的菠菜砍下来，菜场里没人买这树枝，我却喜欢吃，过下水再炒，糯而滑。

竹擗子菜，一窝一窝的，针尖大的细身子，红红的根，煮粥，搅面糊糊。"竹擗子菜开红花，婆婆死了我当家，炒米掬掬瓢壳壳"，一年年竹擗子菜开红花，一年年小媳妇们怀抱理想在熬啊。小时候拿个小铲到桑园挖竹擗子菜，老把家门钥匙丢了，草里翻摸，再提提（方音读敌）茅针吃吃，找不到钥匙，倒找到野鸡蛋。

艾的嫩芽叶，母亲采一把，拌和了黏面，煎成一只只深绿的小圆饼。父亲说：这有什么吃头。父亲信书本，他后来看到书上说艾真的能吃，还有药效，春天一到，就提醒母亲做艾饼。我们老笑他吃书。书上说，艾又叫饼草，古人清明做艾饼艾饺祭祀先人。又清明了，父亲过世都十多年了。

春天暖得穿不住衣服，清明下乡烧纸的回来了，小区门口一位奶奶敞了棉袄，小板凳，坐在下午三四点钟黄汪汪的阳光中，捡一堆葱。走近一看，韭菜？也不是，细长的韭菜叶子，又有葱白，闻着却有一股辣乎的蒜味，小小的蒜球一样的根。小蒜噢，老奶奶说。小蒜！在江南，喜欢上一种叫藠头的泡菜，知道它就是小蒜的蒜球。还知道小蒜就是古籍里老提到的薤。"薤上露，何易晞。

露晞明朝更复落，人死一去何时归？"这是古代最出名的丧歌《薤露》，孔子时代就有唱了，宋玉说一唱而和着数百人。可惜传至今日，只有词了。有天，用首"文革"中替了国歌的歌曲的调调，一哼唱，自己把自己吓一跳，真合拍！哪一首？《东方红》！《小白菜》的调子也合适。

春天，什么都能吃，好吃。水里的，藕，还没发芽，藕钱未成，一个冬天，河泥底下闷了性子，最适合做冰糖糯米藕。荸荠，一枚枚小鼓，深红而发亮（荸荠漆），春天最好的水果，清冽的甜水。树上的，榆钱，槐花。

选个最能代表春天的吧。荠菜已经名不符实了，荠菜花呢，俗谚"三月三，荠菜开花赛牡丹"，针尖大的小白花，那情致又过于细碎清淡了。每一年，我都等着一种蔬菜的上市，看到了，莫名的欢喜、熨帖与安然。菜摊子卖，水果摊子也卖，四五棵扎一小把，有红有绿，连须带叶，花一样，画一样，美得很。什么呢？杨花萝卜！白石老人画过没？应该有的。萝卜缨子和麻菜一样粗身大势的，苍翠的叶子立得起来，高爽爽的，叶柄叶脉殷红，更增添了硬朗。萝卜一指长，小拇指粗细；或者是圆的，大拇指肚大小；水红粉嫩的皮，莹白透明的肉。鲜艳而沉着，一棵色彩就完整了，特别是那惹人怜的水红，捧在手里就是捧着一幅画，又喜庆，春阳是越来越暖了，春天是越来越好了。杨花萝卜最宜生吃，清脆，水嫩，微辣，爽口。汪曾祺用杨花萝卜炖排骨，聂华苓吃了，只剩点汤，还用袋子带走。

盐城这地方，湖海相望，河流缠密，物产丰饶，有口福得很。

杨花萝卜上来的时候，小蟹（蟛蜞）也上来了，滩涂上芦青还没发芽，小蟹肚肠干净，没有青草气。 蛤（方音读曜）子也上来了，小汤菜也有了，蛤子汤，小汤菜一潜，鲜得来，那蛤尖一点红，开在青翠里，艳得来。 推浪鱼也上来了，肉滚滚的，凝脂一样雪白细腻，又没细卡子，红烧、炖汤、麻辣火锅，透鲜。 河里的，湖里的也上来了，菜花昂（昂刺鱼），白汤蚬，清明螺，新韭炒螺蛳肉、炒蚬肉，都当令。 白米虾啊，白米虾也要上来了。 筷子直叉饭直扒，那时年少，而今发已星星点点，吃也总是不能尽兴了。

说到虾，盐城海里有对虾、条虾、琵琶虾、麻虾，河里有大沼虾、白米虾、黑草虾。 盐城真是个好地方。 清明谷雨，河里白米虾挤堆，饱饱的籽。 渔船刚网上来，就买了这出水鲜，一篮子珍珠跳荡，码头上漂一漂水草沫，大铁锅，韭菜一炒，虾一炒，韭菜再倒热锅里一拌，盘子还没端上桌，已经叉掉一大半了。 还有那么嫩那么鲜的虾吗？ 白米虾啊白米虾！ 现在河里只有小龙虾，丑相狰狞，夜叉横行，金属光泽，气势汹汹张牙舞爪杀气腾腾穷凶极恶的味道。 像什么吃什么，吃什么像什么，今天是小龙虾时代？

春雨淋漓，乍暖还寒，去年冷冬，今年春寒，冰冰的雨点的小手弹下去，又呛着日本侵入的核微尘，那桃花红菜花黄的乡野能无恙？ 虽然一生下来，从小到大，学习工作，都在故土，但想起这些春天的吃食，却也有了怅惘，这也是乡愁吧。

盐城鸡蛋饼

有一年，盐城申遗又成功了，遗产名曰盐城鸡蛋饼。

我们小区做鸡蛋饼的已经预支了这份光荣，拽得上天。吊着个四方大脸，顾客来了，爱理不理，嫌烦的样子，嘴斜过来问个火腿肠里脊肉就不睬了。话也没见他停嘴，都是跟排前面一个说，听他一个人说。三个小大妈一伙来做饼，麻雀似的高一声尖一声大呼小叫。他认乎其真地说，我不喜欢叽叽喳喳的，我不跟人搭腔，我跟人没得什呢话说，饼做了，把你了，就行了。小大妈们要他说了嚓了声。照理，这张欠扁的肚肺脸，欠抽的大瓢嘴，跐东挨西的，生意派不好，但不管什么时候去都要排队，不管什么时候去他都呱吱呱吱的，嘴不停，手不停，小售货亭子里排开三个鏊子，他管两个做鸡蛋饼，他老婆管一个做煎饼，一篓一篓的鸡蛋壳，四开门的大冰柜放面糊。

谁让盐城人这么喜欢吃鸡蛋饼？！

再说，他家的酱料不错，两面都涂上了，酱香清长不压饼的面香，咸甜适口又不糊嘴，我这个不喜欢蘸酱的人也能接受。上世纪鲁艺还在文港路的时候，马路对过也有个摊鸡蛋饼的，学生称之黑皮，每次我去做鸡蛋饼，不要我说，她就把蛋打在面糊里搅拌匀当再摊饼。 街头巷尾、小区学校门口，盐城到处是做鸡蛋饼的，我这种搅蛋糊的鸡蛋饼没人做。 盐城人的嘴汰选了一种叫做盐城鸡蛋饼的做法——自成一格赏心悦目的制作，色泽鲜亮多层卷叠的外形，松软细嫩丰富多味的口感。 2018年盐城鸡蛋饼在抖音陡然大火，在各个视频网站一直红到今天。 盐城，你怎这么会做鸡蛋饼的？ 三十年，清爽爽笑眯眯能干干的鸡蛋饼大妈们把盐城鸡蛋饼做成了网红，做成了江苏省地标美食。

早起买个鸡蛋饼吃吃，奥力给，一天元气满满。 一站到蛋饼摊前，就有专属定制的尊贵和亲切感。 来啦，南洋路的盛姐、八菱花园的小芬、双元路的老奶奶、剧场路的胖阿姨、大宇花园的老陈、万户新村的老柳，笑微微地招呼你。 人多的话，客客气气地说句：就做噢，稍等刻。 查卫生的走嗬？ 还有三天呢。 她们一边麻利地做饼，一边跟顾客打招呼跟熟人接话茬。 看着她们行云流水干净利落地专为你一人做鸡蛋饼，仪式感满满。 铁鏊子麻黑，淋上清水，水珠疾滚，鏊子锃亮。 舀一勺面糊，倒下即成圆，不拖，不滴。 竹刮子轻转，一圈，雪白的玉璧，溜圆；又一圈，加一指雪白的玉环，溜圆。 一整张雪白的饼，不空，不皱。 面皮成形，打入鸡蛋，蛋液摊开，鹅黄叶片纷落晶白雪地。 刮刀剖开火腿肠，鏊边加热。 淋香油、撒葱花、抖芝麻。 白底子上有嫩黄、有青翠、有墨黑，鲜艳明亮。 刮刀挑边翻转过饼皮，已炕出饼花，不糊不裂，刷酱汁、丢香菜、泼榨菜丁、搁火腿肠。 饼底摺叠，两边折起，滚成饼卷。 盐城鸡蛋饼已经万物皆可包，万物皆可蘸，火腿肠、里脊肉、海带丝、鸡柳、豆腐、平菇、生菜、油条、奶酪都可卷，甜酱辣酱番茄酱海鲜酱都可蘸。 热乎乎香喷喷重实实的鸡蛋饼拿到手上，心生欢喜。 一口下去，有面香有蛋香有肉香有酱香，有松软有酥脆有润滑有筋道，有甜有咸有辣有鲜，好吃！

盐城鸡蛋饼，说到底是一种烙饼。 古代面食都叫饼，烤的叫烧饼，蒸的叫蒸饼（今之馒头包子糕团之类），烙的叫胡饼，煮的叫汤饼（今之面条面疙瘩之类）。 晋唐时开始流行立春吃春饼，烙成薄饼，包卷菜肴而食，宋明时皇帝还在立春日赐百官春饼，卷饼的吃法遂盛行于世。 盐城大部在淮河以南，盛产稻米，面食不为家常，里下河同乡郑板桥最得意的早餐是"暇日咽碎米饼，煮糊涂粥，双手捧碗，缩颈而啜之，霜晨雪早，得此周身俱暖"，喝的是米粥，咬的是米饼。 鏊子烙饼并不是喝粥吃米饼的盐城人的传统，是北边的徐连宿和更北的山东吃煎饼的侉子传来的。 50后、60后、70后的盐城人，早餐留恋的是大饼油条、油饼、油叉、斜角饼、锅贴、糖饼、粢饭。 但是80后、90后的记忆就是鸡蛋饼了，他们出生的时候家家都开始有点钱了，吃个鸡蛋饼是这些宝宝们的小奢侈小惊喜小期盼呢。 他们又是离开盐城人数最多的一代，做鸡蛋饼的大妈会问他们的父母：姑娘家来啦？ 元旦放假了啊。 他们回盐城看到做蛋饼的还在老地方，就觉得踏实，做个鸡蛋饼，吃个鸡蛋饼，就更踏实了，盐城还是他们的盐城。 临走，还要做个鸡蛋饼带去。 他们添小人了，在盐城的，给00后、10后子女准备的早餐标配是鸡蛋饼；不在盐城的，干脆叫儿子小名鸡蛋饼。 在外打拼，想起鸡蛋饼，和想起大铜马串场河、想起爸爸衬衫上的烟味妈妈的小炒肉、想起捷安特自行车鼓着风的初恋连在一起，盐城鸡蛋饼是他们的乡愁。 肯定的，他们一定这样说：盐城鸡蛋饼是世界上最好吃的鸡蛋饼。

呃吆喂，盐城鸡蛋饼？ 逗的（盐城话对读逗），就叫盐城鸡蛋饼噢，你吃吃看，没魂好吃，我家就是盐城那块的，盐城好吃的多呢，没听老话说嘛，人到盐城不想家！

猪头江湖扛把子

盐城范公堤两边互称西乡与东海，东海成陆迟，大片成陆在明清至今，盐碱之地多荒漠之色，不比河湖稠密的西乡之润泽，冬日更是水汽不涵，风气干燥，萧疏旷远中狭道扬尘，颇有风沙边地之感。 沿步湖路驱车至步凤，进镇，路两边房子密集起来，一家一家门口两三架、十数架、二三十架、四五十架腌腊，每架都有两三层，每层都挂得挤挤挨挨，铺天盖地的都是肉啊，肉的河流和山峦。 咸猪头、咸鸡、咸鸭、咸鹅、咸鱼、咸肉、咸鸡腿、咸排骨、咸香肠，林林总总，满满登登，猪头霜白，鱼干黑青，鸡鸭金皮丹肉，一派年节将至的热闹喜庆！

这就是著名的步凤咸猪头一条街，猪头多到令人震撼，浓浓的年味里晒着富足与安逸，还有人世的旺相。 百百千千憨憨的猪头，欢天喜地一派天真地笑着。 就是走走看看，也能激活生命的喜悦。当地人称咸猪头为"好兆头""鸿运当头"，猪头对半劈开，刮了毛，腌制时又用重石压扁，那白胖胖的脸圆润了，厚厚的双眼皮下眼睛溜圆，笑嘻嘻的，张爱玲说是"极度愉快似的"，上海人干脆称为猪笑脸。 成百上千的猪笑脸，齐排着，欢喜着，迎候着，洋溢着简简单单人间过日子的幸福感。

江浙人骂人有"猪头三"一词，有人说即为"猪头三牲"之意。 远古猪头并不粗贱，五帝之一颛顼有人考证即为猪神，颛者"圆头胖脑"，《山海经》直说颛顼之父韩流"豕喙""豚止（通趾）"，分明是猪。 莫非颛顼族和蚩尤（牛首人身）族皆为黄帝族所灭（一说颛顼为黄帝之孙），牛头猪头就成了祭献?《礼记》记载周制"天子社稷皆太牢，诸侯社稷皆少牢"，牛、羊、豕（猪）三牲全备为太牢，少牢只用羊与豕。 后来民间百姓祭祀用猪（猪头）、鸡、鱼为三牲，清代吴谷人《新年杂咏》小序中说："杭俗岁终礼神尚猪首，至年外犹足充馔。 定买猪首在冬至前，选皱纹如寿字者，谓之寿头猪首"，周作人也说"江浙人民过年必买猪头祭神"。 步凤明清间属于"淮南中十场"的伍佑场，盐民烧卤渔民出海必具猪头祷神，神祇崇祀盛行，建于明末的海神庙香火兴旺，直到毁于日侵。 遗风余响，此地家家买猪头过年。 穷户一年难见荤腥，哪舍得一个猪头过个年? 腌腊而储，一个猪头过一年。 腌咸猪头就这样成了风俗。

　　再说吃过树皮吞过观音土的民族，能吃的不遗一粒，猪下水猪头爪都是美味食材。 帝王将相文人雅士下里巴人都馋猪头，晋元帝司马睿专喜欢吃腴糯的猪脖，留下禁脔一词，苏轼盛赞"尝项上之一脔，嚼霜前之两螯"，古今第一洁癖大师画家倪瓒"总嫌女人臭、偏爱猪头肉"，金陵老饕随园主人袁枚以一字赞之"妙"，喜好猪头肉的更有潘金莲李瓶儿这样的市井女子。 火到猪头烂，烂熟的猪头肉唤醒的是人类对油脂的饥渴，红酥酥、颤哆哆的美馔，略带猪骚的肉香扑人，软糯醇厚，又滑又弹，肥者不腻，烂者不糜，瘦者不柴，脆者不梗。 猪脸子、猪拱子、猪耳朵、猪口条口感各异，口条细腻无丝，耳朵松脆易嚼，拱嘴肥腴黏糯，下颌瘦肉弹牙，食之皆有油水自由的狂喜狂欢，香喷喷的油脂在舌尖上爆炸，每一个味蕾、每一个肠胃细胞都欢呼完美！

看人吃猪头肉都馋人，买猪头肉也会传染人，控制不住的。 臭猪头都有馋菩萨惦记，大活人遇上猪头肉，不扑上去的还算人吗？去他妈的三高。 人生本来快活，就在半斤猪头肉。 唐《食疗本草》就说猪头肉补虚去乏，猪头肉不但安慰了鼻舌肠胃，又是治愈系美食，产生幸福感。 没办法想象胃烟眉的林黛玉樱桃小口怎么吃猪头肉，但林黛玉总要吃一回猪头肉的，要不人生哪来快活？ 趄在炎夏树荫的小马扎上，就着一盘猪头肉咪着小酒的汪曾祺对林黛玉道：不吃猪头肉，何来质本洁？ 不吃猪头肉，木石亦无趣。 大块吃肉的大酣畅，杀伐果决的大痛快，就在猪头肉遇上你。 大碗猪头肉，再有大碗酒，大快活！

吃鲜猪头肉属于及时行乐，食时热烈如初恋时的亲吻，饱餍之后就如七年之痒的冷淡了，不若咸猪头肉回味无穷。 咸猪头肉咸香、劲道。 步凤咸猪头其名粗率，做法也很简单。 步凤镇区三纵三横的街巷到处都晒咸猪头，自家腌了吃的、小作坊、小工厂都有，还没形成制作工艺与质量标准，也没有百年老店的盛荣，还是草莽江湖。 最早把咸猪头做成商品的是几个开饭店的，注册步凤咸猪头商标的柏建荣说自家现在不做了，推荐做得有年代的刘锦州家，刘家老早就腌百十个自家吃。 刘家门口只挂了一架猪头，泛着白霜色。 高高壮壮的刘锦州出来说，这二十四个猪头全要人家定得了，晚上就来拿。 院子里六个大缸腌泡着猪头，问起做法，刘锦州说主要在泡卤，他只用一次就倒，那些卖红堂堂猪头的就是一缸卤重复用，泡出来的血水又泡进去了。 他说自己没有精力做，一年就七八百个。 我们奇怪五六十岁的人就说自己没精力，一问已经70岁了。 常吃咸猪头肉可以养颜延年？！ 我们又去了蓝海酱醋厂张文慧那，三四亩的大院子里全是风猪头的架子，其做法也是剔毛、修整、盐码、压泡、洗盐、风干这几步，不过她家有自产的酱、酱油和大麦酒打卤，风味更浓郁些。 她家每年咸猪头能卖个万把只，毛产值200万左右，就这样，她还羡慕潇旭食品厂，说只做了人家个零头。

步凤咸猪头盐码过、卤泡过、石压过，经霜雪、经太阳、经寒风，形色美，无异味，肉板正，耐咀嚼，更Q弹。 可蒸，可炒，可炖，冷热皆佳，宜酒宜饭。 煮熟了，闻起来肉香醇厚，看上去晶莹透明，吃起来咸鲜糯弹。 最家常的做法是小炒冬大蒜，再加些荸荠片，青的青，红的红，白的白，大蒜油糯，猪头肉酥烂，荸荠脆甜，这味道不要太好！

早年间俗语说"有钱没钱，腌个咸猪头过年"，现在有钱了，怕费事，就买个咸猪头吧。 虎年春节的虎啸声已声声迫近，该去步凤买个咸猪头了。

湖荡册页（一）

雾泅千宝湖

千宝湖宜晨。　春晨。

是几声鸡啼或是鸟鸣吧，就醒来了，醒在无边深远的寂静里。雾粘在窗上。　走出小木屋，一口一口新鲜空气，才走了几步，一声惊叫，原来小木屋就在湖边，一开窗，就是水啊，新发的芦芽已窜到窗台下，还有那丰茂的柳丝，黄灿灿地摇摆到窗前。　夜里到的永丰林，下车就进了小木屋，只看到清水洗过的明亮星辰，落在深不可测的墨蓝天空。　在深沉的星空下，一夜饱睡。

湖是巨大的，一千多亩。　小木屋在伸进湖心的长洲上。　湖中还有几个小岛，长洲一隔，小岛一嵌，千宝湖就更为邃深了。　春晨总是有些飘带似的晨雾的，阳光一照就淡了，水面上的雾气像轻烟，像羽毛。　湖也醒了，巨大的清亮，像刚醒来的婴儿黑鸦鸦的眼珠定定地盯着你，你要逗他，他就要笑了。　天清得像湖，湖清得如天，一只小野鸭，摆着两只小手样的秃翅膀，慌慌地从岸边游向远处。　有鸥鹭高飞而过，不着停留。　一趟子来的，全起来了，一群不是好鸟的人，也想飞，想凫。

永丰林生态园，原来叫"八里风洼"，因在海涂，一年四季都刮旋风（圈浪子风），夏秋更是龙卷风，旋刨出众多洼坑，当地人称其"风洼"（或"龙潭"），"八里风洼"的中心，是一望无垠的大大小小的的洼塘，原先尽是青芦红茅，现在洼地挖成了湖，荒地平成了菜畦。 既无滩涂的野莽，又无农田的呆板，也无园林的弄巧，有的是园蔬的自然真淳与丰美。 雾，低低的晨雾，扑闪着的睫毛，薄薄的有点透，轻轻的有些飘，在菜地里越来越稀，各种蔬菜结结实实的叶子与花上，饱满的露滴滚动。 春阳愈高了，明媚呀！ 雾只是躲在菜叶下的一小朵。

雾洇入湖中，雾洇入叶和花，雾洇入阳光和泥土。 雾洇出了鲜亮，雾洇出了青翠，雾洇出了晴，春天润润的晴，亮亮的晴，暖暖的晴。

马荡荷田田

午。 盛夏之午。 庄子上没有人影，没有声响。 迎荡的青砖小街潮溽溽的，一家家门都大敞着。 一个老奶奶在墙荫跟揎豆角。几个老头聚在堂屋心里说话，镀着芙蓉花的中堂镜里晃动着几颗白头。 有一家子老小在黑屋里拢着八仙桌不喷声地吃饭，两三个半大小子坑着头直扒饭，人口真多。 卖大饼的炉子熄了火，黑乎乎的案板上还有块软塌塌的饼子和几根韭菜。 打铁的倒有，赤身光腿的套着黑皮围裙。 马荡撤乡并到杨集镇，也就没什么市面了。 有鹧鸪一声声传来，深沉不已。

马荡庄子向南，又围堰淤积了些田亩，一条弯弯曲曲的小道伸向荡边，田地地势很低，下雨排不出水，山芋叶下的黑土湿重，水沃沃的。 田间蒸腾着水气，低处的山芋黄豆棉花就黄叶萎萎的，草也没人除，倒长得旺。 沿荡拦着高高的土圩子，歪歪的老柳树，高低不平的烂泥路，路两边密丛丛的芦苇。 柳荫下，四十几岁的汉子理着干蒲草，垛齐，铡去头须，捆紧。 他家住在船上，船上有编蒲帘的编织机，婆娘正在烧中饭，葱花料酒炝锅，炒肉丝，笑嘻嘻地跟我们客气，喊我们一块吃饭。 马荡船民砌了房子上岸的不少，只剩几户船屋，这一旮就两户，每家两三条水泥船，睡觉舱，烧饭舱，清清爽爽。 还有一户就父女俩在，老父亲脚头里蹲着瓶大曲酒，坐在小趴趴凳上洗弄旺蛋（小鸡没孵得出的蛋），姑娘能干干地说炒了吃，也都笑嘻嘻的。

请那理蒲草的汉子，撑了小船，进荡去。 今年水大，藕全淹死了，养的鱼都冲下河了，要不然，一片绿叶子大红花，好看，汉子说。 荡呢? 让人看了有些糊涂，一条直向南的河，河两边都是土圩。 汉子说，这里原先都是草荡，上万亩，现在全围堰做鱼塘了。有老两口划着堆满了水草的小船，往鱼塘运，也有观光的小艇冲过来冲过去兴风作浪。 我们上了圩堰，果然，围塘里枯败的荷梗丛丛。 大鱼塘里有小船，爬上去，脱鞋绾裤光腿伸进水里，树棍作筏，随意划来划去。 也有鱼跳，塘边是细细的芦苇，一两棵柳，塘那边还是塘，无边无际的围塘，让人想着就晕。 正午清长，云青青，水澹澹，枯梗中也有一两茎荷叶绿着，没有一朵荷花。 我希望逢着一朵，在最热烈的夏日正午，逢上一朵最热烈地盛开的红荷。

把荡还给荡吧，让我划着条船在苇林草滩迷路失踪，野鸭子不理我，护着一群仔仔的黑鱼不理我，大沼虾一跳一跳地不理我，秧鸡低着头跨来跨去不理我，一对鸳鸯在水里尽打转不理我，大太阳正在头顶，毒得你不敢朝它看。 我不急，我摘几颗鸡米子剥了吃，苇缝中突然挺出一箭火红，我划过去，天啊，一片荷田，青荷覆绿水，芙蓉发红鲜，盛大得令人目眩。 我不急，一点不急，我和一朵一朵红荷说话。 当北斗星出来，我就摸得着家了。

纵湖菩萨月

大湖宜月。 月宜中秋。

纵湖之大，涵淡澎湃，烟波深远。 平原寂寥，常若索然寡味的男人；湖泊妩媚，是少年人阡陌上突然撞上的白脸子，斜横下来的眼波楚楚，飞扬而上的笑声铃铃，天晴风扬，少年人的心跳怦怦。

少年相知到白头，白头更恋纵湖月。 八月秋高，云水澄澈，三五之夜，三四知己，泛舟湖上，不棹不桨，从流东西，水声汤汤，风声飔飔，月声朗朗。 空里流光，叩之若磬。 霜色飞动，拂面不寒。 月印大湖，如流在水，如水在流，寂灭而又生生不息地流动。月亮之上，天高上去；水面之上，大地远开去。 月彻如冰，众人绝语。 引颈空明，俯首澄澈，湖为明镜台，月是菩提树，眼眼光明，念念智慧，顿觉大虚空、大实有、大慈悲、大寂灭，不悲不喜、非悲非喜、亦悲亦喜、悲喜交加。

有大鱼被月所惊，腾跃而起，带飞起月色缭乱。 蒹葭苍茫，菰蒲干黄，生命涣涣，枯荣自由，不执不迷，如露如电。 宇宙之大，品类之盛，有情无情，皆是菩萨。

成佛之月。 成佛之湖。

日落九龙口

夕阳滋味，最是不得餍足。 一位搞摄影的朋友，傍晚一下班，飞车直上盐淮高速，直向西，直向西，赶到九龙口，正是夕阳最大最浓最滋味。 天地之间，只有这一轮深情，深情而苍凉，溜溜地压向茫茫大水。 饕餮了一夏的夕阳，见他举手投足的沉静，四散着烟霞。

九龙口，九条长河的汇聚，荡深苇密，水阔连天，横压盐城建湖、扬州宝应与淮安楚州之间，在盐城这头，只有向西看，正合看夕阳。 我仿佛是看过严冬九龙口的日落。 苇滩错落，冰河纵横。冰层广厚，小孩砸冰的砖块狼牙般龇在冰面。 船驶过，冰碎裂了，冰块载浮载沉。 芦苇正是最萧索，干瘦的身子绷在疾风中。 有薄雪，一片一片又一片，两片三片四五片。 一只雄雉，低低地飞起，矬入败蒲，斑斓的羽毛拖出一道翠亮。 夕阳冻在云霭里，是冻在西边天际的一块紫冰，圆圆的冰镜。 紫紫的光，深深浅浅地冻在冰上。

　　是鹤，一只鹤，白鹤。　站在冰上，高脚丫的白身子沐着夕阳的红光。　白鹤走着，低着头，曲缩着颈，似乎是沦落而颓唐。　她的翅膀哗地打开，几次拍击，突然一纵，她已经跃入空中。　夕晖涌流之中，白鹤飞翔，头颈身子双腿绷直，广大的翅膀如云堆，像一支箭笔直地射向南方，渐渐的只有一道白线。　而清亮刚劲的鹤唳，还在夕阳的扬声器里回荡。

　　还没完全落下地，才斜在西天的夕阳忽然就消失了，一块紫冰化了，冻得洇不开，只有紫烟几抹。　九龙口，九条龙把头靠在沉浮岛，侧身卧入冬夜。

湖荡册页（二）

　　一滴水，绽放成湖海。 一滴水，度一切苦乐。 以一滴水，生命开始。 以一滴水，生命与天地轮回。

　　离开马荡，油冻冻的黑云突然擎天而立，天地变色，青萍之末，风乍起。 白杨树叶倒过去是白亮的叶背，倒过来是青亮的叶面，无可遮掩，惊恐地翻腾，一世界的慌张，盛夏暴涨了的河渠，野长了的草木，被黑色阴影的长鞭迅疾地揪缚住，在旋踵即至的鞭打蹄踏前挣揣，觳觫乃至呼号。 造化峻刻，无处可逃的追讨与剥夺。 大地！ 你看我两手空空。

　　马良的塑像还孤零零地站在荡中，是传说让他独守自己挖出的大荡，"马良独修金山寺，不用江南半锹土"，对江南的负气这片土地延续至今。 金山寺只记得白娘子与许仙，这个许了大愿行了大诺的苏北汉子只有以芦蒲水鸟为伴。 马荡往南二十里水路，就到九龙口，九条河流汇聚成的湖口。 还是传说，一条巨蟒作恶，九条小龙为民除害，恶蟒身巨力大，九条小龙扎进水底，一起用身子压住大蟒同归于尽。 九龙口再折向西南六十里水路，就是大纵湖了。依然是传说，有个叫中堡的孝子，孝感天地，观音化身告诉他，本地不日会地陷，哪天村子学堂前石狮子的眼红了，你背起老母亲，直往北跑，可保性命；中堡天天看石狮子，教书先生感到奇怪，一问，中堡就实说了；教书先生拿中堡开心，次日拿笔蘸了朱砂涂红了狮子眼，中堡一见，狂奔回家，背起老母就往北跑，一边跑一边喊"要地陷了"，教书先生和街坊捂住嘴笑；中堡刚跑出庄子，就听电闪雷鸣天崩地裂，回头一看，身后一片汪洋；中堡背着母亲拼命跑，直到瘫在地上，洪水从他母子身边涌过，顿时他们前后都成了大湖，南边的就是今天的蜈蚣湖，北边的就是大纵湖，中堡母子脚下的干地就是两湖之间的中堡庄。

这片平原选择了水作为记忆方式。七七四十九座湖塘，八八六十四处荡滩，九九八十一条大河，这是举其大者，更有数不胜数的沟渠塘洼，盐阜平原就是水中的土，黄海与古射阳湖中浮起的一片土。水中之土，就是湿地了。载浮载沉，水上的家园每每被水倾覆，只剩下水的传说，萍花一样一年年开下来，传承着对水的敬畏、对天地的敬畏。常见十几亩水面的湖，乡人说湖底通海，大旱不涸，又说湖中有千年鱼精，几船石灰沉下去，一条小船大的青鱼翻上来打几个滚，水就又清了。我倒是愿意相信有这样的大鱼，水之灵若此。当然又不尽是传说，大纵湖近岸处，一臂深的水底有一口井，六角的石井栏完好，传言大纵湖水下覆着个东晋城，沧桑兜转水中遗痕，井边水蕨摇曳，井壁螺蛳爬缀，小鱼们游进古井又追嬉着游出来，井，水中的一扇门，又是一朵萍花，穿过千年破空而来。当然传说也不仅是对水患的逆来顺受，记得自己第一篇铅字印出的文字也是篇传说《龙墩头与白荡口》：龙子作孽为害，百姓呼告无门，有教书先生慨然自杀，其魂魄申告于天庭，得以救民水火。 灾难多于水的土地，血性也在大水中矗立。 佛云土有坚性，水有通性。 湿地生民，兼有坚韧与通达，一辈辈萍开萍落。

我就是这本湖荡册页的书脊，一条水做的脐带牵着我。 河夹寺，奶奶家；水府庙，外婆家；鞍湖，自己家。 水世界，一滴水，和了尘，成了人。 前后左右的河流塘洼，拎水时水桶对水面的撞击，淘米聚来的小鱼，晒太阳的鳖，打水机卷扬的水柱里红鲤鱼的飞翔，疙里疙瘩的鸡米子，把着大脚桶学游泳，小木桥上爬行的小脚老奶奶，土墙根草席上投河农妇的尸体，水鬼与痴女婿的传说，桥洞下的阴暗和燕子窝，防汛泥坝扒掉后木桩无谓的斜立，水草挂住的死伢子，摸鱼的水行者，半沉入水的水泥船，水稻田沟槽里的小渔夫，夜航船，月光与水光的重叠。 河流的绳索密密捆扎的平原，湖泊的巨大镜面映照安宁的贫穷与困厄。 一个人一滴露水珠子，老人们说。 湿地生长，生命都是悬在萍花萼上迎迓日出的那露滴。 总有一块困顿不堪的天地叫故土，总有一种肝肠寸断的生活叫命运。 一无所有命途多舛，湿地生民平静若水，举动言语，水光潋滟。 湿地之夜的睡眠，犹如一滴水，犹如一滴水睡在湖海，水波不兴。

天倾西北，山聚；地陷东南，水集。 行至西北，在崇山峻岭中盘旋着上升，哪怕满目青山，目光依然干渴。 东南而归，翻山越岭越来越低，低向水泽，双目越来越湿润，乡土，草木都清水洗尘的鲜亮，是水色啊，河泥水草鱼虾酝酿的气息腾腾，大地青涩微腥的生命源泉的气息，河流湖泊喷涌而来，这是我断不了的，也永远不能断的奶啊。

大　地

　　火车一直不停地切开平原的纵深，车厢的高度给了我一个最合适的视角，与树冠差不多高，无遮无拦，可以看到飞鸟的背与翼，可以看到植物的喷涌与澎湃，细致而清晰。　正是八月，热烈的阳光、丰沛的雨水与葳蕤的植物彼此呼应声势浩大，叶子与茎干的奔流连绵不断。　植物的海被田埂规划整齐，条条块块的高低参差深浅浓淡，一片一片的跌宕起伏，俨然有了大开大阖奔放抑扬的旋律。

　　稻，那从根部伸出的窄而狭长的叶子如剑，紧护住自己，密匝匝，齐崭崭，黑云压城的兵阵。

　　玉米，高粱。　突然的挺拔，相互间的距离，行列明确，叶阔而长，如刀，秸秆顶上的穗子，落了一群雉鸡。

　　红薯，心状的叶子，紫黑藤蔓的牵连纠缠，泥土上的跌跌爬爬，挤压。

　　棉花，树的骨架，花的婆娑。

　　花生，细碎一地。

　　白果树，丫杈突然从树冠中挑出，像顽童的朝天辫。

　　柳，高挂的布匹风中的飘荡。

　　杉，端正自持。

白杨，即使只有一棵也用枝柯排列出纪律来。

黄豆。 萝卜。 莴苣。 扁豆。 丝瓜。 胡椒。 向日葵。 苹果。 梨。 核桃。 松。 每一棵都由同类的重复来强化。

浑浊的牛脚塘里村童嬉水，黄釉的皮肤水直往下滑。

植物的守土不移显出的坚定，越发逼出人只是大地上的异乡者。 亲切而苍茫，大地！ 即使是被人的农事覆盖，大地依然和人不相通。 大地，鼓动生命出世，却又断然否定，用死亡尖锐地强调人生只是有无间的漂流，大地拒绝着阻击着人对它的亲和。 大地对人的豢养与人对大地的奴性，同乎人之于犬与犬之于人。

与生命本质上的阻隔。 大地之为大地。

蒿里行

　　平明，鸟语下雨。 鸟声搅作一团，缠成蜂窝，堆叠如霞。 宿在灌河大桥下的响水大酒店，隔窗曾见长河落日。 闻鸟而起，天地清晰，朝阳已比鸟飞得更高，天空与大地在红日的轮下纵横。 鸟儿有点亮就惊醒了，为觅一嘴食而劳碌了。 鸟儿一醒就说话，越小的鸟越说得不停嘴，鸟儿说什么呢？ 在响水中学高考巡视，考场静寂，但听鸟声。 校园是麻雀的集市，啼鸣扬雪，起落纷絮，蒲公英花絮与白粉蛾也混在它们的飞行中。 啾一声，叽一声，一声上一声下的是两情相悦的欢喜，东一句西一句高一声低一声杂七杂八的是瞎聊，听得出呼唤，听得出一声高过一声急性子的表白，听得出孤独自怜的哀鸣，听得出吵架，听得出自鸣得意。 听久了，闭着眼也听得出麻雀在追逐、嬉闹、威胁、抗议、呼救、打架、自鸣。 是谁，竟学出纺织娘的唧唧声？ 三只麻雀飞起，领头的突然停住转身说几句，小爪子空中直蹬，直往下掉，它还要说。 太平鸟温暖的小身子高飞如蝇，蜜酒——蜜酒——甜蜜地叫着。 刮锅，刮锅，刮锅子（杜鹃，大杜鹃，毛羽褐灰）在叫。 那是谁？ 不断泛出的大水泡一样圆润的鸣声。 哑嗓破锣的喜鹊也会叫几嗓子。 终于，听到白头翁这乡村歌王的叫声，是突然轻扬的笛，清亮，纯粹的清亮，不杂一点邪放与火燥，一个世界珠圆玉润。 在灌河边，一棵大柳树的最高枝，面向灌水，迎着落日，也是这样的放歌，一个世界情意殷殷：卜儿，卜儿，是翡是翠，荷露，醍醐，英华清发的生机婉转。 不远的另一棵柳树上，白头翁家的小男生在学舌。 那苍老的白头，吟出大地最清纯的声音。

鸟儿为什么说话？

鸟儿是艰辛的。

可以肯定地讲，对于草，我们的认识远不及祖先。 端午吃粽子，是祭祀屈原还是伍子胥，打了上千年的官司，仍未定案。 端午家家挂蒲悬艾，这分明是先民百草崇拜的孑遗，赖草避毒驱煞。 也许，吃粽子既不关屈原事，也与伍子胥无关，粽子是芦（竹）叶包米，依然是食草，争什么争，端午就是一个百草节啊。 响水大酒店前，是响水的迎宾广场，小城村野未脱，绿地里杂草葳蕤。 随意停步，脚前都有数种野草。 认得的有巴根草，巴巴节节地厮赖在地上；有罗罗藤，堆堆叠叠自相缠绞着，蛇一样扬头；野荞麦、荠菜都已经枯干了（草木春夏就都开花结实洒种了，是什么吓得它们的日子急急慌慌的？）；狗尾巴草也有几株，还有的不认识了。 看到草木，叫不出名，就感到与大地的隔膜，有远离大地的悲哀与荒凉。 正好一位老爹爹停下来拔鞋底的铁刺，就拜了师，认得了罗公草（药啊，四九天做老师的挖了晒干，泡茶，消炎呢）、脚丫菜（那蓬生的高高的茎，一采一把指肚大的白菊花，野地里到处都是）、野苋菜（有红的有灰的，叶子凡靠叶柄处红或灰，像当中拍了粉，小丑的调皮）、灰条菜（能吃的，回家查字典，即藜藿之藜，肃然起敬）、竹擗子菜（想起来了，嫩叶可以采食，烧粥，或和面做饼，到响水一位同学家，端上来的茶，就是此草冲泡，微甘，带青竹叶香）、龙骨草（能做药的）、胡萝卜蒿子（野胡萝卜，胡萝卜一样的枝叶与花，直根白，微鼓如参须）、七角菜（茎叶多刺，紫蕾，叶花都似蒲公英，熟果也同蒲公英球絮状）、富样子（花叶似喇叭花，形小；牵牵连连，扯不干净的，就叫了富样子啵）、沙浪苗（又叫沙浪苗子、沙浪草，生于水边沼泽，无茎，叶细长而直如铁丝，刺球果）、蓖麻与麻（怎么不认识了）、……认得了草，像草之有根，心下莫名的踏实定当，认祖归宗的踏实，万物归位心魂有守的定当。子曰：多识鸟兽草木之名。

草中以菜命名的，能食；以草命名的，是药。此地还多以蒿来命名的：胡萝卜蒿子，甜蒿子，大麻蒿子，小蒿子，艾也是蒿，艾蒿，还有芦蒿，还有驯化了的蒿子——茼蒿。对蒿的知识怎会如此密集？从响水到海边去，下了沿海公路，盐田的路边只有盐蒿子，胡萝卜蒿子，大麻蒿子。越走近海，渐渐地，只有盐蒿子了。盐蒿子，肿胀的针叶，像冻或是烤出的疮，锈红褐绿，从板结发白的盐碱地冒出来，像用小爪子艰难地走在滚烫的岩石上的鸟。海堤下，渔民住着滚地龙的草窝棚，盐蒿子一样低矮，摊晒着的小鱼干，小鱼挺翘翘，干硬的鱼鳞白花花，几十条，数百条，上千条，摊在同样白花花的太阳底下。海风，毒日，把人血肉中的水往外焗，无遮无拦，只有盐蒿子坚忍地生存着。渔民从泥海中取鱼而归，穿过泥滩，穿过浅浅的芦青和盐蒿，背景是混沌不清无边无际的黄海，真像从莽莽苍苍中跋涉而来，一幅人类远祖的生存图景，那时人和鸟一样，只有蒿子可以依赖。 一旦置身蒿莱之中，人类回到远古生存的窘境，所有努力化为乌有，荒凉之情能不悲摧？ 年轻时不懂《蒿里行》何以悲凉，现在懂了。 那种生存处境的艰难困苦无复聊赖，一无所有无可依托，尤可沉痛。

　　草不能言，鸟有声，人有语。 李白狂言"仰天大笑出门去，我辈岂是蓬蒿人？"李白又笑得了几时。 人，与一只鸟，一棵草，能有多大区别，人不就是棵蓬蒿？

大地之病

　　苏咀（苏家咀）。 阜宁人老说成苏贼苏贼，老年间大概也是乡村中心小镇。 从益林到芦蒲，走过苏咀。 镇东北还有几栋青砖大门的老供销社物资门市的房子。 再往北，镇尾子上有个菜市场，临河。 杀鸡宰鹅的木棚歪在桥边，光泥地上堆着鸡鸭毛，绳子上晒着光鸡，死鸡脖子吊着。 隐隐的有干屎臭。 河死了，水浅到淤泥，淤泥里淤满包了垃圾的塑料袋，红的、黑的，堆积着，令人悚然。 在乡间的河流水上浜头，总看到这些垃圾袋。 河对岸是农家宽敞的大瓦房，晴冬，艳阳天，亮堂堂煦暖暖的金铜光芒，但我很难过。

一半是麦子，一半是山芋

三夏，土地之根不停鼓胀，结结实实地鼓胀。 暑雨僵直的手指暴怒而疯狂地抠挖，涝水肿胀的舌头拱翻，蝼蛄的大嘴噬啃，土中之实安然，恣肆畅快地生长，一团团甜蜜的火，泥土中越燃越旺，什么也扑灭不了。

山芋是垄作，大田藤蔓厚积，略有起伏，波澜不惊的绿色湖泊。 秋天，天空向上飞升，山芋争相跳跃出来。 山芋藤掀翻了，薅剥下来的红衣绿裳，堆叠着沉重而又战栗的呼吸。 那紫色藤蔓的绳索，曾是那样欲望沉重急切难耐地攀援，用触须的钉子扎，用遍身的叶子竖起耳朵听，而现在瘫作一团，山芋那巨大的轮廓显现，突如其来的幸福击打得藤蔓喘不过气来。 刨挖过后，墨绿的大氅卸去，零碎不整的土地，一个一个咧开大嘴的坑，一堆一堆山芋的小丘，漫天星光撒下冰冷的白露，冰冷的还有秋虫的悲声。 山芋，巨大的粮食。 毫无理性可言没有方圆可拟的形状，长得这样蛮不讲理真是毫无法子可想，山芋自然不以为意，粗蛮得生气勃勃，黑暗的木质之皮，包裹着明亮的肌腱，根筋的老气横秋，男性皮肉力量与欲望几乎迸裂的饱绽，令人敬畏的粗重，依然有着粮食的绵软甜嫩性子，奘大汉子都有软弱的柔肠。 锄锹在土里刨挖切断的创口，迅速地凝了汁，巨大的切口，峭岩一样陡立。 粗头粗脑，粗胳膊粗腿，那山芋才叫粮食，粗粮。 几锹翻下去就是一筐，堆积如山，那收获只能叫做丰收。 黄土小屋前，大脚桶，趁着星光，家家忙着洗切山芋片，洗了泥的山芋坐在泥水汤里，紫茵茵的身子，灰头灰脑的傻小子洗出皮脸来，泥腥里新鲜的山芋味扑鼻。 无休无止的山芋片的洪流在刀锋星光下奔涌，等到混在晨曦中的炊烟悠长了煮熟的山芋香，一大锅动物肉类的肥腴冲向农人粉红的舌头。遍地的山芋片，月光的干净骨头，那甜浆味淋湿黏稠了阳光。 这甜浆哺乳了北三县。

滨阜响，充满了幼时的我对山芋口水拉洒情意绵绵的想象。小时候，爱吃山芋，还有山芋干。 给你到阜宁找个丈母娘，天天吃山芋，顿顿吃山芋，看你够不够，母亲和邻居拿我打趣。"到我家，没什呢好吃的，山芋干子菜粥，尽兜"，提到滨海，多少年里人们只有这么一段，就几句，那粗身大怀的热乎与淳朴可见。 滨阜响，粗犷自由温良的土地与心性，一半是山芋，一半是麦子。

季节转到阴的一面，就该是麦子了。 北三县是块长幼有序的土地，从大套到十套，从头灶到十灶，它的农作也是阴阳和谐的。一袋麦子，泻到场院的白地上曝晒，一粒粒，乡下女人大团脸大屁股的敦实，阳光溶浆凝结的颗粒，浅显然而深刻的阴性凹裂。 山芋，北方汉子；麦子，北方女子。 麦子比山芋还好长，拉截山芋藤剪断扦插即活，麦子更简单，撒种，田地翻耕打碎，泥土的褶皱缝穴里带住，麦子就发芽了，"落地的麦子不死"，麦子一落土就生根，牢牢地握住大地。 没什么好日月给麦子，霜秋，冰冬，冻裂空气的寒冷自天而降地压下，麦子纤细的身子支撑住，支撑住整个世界的绿色，浅浅的弱弱的却是让农人定定当当的希望。 麦子是农家的长女，懂事，顾家，光做事不喷声。 三月，春风一软，麦子就蓬勃了。 麦子是有乔木的脊梁的，一根茎，径直争高，从不旁枝斜逸。 四月，是麦子的青春，那甜美只有乡下的风知道，它久久地徘徊厮磨，荡出一阵阵麦浪，漾出麦子的绸缎光华。 麦地，青灼的青春血液泼向天空。 五月，太阳一热，麦子忙不迭地熟了，就像乡下女子，结婚早，生育早，把自己全给了子女，衰老也早。 黄金的火从麦子根燃到梢，麦粒等不及地躁动，阳光都能热炸了麦穗，麦粒迫不及待地向着大地向着谷仓飞翔。 麦子，过日子的勤苦女人，生育旺盛的北方嫂嫂。 粞子饭糁子粥，满碗的阳光碎屑。 吃过连麦麸一起磨的面做的膨面饼，皴黑，老嫂子温暖宽厚的手，一辈子忘不掉。

北三县，麦子与山芋的火焰熊熊燃烧，我始终满怀一粒细米对它们的敬重与亲近。

光　滩

在滩涂。

观星。　夜起繁星，星空如洗，满天聚散不均的光钉，打亮宇宙之深邃。　星光垂野，星芒可触，星云飞霞，星洪奔涌，星河边篝火熊熊，甚至能看到急旋的星系漩涡。　星辰落下，满滩白露。

观日，观日出。　大太阳挂在天上，没人看的，盯着看的就需要看（第一声）着了。　唯有日出日落带着伟大者生与死的大动静，人们静穆地仰望。　在陆地边缘，你像搭在开弓欲射的弓弦上的箭头，迎面是搭在大海的弓弦上将射的朝日。　两张拉满的弓，弓把震颤，弓弦紧绷，紧张感震动在陆海之间的滩涂，滩涂已在暗夜里涨满潮水，潮声不息如衔枚疾走的军阵。　暗灰、乌青，大海与天际的轮廓初现。　光在变速增强，远远的东方，有黛色染上海潮，又染上云间，而后，天开始蓝了，光线有了形状，有了色彩，接着红出现了，从海天之际流出来，各种红，嫣红、橘红、金红，浪涛粼粼闪光，彩云成霞，红彩之霞越来越高越来越广越来越亮，巨大的光球在彩霞后面蹿升着撞击着，你以为最亮处旭日即将破云而出，却又渐渐暗了，如是再三，突然，金光之日纵跳出云缝，金圆盘，满盘沸熔的金汁，静静地悬着，其下部熔化了，金汁流淌，淌出灼烧的云沟。 光铺满了海天，只听到海涛的颂祷声。

观潮。 一日两潮（惊涛日夜两翻覆），当地渔民说涨五耗（退）六平潮一，每次潮涨潮落正好十二个时辰。 平常，潮是慢慢涨起来的，近岸浅滩水洼微澜平静，远远看去，黄海浑黄的潮波就像覆在海水上的一层蛋糕，虽然潮浪翻滚，而潮线如切。 从起潮时，就听得嚯吱之声不绝。 潮线越来越近，潮声越来越宏大，浅滩上水洼的水也被卷袭了，听得到潮头激浪脆劲的拍击声，不多时，潮浪已拍到堤岸。 初一十五涨大潮，八月既望潮如崩。 大潮凶暴，潮高浪急，声如轰雷，海在满溢，海在倾覆，海面沸腾翻滚，涛峰壁立，浪花如炸，潮头狂奔，虎扑狼突，须臾间从视线尽头咆哮而至。 潮是海与洋的蛮狠。 黄海，黄泥汤的浑浊之海，黄海潮，疯野不驯之潮。

观小取。 退潮的滩涂上，就是来玩的小游客，也能捡到泥螺小蟹之类，开心得飞起，水洼里有个小气球一样的海蜇，又想抓又不敢，哇哇地跺脚喊叫，不一会，又发现淤泥里小八爪鱼的爪子，欢喜疯了，大呼小叫地去拽。 当地的赶海人，那更是靠滩吃滩，就像来收租的，无需驾船搏浪，一篓一篓地捡回泥螺、蛤蜊、蛏、小蟹，布留置网拦网拾滩的就能捕到梭子蟹、青蟹、草鞋鱼、推浪鱼、皮皮虾了，更像回事了。 泥螺，小玉粒闪光在泥滩上，低下头，捡就是。 蛤（当地说欢子），带块长木板，摊在泥滩上，双脚踩上去稍稍晃动，大大小小的蛤蜊就会爬出来，然后，捡就是。 蛏子，一个钎棍一个钩子（细钢筋头上反折一个小锐角），钎子往泥里一捅，钩子一勾，小竹简一样的蛏子落进桶里。 小螃蜞，爬行疾速，见人就窜洞，洞又曲里拐弯层层叠叠，就是不躲，举起两个大螯跟你拼斗，游客也是光瞪眼没办法。 赶海人有专用夹螃蜞的钳子，还有掏钩，掏钩带两齿，钻入洞里的小螃蜞一掏便得。 看看，我们看看啊，看到赶海人就要看看他的收获，黢黑的赶海人从不回绝笑嘻嘻地给你看。 在滩涂上，看看赶海人小篓子蛇皮袋里的收获，比在渔港看渔船一箱箱卸鱼更有捕海的收获感。

观盐蒿草（碱蓬）。 春天，滩涂的潮上带也发绿了，水滩有芦芽，旱滩有盐蒿。 不论什么样的盐碱土，盐蒿都能生长。 盐蒿，高仅盈尺，多茎而蓬，茎上生叶，针叶细圆。 炎日烈烈，海风灼灼，从海里上来，盐蒿草是广漠的滩涂上唯一的绿色。 秋天，盐蒿草红了，滩涂红了。 越靠海，盐度越高，盐蒿草越红，滩涂就成了陆海间的红毯。 最卑微的生命燃烧成了壮丽的画卷，海风浩荡，盐蒿草的火焰在翻卷，猎猎作响。

观鸟。 盐城·中国黄（渤）海候鸟栖息地（第一期）列入世界遗产名录，证书编号 1606。 77 万公顷滩涂，鸟的国度，候鸟，留鸟，百万之鸟自由翔集。 鸥属：黑嘴鸥，海鸥，遗鸥（寡妇鸥）。雁属：灰雁，豆雁，鸿雁。 鹤属：灰鹤，白鹤，丹顶鹤，白头鹤，白枕鹤。 蓑羽鹤属：蓑羽鹤。 鹳属：东方白鹳。 勺嘴鹬属：勺嘴鹬。 海雕属：白尾海雕。 椋鸟属：灰椋鸟。 鹈鹕属：卷羽鹈鹕。杓鹬属：白腰杓鹬，大杓鹬，小杓鹬。 鹭属：苍鹭，草鹭。 白鹭属：大白鹭，中白鹭，小白鹭，黄嘴白鹭。 沙锥属：扇尾沙锥。琵鹭属：黑脸琵鹭，白琵鹭。 鹬属：小青脚鹬。 长脚鹬属：黑翅长脚鹬。 红鹳属：火烈鸟。 滨鹬属：大滨鹬，尖尾滨鹬。 蛎鹬属：蛎鹬。 潜鸭属：青头潜鸭。 鸦雀属：震旦鸦雀⋯⋯初秋，向晚天黑，刚刚飞抵的候鸟们依然排着整齐的"人"字，掠潮捕食，鸟群不绝于空。

观滩。 看不到的，在海潮下面，从海岸带延伸到浅海，以弶港条子泥为中心，如鸟翅翼展开巨大的辐射沙脊群，南到长江口，北至老黄河口，最宽处 140 公里。 能看到的，海岸带的潮上带潮间带，从海到陆依次为光滩、米草滩、碱蓬（盐蒿）滩、獐茅草滩和芦苇滩。 面积最大的是光滩，潮来汪洋，潮去滩现。 光滩之光，就是没有植被，有潮沟深深浅浅曲曲弯弯，航拍起来，如一棵棵巨冠参天的大树，众树成林，是为潮汐森林。 而人的高度是看不到这样的景致的。 在条子泥，滩涂浩渺，海气四起，泥沙滩裸露，茫无边际，偶或有鸥鹭飞过。 没有可对象化的日出星耀之类，没有小取的劳作充实，无可亲，无可近，无可为，无复聊赖，无可措意，进退失向。 既不是荒漠中的孤绝，那还有自然酷虐的凌压和自我挣扎的实在；也不是念天地之悠悠，那还有时空的维度可见有悲怀可兴；四望雾绕烟迷的光滩，忽然失重，自我被吸空，一时惶惑空虚。 光滩，我曾经困于光滩。

大地刺青

　　《盐城生长》接近尾声，却越来越明显地感受到自己粗糙肤浅、但热烈涌动着的情感。盐阜平原上那些随处可见的事物，目遇成色，耳接为声，是如此深沉地打动了我，令我不能自已：

　　响水，响坎河闸旁的一棵老柳树，半树瘤瘿，树干扁了，树旁一位汉子理完丝网，就要抛落河中；响水中学一棵合欢，仅有对生的两枝，弧弯如虹；陈家港，废弃的军营，青瓦顶上丛生的小楝树，被荒芜侵入的严整与机密；黄海滩，退潮了，水波粼粼，水下泥滩也是波纹粼粼，海岸一道时断时续的土堤，一截一截准确地呈现喇叭口状，并在不断地崩塌，侵蚀型滩涂的特征鲜明。滨海，大套于庄，废黄河边，浅滩有塘，水草丰茂，一只老牛忽地从绿苇中站起来，又躺到水里，看不见了；麦地里几辆收割机上上下下，显出土地圆盆的凹陷，正是黄河曾经掀起的一个巨大的漩涡。从建湖县城到宝塔镇（辛庄）去，一路的水塘，有的弯进河流，那塘堰往往荒草没膝，芦苇与红茅招摇，杂树孤寂，让人意兴萧索，塘水与河水掩映，没有陡立而高的河堤，夕阳从一个个水塘跳过去，昏黄着清水。从射阳兴桥到建湖上冈的公路，沿着黄沙港的河堤而建，大河堤水杉成林，几十公里的水杉林郁郁葱葱，又充盈着河堤高耸的跌宕之姿，水杉树根处树干有尾鳍一样的棱起，如肌腱涌动的绞拧，格外地劲拔，树下满地野草莓，深秋还闪烁着微小的红宝石光芒，在密林的阴影中，偶或一两株红苋粗大，那红色强烈地爆发。 射阳，洋马，十里菊花，那满满的厚积着的花地，像一塘塘春水涵荡着漫溢，那些金黄那些素白，把土地燃烧得痉挛起来，向着天空奔突。 阜宁，永兴朦胧街，一幢水泥厂房，那么方阔的西墙攀满了爬山虎，深秋满墙金钩铁画的锈红，近千平方尺的一幅巨制，叹为观止。 盐师，西办公楼，覆压着一架丁香，白丁香，在四月，那小小的花钟，累累坠坠，像突然升起的几万颗星辰，那清雅的香氛，从四月照耀到六月；图书馆后侧，雪松，冬青，枫，槿，柏，杉，高低错杂，莽荒阴森，树长野了，自然恢复了蛮力；配电房四周，经年落叶堆积，杂树稠密，以一种说不出名的桑科野树为主，那姜黄的树干，皮粗肉厚的肥壮，膘肉轩起来的饱胀纹理，饶多野趣；老盐中迎宾路一侧高台上的槐林，初夏一路的馥郁芬芳；还有建军路小学西北角院墙外的七八棵老榆树，县前街上的几棵老梧桐，都是让人深沉得下来的。 盐都，步（步凤）湖（大纵湖）路，红扁豆攀着小松树，那么一坨，像红颜欹向少年，故意地挑逗，少年的羞窘，妖姬的得意，把风情演绎到十分；房子拆空后的荒地，家前屋后的榆柳还拱卫着，那样一种空巢的姿态，令人有黍离之凄恻。 大丰，草堰，一亩已是污水的方塘，一只鹭鸟盘旋，白首白翼，却黑腹黑爪（白鹭与苍鹭的后代？）。 东台，富安，那国道路心的古银杏，每次都给人突兀而起迎面撞来的心悸……在一次次目光迅烈的爆炸中，我和我的祖国和解，和人民达成一致。

"空间不是大量密集在一起的点，而是大量互相联结在一起的距离"，我的大地行旅验证着天体物理学家的结论。那些竭力缩短距离的高速公路，正让平原变成越来越近的一些点，试图重叠的点，大地正因失去距离而空洞坍塌。以脚，以眼，我的返乡归途重新展开距离，展开平原的苍茫浩渺与亘古深邃，把广阔还给大地，把远方还给平原：

　　我的麻雀平原，我的麦浪平原，我的山芋平原，我的稻谷平原，我的桃花平原，我的白鹭平原，我的小鱼平原，我的水蛇平原，我的蚬子平原，我的扁豆（大耳朵）平原，我的楝树平原，我的月光平原，我的蛙鸣平原，我的淫雨平原，我的土狗平原，我的喜鹊平原，我的露水平原，我的白霜平原，我的黄菊平原，我的青芦平原，我的奔鹿平原，我的候鸟平原，我的茅屋平原，我的青砖平原，我的盐蒿平原，我的白茅平原，我的牛嘞嘞平原，我的淮戏平原，我的王艮平原，我的宋曹平原，我的三水（江淮黄）平原，我的湖荡平原，我的男将（丈夫）平原，我的女将（妻子）平原，我的盐阜大平原，我的生死大平原。

　　——安妥一个叫孙曙的人灵魂的平原。

中年听云

　　拖刀而行，我骑着疲惫的白马在大街小巷突围。 我看得见白发如一把把暗器破空打来击中头颅，我听得见白马悲愤而又不甘地嘶鸣。 在城市的棋盘上，心总是被逼宫将死。

　　其实，曾经和城市是两小无猜的，那时她还只是个小镇。 在小巷的低檐，吃过她手心捂暖的吊炉烧饼，甚至咬过她小鱼腥味的嘴唇；又曾经是一往情深地期许过的，陆公祠、宋曹故居、泰山庙的复建，图书馆、新四军纪念馆的兴建，"文艺复兴"的时代，那无数不眠之夜，献诗与呓语的激情自燃。

　　我还记得那些期许，因为城市的败笔比比皆是。 我想象过儒学街陆公祠宋曹故居一带能将古建连成一片，小巷幽深，瓦脊生松，院子落叶，梅开香雪；甚至期望出现一座孔庙，给日渐成长的城市定魂立根。 但你看她是如何地作孽啊，陆公祠后面突然粗头戆脑冒出来一排住宅楼，齐白石的水墨被剪成了糊墙纸。 城市中有一条可比浦江的河流，新洋港，在黄海大桥下老电视台沿河的法桐道上，可观新洋港串场河汇合处的激越浩大，但风景绝胜处，却一直是三千丈灰尘，一条大河，一个城市的风水精华，依然被水泥厂电厂磷肥厂盘踞。 沙井头、浠沧巷、八十间成片成片地倒成废墟，而后一幢幢火柴盒大同小异地当街壁立，蚕食着阳光与天空。我预约过一条"复兴路"或者"衡山路"，她也给了我一条花木扶疏节奏从容的毓龙东路，她很会弄一两块草地一两条"景观大道"来作作风雅，也会搞一两栋国土大厦盐阜大众报社新楼那样让人眼睛一亮的秀，让我至今对她仍未绝情死心。 但她念念不忘的是商业街商业城，对"南京路"艳羡得眼睛喷血。 她肆无忌惮地跑马圈地，动辄几亿的建房铺路，却很少让人一动审美之心。 我找不到自己的"新天地"，找不着我的"1912"，找不着我的"锣鼓巷"。 我期待城市深刻而精致，细腻而温润，但她一次次砸烂我的梦想，她是如此地贪恋虚荣，在权力与金钱的引诱下媚俗不堪，暴戾而专横，她是如此背离我们的初衷，风景、心灵、文化、美，泥胎木偶般摆在她的楼书。

既然我的心如此顽固，那我就更上一层楼吧，既然城市已愈建愈高，那我就将心灵安家于大厦顶屋。 少年看云，心事拿云；中年听云，波诡云谲。 云峰之上，星群中央，我看得见无数城市中哑默的灵魂，艰难地攀楼而上，在云顶，探首而出，气喘吁吁。 我失声而笑，我已听到城市心如刀绞的失悔，我等着她，等着我的生死情人，带着她的青砖黛瓦，带着她的百川清流，那我用深情温暖的每一寸肌肤，飞升而来。

哪怕遍城不堪，但星河辽阔宇宙深蓝，而我们在听云。

祖宗是棵树

一株草活不过一只羊，一只羊活不过一条狗，一条狗活不过一头牛，一头牛活不过一个人，一个人活不过一棵树。平原上的生命就这么简单，从大地上涌现又沉没，周而复始。一棵树的命虽然说不由自主，但总有几棵树从时间的缝隙漏下，活得长长久久，守护着日升月落，威严地在大地上耸立。泥土，伸出一只巨臂；大地，挺直一副脊骨，古树给大地上的生命以确证和支点，给生命带来庄严。

我们就站在这样的一棵树下，敬仰之情顿生，就像找到了信仰，突然觉得盐阜平原的土地与历史都有了支点，有根有底。那抽象的时间或者说剥离了形象的历史本质，就在眼前高耸接天，枝繁叶茂，如千手千眼的菩萨。射阳特庸镇东头的这棵银杏树，三个大男人并齐的后背没它宽，四个成年人拉起手正好绕树一圈，比五六层的塔还要高大，七八米外虬突出的树根都有小臂粗。是无数沉入黑暗的生命，汇聚成潜流，突然喷涌出瀑布，是平原拔地而升的山峰。树成了纯粹的生命，成了神。有人说要捐个大香炉，我叫他莫说莫说，说了就要兑现呢，树有神呢，晓得空许愿就发怒，真的啊，大白天说变天就变天，乌漆麻黑的，陡起狂风，就盯住大树刮，大腿粗的杈枝子都折了几根，说是个什呢统战部长，副的，准个大香炉，回去正部长没批，不能空许愿啊，树的主人看起来比树还要老的张氏老太说。 陪着这棵树，张家到她已是二十一代（家族已到二十五代），六百七十年，实际上，倒是树成了主人。

盐城人乃至苏北人的族谱翻起来，常说老祖宗是苏州阊门的，"洪武赶散"才迁过来的。 这棵银杏树就是张家老祖移民至此时种下的。 这倒给了"洪武赶散"以确证。 盐城地界的初民应该是支叫淮夷的部落。 芦滩茅渚，月光亮起来的时候，曾有篝火熊熊，鹿炙鱼羹，孔子所谓披发左衽的男女们欢歌魅舞。 淮夷这一支在历史的岩层里消失了，也许是沉在我们的血里了，要不然怎么闻到月色看到野火我们的血会痒呢？ 这片息壤般不停生长的土地，招引着热爱土地的人们。 盐城是移民的国度，历史上多次涌入大批移民，西晋永嘉之乱后，中原人士南迁；明初，大批苏州人迁至，即所谓"洪武赶散"；清末民初，张謇废灶兴垦，南通数万人迁此；建国后农场密布，四方来垦；新世纪，又接纳了三峡移民。 我怀疑一位颧高颊宽眉短目狭的同乡老友有蒙古血统，他家附近就有南堡北堡之地名，似是元人军屯制度。 苏北老乡汪曾祺有篇以他老家高邮为背景的名作叫《大淖记事》，汪曾祺在文中说淖是蒙古话（湖泊泥沼之意），这也应是金元遗存，谁说我无根无据呢？ 远徙之民，新垦之土，一代代的生命化入泥土，土地与人便有了血亲，人与土地从生疏到圆融。 土地与人心性相通，盐城人的面容才从大地上浮现，古树也就成了比铜像石柱更永久的纪念碑。

古木为乡里之风水树。 东台西溪相传有棵汉槐，就是见证董永相配七仙女的那棵，倒有好几代人都没见过了，无影无踪。 建湖蒋营乡的收成庄有棵唐槐，殁去已十几年了，仅剩两三米长的枯树段。 特庸的这棵银杏，就成了盐阜第一树，理所当然的是老祖宗了，每个盐城人都该来拜祭的老祖宗啊。 健旺的老祖宗，让人生与文明有了依靠，不至于随时陷没虚空。 祖宗是一种方言，山芋腔冒子腔；祖宗是一种生计，农渔或是灶丁；祖宗是一株花，枯枝牡丹；祖宗是一棵树，佛指银杏。 特庸的古银杏为雄，便仓的枯枝牡丹为雌，好一个琴瑟和鸣的平原，怎能不生生不息。 古老的大树与花朵，就成了盐城人献祭于皇天后土的黄琮与苍璧。

"亚洲铜，亚洲铜/祖父死在这里，父亲死在这里，我也将死在这里/你是唯一的一块埋人的地方"。 在秋阳下，银杏有金色的叶子。 一柱冲天，热烈爆动着的黄色火焰，是无数羽化的灵魂，是上千跌坐祷祝的菩萨，又是几万枚金色的钟声，悠扬洪壮，谱成我灵魂归去的通途。 是的，大地的每一个子民都在灵魂深处归去，一步步地向它走近，走进真理（道）。

大地春词

　　寒冬腊月，阳气已动，大地灵气盈盈喜气旺旺。 我满怀欣悦。
时听爆竹一声一声钝响，灼亮的一蓬火星陡地悬空炸裂，一团烟雾
像突然被扔到半空的白鹅，犯了傻，笨拙迟疑地游离，另一只呆头
鹅又抛了上来。 接二连三的爆炸，一行白鹅行进在半空。 河坡上
点的簇簇蚕豆，横竖成行，一朵朵绿牡丹的列队。 麦田青黄，几摊
牛屎，漩涡状的尖起。 蠓虫已起。 捧着鸟窝的长杆白杨，光头光
脑的傻小子。 鸬鹚船的尖嘴箭一般破开水波。 一粒粒芽苞和种子
过于兴奋，紧张得冒汗。 早晨的严霜，祖先们严正的脸正在化开，
化作湿润的温情和阳光。 红茅、稻根茬、巴地根褪了初秋的霜红，
纯银发亮。 坟滩，纸钱的黑灰，祖先们也已幸福。 给先人送压岁
钱的孝顺子孙放起野火，在河滩田埂拖出一条条黑带，野草枯苇作
为春天的献祭燃烧成灰。 公路旁的集市，包头巾的妇女们挎着沉
重的篮子，鱼肉的冷腥气湿重。 卖鱼卖肉的挦起膀子，手臂粘血。
颤巍巍的老头老太拖着拐杖赶来，小孩一样窜来窜去，他们愿意去
挤一挤，沾沾活气。 赶集，生命的集合，恣意狂欢与人气的应和。
河埠，心满意足的老爹爹叼着烟，拿掏灰耙子捣弄着木盆里的猪
肠，脚边的塑料盆里还有挂全心肺。 我生人四个，重孙子会跑了，

媳妇喊我去钩被子呢，我七十八了，汰被单的精干干的老奶奶说。我闻到家家户户炸肉圆的香气，炊烟也飲饱了油水一步三摇。 每个村子都听得到猪嚎，杀好的肥猪白白胖胖，面目慈祥，前爪搭在杠子上，汉子们抬得哼哧哼哧的。 一瓣橘子的下弦月，汁液饱绽，向着年三十旋转。

年三十，一夜密不透风的鞭炮声。 大炮仗訇然洞开的雷霆之声。 又叫二踢脚的双响，第一脚冲天而起，果敢有势，虎虎生风；第二脚霹雳声振，发力勇猛，沉稳干脆；一应一和，连贯而分明。连珠炮则定定当当地稳在半空，一声一声合辙押韵，气韵悠长。 小鞭慌不择路地弹射，慌张而起，哔剥嘈杂，结结巴巴地收尾，突然没了声。 十几层高的斗香，一家家院中矗起的宝塔。 世界空旷了，家家团圆了。 一年忙一顿，一顿忙一年，年夜饭，芋头（遇好人），猪大肠（擦臭嘴），豆腐羹（陡富，有根）。 早年头，男主人要"打稻褶子"，蒲包盛满石灰，院中室内一坎一坎地拍打出石灰印。 神柜上要"装饭盆"，陶盆盛满米饭，堆尖年糕粘饼；供"发财树"，松枝上扣系花生白果饴糖，饰以红绿彩纸。 然后是大年初一了，新衣新鞋喜滋滋地跑动，满地鞭炮的红屑，一地朗朗的笑声。 我喜欢听笑漾漾的老辈说："祝你精神朗朗啊"，"恭喜发财长精神"，还有"皆是一样啊"。 我喜欢其中的诗意，郑重其事，还有吉祥。 街角里巷，冷不丁地响起玩童摔的掼炮，童真裹夹的犯邪促狭，雪里夹的灰。 春联与喜纸的红脸在风中紫胀。 连猪圈茅厕都挂了红，喜滋滋的。 道路旁的大树上还写了"祝君一路平安"，我感动于这专写给我的祝福。 老人们说正月里坏星宿也出来了，晾晒衣物都戴着明亮亮暖洋洋的日头。

　　初一鸡日、初二狗日、初三蚕日、初四麦日、初五马日，连绵起伏的鞭炮声中，众生平等，尽享祝福。 高升、震撼、豪迈、张扬的鞭炮多少是人生得意须尽欢的隐喻，至少是期待与激励。 初五"五马日"，接财神。 初六"六字夜"，夜里家家炒瓜子花生，炸强盗眼睛。 初七，人日，端看风气与日色，详察一年人生光景。春节，巨大的苏醒星夜兼程，翻越着年跟岁尾的高峰。 人民欢乐，大地和生活都给自己安排一次狂欢作为开始，在狂欢中重生。 喜事全集聚到正月。 星罗棋布的新婚之夜，遍地婚床，新郎对蜜油之穴的迷恋，一次次放小鞭似的急不可耐的狂风暴雨，强硬而持久（满天星宿舞蹈着藕节节的小手小脚，涌向人间一双双老虎鞋）。贺喜的人们躺在稻草铺上甜睡，呼吸着鞭炮肉圆白酒的气息。 津津汗出的温暖梦乡，巨大的春天，喷薄而出。

乡下的花

乡下的花

　　河岸上偶尔还可见一枝细伶仃的苇，枝头小团的苇花是枯灰的，但深邃朗蓝的天下面，迎面而来的已是春了。 明媚起来的阳光和温情起来的风中，有布谷飘忽的啾鸣，有燕子轻捷的身影，温润起来如处女之腹的泥土上，麦苗和草都肥美起来。

　　便也有了花，乡下的花翩翩而来了。

　　正月末，农妇的篮中郁绿的青菜便挺出几簇淡绿的花序，一朵半朵的黄花北风淡雪中颤颤欲语。 入了三月，蓬蓬勃勃的青菜开成一棵棵花树，满棵满棵累累的花球，满菜园满田埂满坟头满河坡满村满路满乡满野满眼齐腰高厚实实的黄花，烂烂漫漫的明黄如云如缎，映入清亮的河中，绰约如画，清芳又香腻的花粉扬在空气中一直飘进五月。 菜花开进淅淅沥沥的太阳雨中，又有了说不尽的明亮、光鲜与柔嫩，入夜又是一团团蒙蒙的雾。

　　有着细长的锯齿叶的野荠菜，举出芥子大拥簇着的白色粉红色花束，花苞的尖上还洒着丝丝紫色。 牵连成片的"破纳头"开出碎米大的蓝花花，花顶却是白的，瓣上有清晰若刻的纹络，细腻得很，学生们给它取了个很诗意的名字——蓝星星，一摇即落的蓝星星，一片一片地牵满沟坡时，花便也铺满沟坡，满沟蓝莹莹的。 春光中还有几株从土里一爬出来就挺茎，茎上还没生叶，就托出黄绒球花的蒲公英和浆浆草。

再往春深处去，便是俏皮的白瓣上晕着黑斑的蚕豆花，白蝴蝶粉蝴蝶般翻飞在绿叶中的豌豆花，苜蓿的黄花紫花也连绵而至。村舍前树出一株或是几株桃红李白撩拨着春色，秀出半天外的梧桐花，则像是栖了一群紫色的凤凰。而苗壮了田野的麦子不事张扬的花事盛大，舒展了农人被风霜抽皱的面容。

走吧，踏过春季的阡陌，劈头盖脸涌来盛大的花事，蜂拥的花们闹猛了夏天，黄瓜花、丝瓜花、拉瓜花、站瓜花、吊瓜花、南瓜花、葫芦花、扁豆花、冬瓜花、打碗花、茄子番茄胡椒花、金针菜花，满架满园满墙的姹紫嫣红。树上清甜洁白的槐花串挂如鞭，紫团簇簇的楝花荧亮若星。河岸沟畔野生的蔷薇，粉红花和弯刺披覆藤条，垂垂欲行水上，黄雀和翠鸟翔集在这夏天的一根根麻花瓣上，呼朋引伴嘤嘤相鸣。层层绿树中有时突然腾起满眼礼花来，那是婆娑的合欢树。那蝉声和蛙鸣催香了稻花，稻花香覆盖着田野的白天和夜晚。晚霞洇入河流，水上淌着鸢尾和浮萍沉郁的深蓝花朵，应和着唱晚的渔歌，应和着嬉水少年的尖叫。

蜜蜂便整日在花粉堆里打滚，快活地唱歌。真想是只心满意足嗡嗡歌唱的蜜蜂，伴着这些村姑一样本色不媚只求结果的花，当花落去，也折起翅膀沉睡在红红的果子下。青菜开花黄似金，萝卜开花白如银，苜蓿开花紫水晶，蚕豆开花一点黑良心。打猪草的大辫子唱着唱着，脸便皱成朵菊花。

入秋了，野菊大概是最晚的地上的花，细小而纯然的黄；但河流中还有硕大的荷花皎然出水，细小的萍花随波逐流。

秋深了，芦苇又竖起一枝枝鲜嫩的紫绒绒的花，让人看着它发白发灰，从秋一直看到冬；还有经霜的茅草嫣红胜火，还有枸杞子累累圆实的红果，还有一树乌桕籽如白梅，还有干干净净的雪花飘过冬天。

花的乡野啊！　农人不当花是花，花亦不以花自矜，人花两忘，人花俱好。　花枝招展着农事，农事的艰辛化作甜蜜；花团锦簇着农人，农人的清贫成为真淳。　乡野丰饶着花朵，花朵繁衍着乡野。

乡下的花，铭刻在心的是一树桃花，在文天祥南归取道的海安，农人屋前，桃树颀长如杉如硕人，桃花艳嫩如唇如处子。　最想拈在指间的，是晨起踱步讨来的一枝带露的红玫瑰（还是从农人屋前），轻轻拈在手中，迎着缓缓升起的乡间红日的那枝红玫瑰。

螺蛳壳里做道场

"吃了一碗还剩一碗","尖底子，红盖子，里面藏着一碗好小菜子。"但凡猜得这两则谜语的，我都视你们作我的知己，我的乡亲了。

当柳牙黄的唇喙率先从枯索的众树中吐出几句春词，惦记着莼菜鲈鱼的人要雀跃于河豚欲上了。这些口欲之奢非我们所能享受，但我们也有好小菜子——螺螺。老辈相传，清明前吃螺螺能明目。花枝烟钱，油锅一炸，姜、葱和酒爆过，螺螺下锅，加糖、加辣、加酱油，在我们的母亲（妻子或女儿）的烹调下，便是一满盘让人不释手嘴的鲜，手到、唇到、舌到、气到、劲到、汁到、肉到、鲜到，谁能忘了那一个接一个吸吮不舍时的口福呢，那是多么的下饭啊。如果再是新韭炒螺肉，螺螺肉子汤呢？这真的叫"好了不能"了，多让人想着啊！吃了一碗还剩一碗的螺壳也浪费不了，把它砸碎，又是生蛋的鸡鸭一顿佳肴。

螺螺鲜鲜地走进我们的言语，我们说水泡眼疤眼叫螺螺壳子眼，我们谦虚房子小"螺螺壳里做道场"，"三只指头捏田螺"是稳拿，"螺螺壳子戴眼镜"是多一层不如少一层。田螺姑娘令田家郎日思夜想，溺水的亡魂罚在河底拾螺螺装满无底筐才得超生，又被用来吓唬那些追波逐浪的童心。"小螺螺呢，快唱歌给我听，越唱小螺螺越长"，澡堂里老爹爹逗小宝宝。"你的小鸡鸡还没螺蛳大呢"，则被苏童写进《碎瓦》，成了文学语言了。

在城里，螺螺用麻袋装着卖，灰尘扬落在上面，隔夜经日，螺螺们不得清水发了臭死去了。而在乡下，是由慈和的、拾掇得清清爽爽的老大爷老奶奶菜篮子拎到你门前的，洗得光滑滑的，养在水里能爬的。如若自己能用趟网子去罱，或是跟着趟螺螺的亲友捡拾，虽比不得数金数银，却有一种真切平和的快乐，再能罱着一两个蹦跳的小鱼小虾，是要溅起童年的狂喜的。这样想着，不肯进城的父母作为托辞列举的乡下的种种好处，又来勾我们这些挤进城的乡下小子的魂：空气好啦，房子阔绰啦，要吃菜就到园里挑啦，自家的园自己种家前屋后青枝绿叶啦，淘米洗菜汰衣河里水哪用得完，还能跟河对过的拉呱几句啦。

在夜在晨，田头屋角，我们可以随随便便地撒尿，懵懵懂懂地站到饱含着青苗味和菜花粉的雾气中，来不及便喷些温热在手，不经意地听着自己充沛的溅尿声，一阵凉凉的风，一滴露滴在额上，冰凉，打一个寒战。

老了的爷娘睡不熟，咳嗽声问：哪个啊？我啊，我们随口答。三子当？才应得声嗯，人已斜到铺上睡熟了，慈娘又摸过来，替我们拉上被子，在我们床边坐坐，鸡便啼了。

在每一条清流之下爬着螺蛳，伴着乡野少年们成长，这是造化恩赐给他们的快乐。乡野少年红薯一样结实纯正的快乐呢？楝树一样挺拔蕙质的乡野少年哪儿去了？

蒹 葭

二十四节气的名都很有境界。天高了，水落了，光和了，气清了，发黄发枯的草上，露粒凉凉的了，这便是白露了，一念及，便有一种辽远而高的清爽袭来，广阔得很。

"蒹葭苍苍，白露为霜"是悠久的诗意了，苍茫清冷。朱子说蒹似萑而细，葭即苇。《辞海》说蒹是没长穗的芦苇，葭长大后即为苇。而段玉裁则说蒹是荻，葭是苇。在盛夏的水边，芦苇不枝不蔓，争高直指，绵绵迤迤，密生如屏，阔长如刀的叶子都迎向风的方向，在平滑曲流的大水之上，绿色的生意无限蓬勃。而当白露推开秋天的大门，水浅而冷，秋天败去芦苇的繁叶，褪尽其青绿，有着泥土肤色的芦苇依然植立，益显得磊落高标，一穗穗萧白的芦花挺然而出，在寒风中只能用苍劲二字形容，这就是"蒹葭苍苍"。山区平原的沟塘边，常常丛生着几株笔尖粗细半人多高的矮苇（荻），秋天叶茎彤赤似红茅草，配得苇头雪白，色彩搭配浓烈而沉静，如再映着夕日晚霞，那是很叫马上的车中的古今游子仓皇而怆然起来的。

农人称芦苇为芦材，呼之曰材，足见重视，为其砍回家去，可编帘织席制帚作履支棚树蓠。芦花编的毛窝子，现在优待为手工艺品，泊在城市女人们撒娇的足下。 有点才有点不得意的才子们，剪来芦花插于墙上，于是一壁萧然，这也是较为流行可操作出的乡间风景。 有点温良有点滥情有点骄傲有点乖僻吟诗作画白衣胜雪的才子，在 e 时代也濒临绝迹了。

"蒹葭苍苍，白露为霜"下面几句是"所谓伊人，在水一方。溯洄从之，道阻且长"。 纵一苇之所如，凌万顷之不测，这便是人生了。 西哲说：人是一株会思考的芦苇。 道阻且长的跋涉中偶一回顾，伊人不见，只有挺直的芦苇梢头灰白的芦花，霎时，突然，人就苍茫起来了。

盐水瓶

北风，关在无边黑洞里的黑猫，没头没脑地狂奔，凄厉地叫。风婆婆拧开自己的风袋，往天地的大皮囊里灌。

草房子震撼着，稻囤散发焙出的热糠皮味，猫也上铺了，坐在被子上呼噜呼噜地喘气半梦半醒。 我们的睡眠静静地包在晒了一天的被子里，干净的大北风和太阳又是拍又是晒，布和棉胎蓬松得像一朵朵棉花，暄暖，干爽。 还有盐水瓶，灌了滚烫的沸水，被窝里的太阳，被窝里的火炉，烤得睡眠出了汗。 那个荸荠样的铜睡婆子倒不常用。

白天，坐在堂屋心晒着太阳捻线的外婆，小脚下放着个烘炉子，提篮样式，蜂洞盖子。 里面盛上烧早饭的热草木灰。 我们去了，外婆就不时扔进烘炉子几粒黄豆蚕豆老玉米，那急促的爆裂声飞溅起我们的欣喜。 攥紧小树枝折的筷子，赶紧捡出往嘴里送，嘴唇乌黑。

青菜薹。 茅针。 芦根。 青蚕豆。 豌豆荚。 大把子菜莛子。

山芋干。 玉米秆高粱秸。 都是我们馋嘴的吃食。 两个女生不好了，一个攻击另一个拾人家山芋皮子吃。 远房亲戚结婚，和父亲到老家出人情。 新娘子船到的时候，正赶上放学，学生欢天喜地迎着鞭炮声狂奔而来。 快点嗄，这么些学生糖有得发呢！ 老人们催促着。 新娘子上岸了，接亲的抛了几把喜糖，学生抢打成一团，主家为了讨吉利，又拿出一袋糖，要学生们排队，一人一块。 我看见发糖的分到堂姐时不给她，说发过她了，把她拉出队。 没有啊，没有啊，我给你查，已经初三的堂姐哭喊着。 稀薄的印着双喜字的黄色糖纸，总是破破烂烂的，先从糖纸吮起，混着印油味纸味的微许的甜。

小学五年级的夏天，我像狼，深深被一位女同学吸引，有似爱情。 每到中午，便思念起来。 下午她总是差点就迟到，急匆匆地踏着上课钟赶来。 挎着个柳篮子，还跟着个光头光脚的黑弟弟。所有同学都盯着一方干干净净的手帕盖着的篮子底。 印着小鹅的手帕凹凸有致，勾勒出我们最爱的形体。 那篮菱角照例是进了老师的肚子，以回报老师允许她带弟弟。 据说，那菱角都是她不说话的弟弟游到河里采的。 但我似乎是吃到过的，那小小的四只脚的红菱角，睡娃娃一样的红菱，翻身子的狗娃猪崽一样的红菱。 触须一样软节节的脚，粉红的皮。 剥开了，白生生的小身子，嫩团团的小身子，水滋滋的小身子。

鹧鸪天

鹧鸪叫了。 在市中心的家里，时常听到田野中鹧鸪的叫声。哼——哼——咕，哼——哼——咕，鸟中的男低音，低沉，浑厚而辽远，像鸣叫在幽静山谷，山谷将鸟鸣扩放了。 似乎一推开窗，就是那深翠的山谷田坂，绿光飘曳，倏地扑过来。

乡村大道

　　散淡地漫步于冬日的乡村大道是感人的，一瞬间一瞬间平静而悠扬的记忆，抹上心页而永恒了。

　　视野尽处夏日的瓷蓝，已是连绵的寒灰色氤氲了，依稀浮现出剪影似的静穆树梢屋脊，心能感受到那一片苍茫下乃至更远、各式人等生生死死的活跃而温暖的悸动。

　　河流瘦着，夹在两岸萧萧木间，或是清亮，或是阴郁，或是苍茫，波光粼粼如一朵朵硕瓣的素色绣球，或青或白或蓝或灰白或青白。

　　天亦瘦，云气若有若无，空中荡然开阔，无声地斥满明亮的似在飞扬流动的光色。

　　土地亦瘦，寒索出本色，浅弱的麦地横一块竖一条地蔫黄着，没拔去的棉秆又跌宕出褐红。一切都裸露了：田埂，荒田，坟头，河坡，都是枯草的颜色，连几枝风吹灰了的芦花，也染上这种泥土的肤色。视野深处层层叠叠的农舍，现出沧桑历尽相对无言的样子。凸在旷野的几株独立的榆柳，则如泥土的手指指向空中。这就是乡土的颜色啊。

　　目光习习如风，如白色的日光，平静地弥散。

日光浮在路面，护路木的影子倒伏的栅栏似的，枕木似的，一级级绵向远方。

自行车在身边来往不息，都是这片土地的子民，如梦的乡音响起。

忽然，路两旁耸立两根斫去树冠砍削为电杆的榆树，但在春雨中又会抽出婆娑的枝条。分立路的两旁，多像门啊，一扇穿透岁月流逝、在人生的来来去去中似有似无的门啊，一扇指向故乡的门啊。

这就是乡土，这就是乡土，这就是濡染浸透人的生命，令游子辗转于辉煌与穷途中，时时黯然神伤的乡土啊。

生也有芽

　　街边的树一下子浓绿了，树冠就密了。　天热得穿不住衣服。突然地，想起了一种快乐。

　　才捉的小鸡，在菜籽棵的森林里钻进钻出，绒球似的，唧唧喳喳的，像下了课的小学生。　挖土，大锹。　扦碎，小锹。　拌入草木灰，撒种：胡椒，向日葵，黄瓜，拉瓜，南瓜，茄子，尖的扁的球的扎刺的种。　浇上水，盖上薄膜或是苫层草，压上土疙瘩。　菜园子这么一块屁股大的地方充满了神奇。　水汽氲着薄膜，看着看着，种子就变成芽了，如绒，如丝，如针。　中午能掀开薄膜了。　茎直直的了，透明，像一管子水，嫩嫩的绿，白底子上晕了翠。　两片对生的初叶，有的像三角旗，有的像大耳朵。　有的叶子顶了种壳，像歪戴了帽子，俏皮得很。　簇在一起的是扎堆儿的兄弟伙，孤零的显着羞答答的。　一天天的，茎毛毛的了，粗粗的了，叶子也几层了，掌形的，蛋形的，星形的，都显出种性了。　秧子就育好了。

　　搭上架子，挖了窝子，移秧了。　狗啊猫啊，也多选在这时产仔，小狗小猫眼闭皮光，粘来粘去的一团，老猫不让动小猫，谁碰了，衔起小猫就搬家，狗妈妈倒宽容。　也就几天，小猫小狗眼睁了，毛皮油亮了，小狗会勇敢地冲生人发威吼叫了，小猫娇娇的像小鸟一样地叫了。 小鸟也真多，大鸟带着飞呢，踉踉跄跄地飞，小孩一追，小鸟惊慌失措地飞不起来，大鸟眼盯着乱窜哀鸣。

秧没育好，赶集。 集上有胡椒番茄茄子秧卖。 收拾得干干净净的老奶奶，蓝布大袄裙子，蓝布裤子，粽子小脚，脚前一竹篮秧子。 老奶奶像带着她一趟子孙子。

豆子，大蒜，土豆，丝瓜都是点种，挖道土缝，丢粒（片）种。 青菜则是平好地随意一撒。 每一家菜园都有的韭菜，育种最为隆重。 赶集买种，整地，垫上羊粪鸡粪，用草木灰打塘，塘里窝上一撮种。 有的塘不发芽，要补塘。 家里有人岁数逢九的，犯冲，当年还不能窝韭菜秧。

春分买种，谷雨移秧，二十四节气不紧不慢地川流不息，历历分明。 芽，幼弱，纯正，坚定，无穷。

每一年种子发芽，雏鸡长大。 一季季伴着生命诞生成长，时光清晰，岁月可辨，日子切切实实地安定。 古语说：靡不有初。 挤在城市，除了生人，几乎见不到生命的开始，对生命的体贴怜爱也就少了，生命相互应和悦意的快乐也就少了，没了。 小孩唱成人的歌，看成人看的影视，"童年"失踪，既无善始，定无善终，城市中的事大抵如此定局。

阿长旧事

    阿长的爹妈是文人，拿粉笔的。 每每暑假，阿长就被送到外公家，阿长爹妈要政治学习。 阿长也去过他们集中学习的学校。 一间大教室里挤得紧腾腾的，摆满了木制的上下床。 吃饭是大筐大筐的紫陶钵蒸饭，大木桶盛粥，中饭菜总是豇豆角子烧粉丝。 阿长后来只要到食堂，豇豆角子烧粉丝的味道就扑过来。 学习的时候，一个老师拿本红宝书一本正经地念，念得沉不住气，时不时地嗤笑几声。 教室里烟雾缭绕，嘻嘻哈哈，打打闹闹。 一个麻壳脸老师老画一个女人站在一幢房子前，问阿长画的是谁，又以买糖买西瓜做条件，让阿长喊他爹，阿长总不理他，阿长只喊自己的爹为爹，老师们很叹服，又常说阿长姆妈跟阿长站在一块像姐弟俩，阿长姆妈就嫣然一笑。

    阿长有外公，还有一个外府奶奶。 阿长外公那儿要饭的特别多，有时一顿饭来两三个。 其实倒不是外公那地方要饭的多，而是阿长暑假才到外公家去，暑假正是五黄六月青黄不接，要饭的都出来了。 阿长最喜欢叫花子来了，吃饭时叫饭花子来了，阿长外公就不用筷子磕阿长的筷子，不唠叨说捡自己面前的，筷头上吃净了再夹菜。 阿长外公放下碗筷，走到门口细看一下，熟面孔的给一分钱，生面孔的给两分钱，孔武汉子就骂几句，让他滚：有力气不劳动，享乐思想，滚。 阿长外府奶奶见阿长外公训人，就把搁在条柜上的黄瓜让阿长送给那人：可怜见的，谁家没有个三灾六难。 阿长外公也不言语，看着那汉子咬着黄瓜，风风火火地到下一家去。

阿长睁大细眼睛，看叫花子，看来看去，总觉得和外公队上不讨饭的农民一样：黑脸黑脖子黑脚，黑褂子黑裤子，青褂子青裤子，黄褂子黄裤子，有的还别着毛主席像，戴着黄军帽。 阿长外府奶奶和人拉呱，也说：这年头，叫花子跟人一样的。

阿长外公家正屋是低低的面砖屋，山墙压了一圈小瓦，只在东西厢房朝南各开了一扇格子窗。 屋里黑咕隆咚，凉凉的，东厢房还停着一副长长的棺材，阿长只要进东厢房，就会感到棺材里的黑暗压过来。 门前的天井差不多有篮球场大，也阴暗着，尽是树叶翳蔽着。 苹果，梨，桃，柿子，有十几二十棵，最高的是柿子树，掌形的叶子肥肥的，树皮黑黑的从根碎裂到冠。 正屋东首是一间门朝西的小厨房，土坯房，墙面盖了苇席糊了泥，蜜蜂嗡嗡地从这根芦苇管退出来，又钻进另一根，找错了家似的。 还有昂昂叫的大铁罗蜂，知了那么大，黑得发亮。 大黄蜂，细身子，长长的，像一根针，不是飞，像是箭射过来，阿长赶紧躲进家里。 堂屋西墙根是一溜小房子，朝西，一间猪圈，一间茅厕，一间羊圈。 羊圈猪圈都空了，堆的稻草豆秸。 土房子旁还是一排树，阿长抱不过来的大柳树，柳枝从空中直拖到地，拖到秧田里。 柳树西边是一片稻田。阿长从没看到稻黄过，暑假一过，他就离开了。 阿长在茅厕一蹲就好长时间，看稻田尽处的天际，黑森森的林带，看云影在稻尖上像水波明明暗暗，荡来荡去，看一只绿蛙一蹦一跳地跳到阿长面前，两只鼓突的眼睛盯着他看好久，又低下头想呆，阿长怕它跳进茅缸，心拎拎的，绿蛙又跳走了，咕咚，跳进水田里。

屋后是竹林，细长的竹子，竹叶蓬蓬，竹竿挤挤，遮蔽天日，阿长除了和外府奶奶一起唤鸡，不敢进去。竹子里有几棵白杨，奇高，笔直地向天空戳去。白杨树叶总沙沙地响，像夜雨簌簌。树上总有只喜鹊呱唧呱唧地叫，可总没有亲戚来。

阿长外府奶奶能苦，稀稀的头发笼个鬏，在树里拓了几块园子，长黄豆，番茄，山芋，茄子，胡椒，拉瓜，扁豆角子，黄瓜，韭菜。又总长不旺，黄豆结豆角才筷子那么高，韭菜总陷在泥里。这树坏，阿长外府奶奶说。她和外公只能吃熟烂的果子，又看不住，老要人偷，出来抓，外府奶奶还要个汉子撞个跟头，几天没上园子。锯，退休时要做米丘林的阿长外公也同意了，黄豆地里一棵大扁桃树锯掉了，阿长就给树根浇水，荸荠样的扁桃又好吃又好玩。阿长外府奶奶上园子，就叫阿长搬个凳子给她坐，阿长外府奶奶整天埋在园里，太阳光的针芒漫天飞，看不到外府奶奶滴汗，只蓝衫子一块一块地湿。

外府奶奶总要忙到老晚老晚才睡。吃过晚饭，把厨房门一关，黑灯瞎火地摸把澡，然后就套上竹布裤，清清爽爽地挂着两个面口袋似的大奶子，躺在大竹躺椅上乘凉。日里竹躺椅是外公的，阿长不敢坐，那竹躺椅靠到阿长就少几根篾子，外府奶奶就对阿长瞪眼睛。阿长外公洗澡，就喊阿长一块把澡桶搭到东山墙，对着河，河边是小路，阿长外公就大大块块地洗。阿长搭过桶就溜，溜不掉就要搓外公楝树果皮似的板糙糙的黑皮，阿长狠狠地搓，阿长外公就呃呀呃呀狠狠地舒气。 肥壮的农妇，哈腰的老婆婆从河边大楝树下走过，光身子的阿长外公还客气地打招呼。

阿长外公有钱，有老保拿。 他的魂据说就是退休那年掉的。乡志上把外公的父亲定为恶霸，外公教过私塾，新学堂时兴了，又去读师范。 解放前做到高小校长，也夹个袋子要跑，没挤上船。整风反右，斗了几次，赶紧退休了。 刚退休时热衷于园艺，家前屋后种了各种果树。 唯有少爷脾气不改，口味刁，外府奶奶伺候他这张嘴练成一手好厨艺，小杂鱼能做鱼圆，做虾饼胡萝卜饼，还会做糖。 大姑爹爹，二爹爹，人们毕恭毕敬地请阿长外公，分家啊，红白事啊，那时外公也极潇洒的样子，毛笔在手，游龙走蛇，搁笔微躬着听人们赞叹。 主家总要留吃饭，吃饭就坐主席。 人家来请外公，也拉阿长，阿长却从来不肯去。 外公不许跟路，阿长也真的不想去。 阿长外公有钱，小菜子就好，鱼肉不脱，外府奶奶又烧得爽口，阿长也吃不惯人家的饭菜，吃一回饿一回。 吃饭时，邻居也常捧着大蓝花碗来聊聊，阿长看着老是菜饭，碗边上摊一撮黑黑的豆角或茄子咸菜。

吃过晚饭，阿长也乖乖地端坐在趴趴凳上凉凉，拿把黑布绞边的扇子摇摇，外府奶奶燃起艾绳来，就没蚊子嗡来嗡去了，静静的，只有蛙鼓成一片，雀子们间或梦语似地鸣几声。 阿长呆看头上凉凉的冷星，苦香的艾烟淡淡地飘。 外府奶奶说：睡去吧。 阿长就抱着凳子进屋睡去。 啪，拍一下蚊子，才觉出身子凉凉的，疙里疙瘩，阿长想起怪瘆人的癞蛤蟆。

阿长长得客客气气的，人也客客气气的。到底文人家的，瘪嘴舅爷、阿三娘们很叹服，阿长外公的白眉毛就挑得老高，凛凛的。阿长文乎文乎的，白身子套个白花点裤衩，每晚自己洗澡，不用人唤，第二天把外府奶奶洗好的裤衩小心地晾出去晒。阿长好书，阿长爹妈怕他寂寞，能找到的书都找给他，还有手抄的《十二张美人皮》之类。阿长看得极仔细，却看得极快，没书就重翻，一本书看五六遍。

阿长就卧在大柿子树下的长桌看，阿长外公不知卧着看伤眼睛。日里阿长看书，阿长外府奶奶在园子里忙，阿长外公就躺在屋里的躺椅上，动也不动，人们都说阿长外公丢了好几年魂了。烧中饭了，阿长外公就拿一把破镰刀割韭菜，然后仔仔细细地捡。阿长帮着捡，外公从他捡好的又抹出几团秽泥，掐出几片黄叶尖，阿长再也不敢捡了。阿长外公吃过饭就睡，睡后又吃，吃后洗澡，再睡，再起来吃。

阿长不跟外府奶奶那的孩子打仗，见了面他也客客气气地眯眯笑。光屁股的毛头们见阿长总捧本书，极敬羡，有时团在阿长的大桌旁眼巴巴地望着阿长看书，阿长知道是想望望书，就很矜持，眯眯一下，头低到书上，不抬了。毛头们看了一会，得不到什么，打头的阿三一挥手，打仗去，一轰散去。第二天又团到阿长桌边磨蹭。阿三有次拿个大大圆圆红红的石榴来，慢慢地捻着籽儿吃，一边直盯着阿长看，阿长脸越来越红，越来越像红石榴了，阿长觉得嘴酸，酸水越来越多，不停往外涌，阿长脸皮紫涨，咕咚咕咚，口水响了。阿三立刻跑开，不一会，气喘吁吁地搂了几个大石榴往阿长桌上一倒。 阿长慌神了，把书往阿三怀里一塞。 阿三喜滋滋地跑到河边搓了搓手。 阿长捻着石榴籽吃，看着阿三书拿倒了，就淡淡地笑，那本书是阿长极爱看的《小石头》。 嗨，嗨，还有翻跟头呢，阿三根据书中的插图，把书放正了，其余的把手背到后面，像一窝紫皮山芋挤簇着看。 奶奶的，这家伙衣服多白，阿三眼发直，其余的眼也发直，也奶奶的。 阿长则雅雅地笑，把脸转向叶子里，把顶头扎了红布条的竹竿往叶杈里一戳，一只白头翁哑哑地怪叫着飞了。

阿长不知道自己喜不喜欢看电影，阿长外公外府奶奶不喜欢看，阿长爸爸妈妈喜欢看，学校老师也喜欢看，听说哪儿放电影，架着阿长跑几十里去看。 阿长在外公家过了好几个暑假，只看了一回电影，老片子，《红色娘子军》。 没窍，老片子，阿三仍有滋有味地看，阿长是阿三带去的，阿三娘拍的胸脯。 阿三娘卖芝麻糖，在场尾挂个马灯，和几个老头老太拉呱，不时扫两眼白幕上晃来晃去的人影。 阿三娘给阿长阿三分了一块芝麻糖，阿三很为母亲的小气别扭。 阿长姆妈说糖担上的糖不卫生，和唾沫做的，阿长嚼来却挺有滋味。 阿三又痛快地把自己的一半也给了阿长。 阿三娘吩咐阿三散场带阿长一块回去，阿三就找到阿铁头们带着阿长一块捉萤火虫了。

阿三带了一个墨水瓶，萤火虫放进去很亮，囊萤映雪，阿长听爸爸讲过这个故事，总想试试。 散场了，小伙伴们又看了一会放电影的倒带子拆幕布收电影机，才打打闹闹地回家。

阿长擎着盛满萤火虫的墨水瓶，阿铁头说像李铁梅举红灯，阿三让阿长走在队伍中间，大伙一起唱：向前进，向前进，走到大门口，跌个大跟头，爬起来，摸摸头，头上有个瘤。　一直唱到阿长外公家，阿三娘已坐在阿长外府奶奶旁，大声朗朗地说话，阿长外府奶奶给阿三们一人一个桃，阿三娘带着散去了，阿三也没要萤火虫瓶子。　阿长夜里偷偷翻过外府奶奶的粽子脚，外府奶奶洗过脚，就叫阿长揉，一边说：包的时候，苦啊。　阿长拿本书凑到瓶子边，什么也看不见。　提着瓶子抱着书开门，外公哼了一声，阿长在门边动也不动，好一会才开门，到门外还是看不清，封面上的大红字也看不清。　后来，阿长就没给儿子讲囊萤映雪了。　第二天早一看，瓶里萤火虫全飞了，阿长忘了盖盖子，阿长看到阿三忐忑不安，但阿三也没提起，一直没提。

下午的民歌

　　我靠着紫藤花架，靠着仲春下午暖洋洋的阳光。 这是小区中荒芜的花园，在午饭后做晚饭前团聚着老头老太们。 突然在嘈杂琐碎的东家长西家短中，一个花白头发的老奶奶坐直了身子唱了起来。

　　……四月里来养蚕忙，姑嫂结伴去采桑……七月里来热难当，蚊子足有寸半长……。 老奶奶唱的是《孟姜女》，从一月唱到十二月。 旋律简单但也宛转成调，是唱了几千年的调。 李商隐说：此情可待成追忆？ 只是当时已惘然。 心灵确是惘然之中的震悚与静穆。

　　枯枝牡丹是鄙乡的灵异之物，谷雨看牡丹和古时的春社一样热闹。 十五年前去便仓看过一次，那时摩肩接踵的多是四乡的农人，花坛中的牡丹被一人多高的篾片围着，人们说开的几朵被人偷摘了，只有肥肥的叶子和紫蕾的花骨朵。 一直望文生义以为枯枝牡丹是枯枝上开花，看到繁茂的叶子有些失落，但那天有一位中年农妇散开小棉袄罩衫唱起来，唱了一段又一段，多是即兴酬答，唱的什么词大多记不清了，只记得初夏锐利地白着的阳光照着她，她大大方方地站在游廊中摊着手唱：叫我来唱哪个我就唱来，牡丹打朵谷雨开。 还有自己第一次听到这样原初的民歌时悠远的惘然：在古代的春社，人们就应该这样，所有的嘴都在歌唱。

在苏大暑期空荡荡的宿舍楼，突然听到装修的民工唱起号子，悠长连绵跌宕的号子闷在黑洞洞的楼里，楼外是炎炎的日光，楼后是发臭的东方威尼斯的河。

苏北，开春，土气氤氲，翻开的泥土一块块齐整整排着，黑漆漆湿润润的。 扶着犁的汉子甩了个响鞭，打起号子。 坚韧的犍牛一步一步拉着，锃亮的犁深深地插进土里，黑土被撕裂，肉翻出来，汉子粗厚而宛转的号子响在田野上。

劳作之人歌唱着，歌唱着劳作成为生命的方式，这才是民歌，这样的民歌我只听过三次。

歌唱的老奶奶是寂寞的，同伴们大概已习惯了，没人注意听，中途她还停下来回答一个人的询问，她只唱了一首《孟姜女》，又俯下身手指点点头脑磕磕，投入鸡毛蒜皮的交谈中。

忽而想到雪飞也老了，《拔根芦柴花》现在的小姑娘唱起来，像温室里育出来的蔬菜，谁也比不上雪飞泼辣有生气。 唱民歌的不是去与荒草为伴也龙钟老迈了，坐在所谓信息时代的下午，真切地感受到了民歌时代的终结。 听到一次算一次了，我还是幸运的。

瀑布一样从根部喷泻出成百上千条枝柯的紫藤，已累累地挂满了茸茸的紫蕾，我靠着紫藤花架，靠着阳光。

思念之鱼

　　那一次是在夜风徐来的窗前，这只硕大如雀的绿蝶翩翩扑光而来，在日光灯漂得苍白的教室惹眼地绿色飞扬。　同座捕得，满手荧光的蝶粉，扑棱不止的蝶展开翅竟比书还宽。　诸学兄学姐从数理化中逃出，齐来玩耍。　蝶粉扑尽，蝶从窗台上跌出，遗下一翅，这羽若凋落之花瓣的蝶翅，残离了的蝶翅，引得刚吸些生命清凉之气的我做了半篇文字，终不能卒篇。　自此心中便常牵挂那只残损了的蝶。　如今这羽蝶翅，这半篇文字早已随自己的许多梦，许多故事，许多情感，灰飞烟灭。

　　之后还有鱼。　夏日里，乌鱼爸爸乌鱼妈妈护着一趟一趟的淡黄色小乌鱼沿岸游弋，钩叉之后，便有了孤儿孤女的小乌鱼，虽仍是成群但却是疲弱、凄惶、麻木的一群。　一日，从买回的鱼中发现了两尾还活着的小乌鱼，便养了起来，未至晚一条翻起肚皮，另一条活了一星期，却不见大，便放生河中。　秋天了，去淘米，一尾年轻的乌鱼绕着码头转，我来了也不走，有心无心地用淘米箩捞了几下，鱼半入箩中又放它游了，乌鱼两只乌漆漆的眼总是像盯着自己看，心中无稽地想这是自己曾放生的那尾，这尾小乌鱼自此亦一直徘徊在脑中。

现在，田野上又是厚茸茸乌油油的一片片麦子了，柳们也丰姿绰约起来，杉们也爆出全身的芽花儿。 大路上站着两只白闪闪的鸽子，嫩红又似嫩黄的唇喙，纤纤的足，亮亮的眼，我骑车经过也不惧。 我回头看看这两只惹人爱的小生灵，它们也看看我，这样回头骑了几米，"啪，啪"几声，两只白鸽悠扬地在开阔湛蓝的空中飞着，瞬间落到麦田里，便像一块铺地的绿玉中嵌着的两枚水晶钻。一只病恹恹的、病得不惧人的老鼠的眼，一头耕地的老牛庞大的眼，一双动物园里猴子的眼也在脑中浮出来。

我向来是怕看动物的眼的，有"君子远庖厨"式的"假仁假义"的。 但我却相信身为动物又在动物之外的人只能如斯；鱼片、鱼圆、糖醋鱼和游鱼之乐，人是可以得兼的。 有了这份感情，自然便总会有些绿色；有了这份情怀，大地也就不会荒芜得只剩人。

生如蝼蚁

这样吹着的风告诉我什么？ 一年又是一年四季轮回生生不已的原野，又告诉我什么？ 静默着，像是吹弹得破，却永远吹弹不破的明亮空气、光与水，又告诉我什么？ 冷冷地粲然在青青麦苗中的一根胫骨又告诉我什么？

一件温暖或是沁凉的手所做所抚挲过的物事，一个词，一句诗文，一段和弦，一张发黄的报纸中的逸事，会把人带到过去的世界，流逝了的世界又苍凉地浮现，化为尘烟的衣冠人物言笑晏晏在眼前。

正月里，奶奶去世了。 一箱她当成连城之宝收着的杂什，打开来，鼠屎团结，不知多少年月不见天日的破布头和烂衣烂鞋。 内中有双绣花鞋，不能盈握，人们惊讶不已。 红灼灼鞋面绿生生衬里，是奶奶做新娘时穿的，纸烛烟雾中，那张黄纸下沉寂干枯的面容，也曾经是青春言笑生生光彩的。

箱中还有两根尺余的木棍，人们猜想它的用途，母亲认为是戒尺，因为外祖父做过私塾老师，但奶奶那一辈及上代尽皆是土里刨食的，谁用的呢？

我想是没人用过，奶奶是为我父亲准备的，父亲师范毕业，奶奶想到做先生的是用戒尺的，欢心欢意地请人做了这两根。 但那时教育革命接班人的老师，谁还用戒尺呢，她可能被父亲取笑了一番，奶奶便将戒尺深藏箱底，深藏起这份母亲的喜悦与苦心，从此只是默默地心满意足地看着爱子做事，默默地听爱子说话，从不插手插言，多少母亲这样过。

还有张选民证，是已死去二十多年，母亲也未见过面的祖父五八年的选民证。

还有……

正是春节假，远亲近邻来磕奶奶头的人，一批接着一批。 平素难得回老家，这次突然见识了这么多的爹爹奶奶叔婶哥嫂，原来人与人可以这么亲，家族可以这么蕃盛。

邻居有位开口就说她在女儿家顿顿吃肉的老太，走来揎揎奶奶身上盖的红绸被，道：我说鞋子还是做大点吧，你家奶奶没事就到处跑，到那边，这鞋子大，不挤脚，带子一系，再跑些也跑不掉啊。

奶奶八十有五，寿终正寝，子孙全好，所谓喜丧，人们听了那老太的话都笑起来。 老太坐到椅子上，指指画画，点点圈圈，说起她家爹爹（她男人）死时如何排场。

三姑奶奶眼神不济，问身边人：是粉团啊，张××家娘子啊？老太听到赶紧上前：我是粉团啊，你是哪个啊？ 我是桃花噢。 噢吆，多少年没见面了哇，还是做姑娘时辰在一块的啊。

这么多年她们是怎样由青丝变白发呢？

磕头烧纸，披麻戴孝，我看着奶奶化为灰烬。 生命究竟是什么样的存在呢？ 苍老死亡是什么呢？ 死亡能超越吗？ 想到自己的消失无影无踪能不畏死吗？ 不畏死就是超越死亡吗？

这样吹着的风还在吹，原野又是翩跹的蝶，静默着的明亮的空气光色任我穿透，其实是穿不透的穿透，我走在先人们走过的土地上阳光下，我的足迹踩过了就消失了，不消失也被后来的子孙们踏灭。 夫子说：未知生，焉知死。 知生知死，谁能够？

西乡记

招牌是郭沫若所题，不过是拼凑集成的"盐城市时扬中学"七个字。 步入大门，照面便是青砖拱桥，北桥头的河坡是块不大的荒地，杂色缤纷的雏菊喇叭花，细长的花茎擎托了花盏花盘，温顺地轻轻地飘摇在明亮澄净的光色里。

河宽约丈余，水边尽压婆娑的灌木，北桥头一株老皂荚的树冠遮到河南。 河岸陡高，离水面也约有丈余，微微躬身的桥，脉脉的流水，几棵树覆压下来，树冠指向西边的河湾。 河湾若湖，平滑而又有皱缬的明波，仿佛沉静温存的眸子，里面漂泊着渐趋黄昏润红艳亮的太阳。

一排排教室都是带走廊的青砖平房，廊柱红漆。 操场是土操场，野草虬结，木篮球架相对俯首，远处逐河而生的杂树生烟。

在盐城，海边的人称这一片叫西乡，其实就是盐城以西的几个乡镇。 时扬中学算得上是本区悠久的"文明"了，时扬中学因所在地时扬庄得名，时扬庄又是学富乡政府的所在地。 和所有小镇一样，只有一条东西街，路半幅是水泥路，半幅是土路，家家厨房有烟囱，隐约还有土墙，草堆，鸡，是一个以农家为主的庄子。 卖毛线的、卖鞋袜的、卖成衣的几个小贩正往箩筐里收拾家当，小街没几个人影，散步的除了我没人，我是来时扬中学监考高考预考的，晚饭吃得早，一个人闲闲淡淡地走走。

小街西接公路，路西是桥，桥下是一条槐荫道，槐树正是花季，一树一树雪白的槐花，清甜的香气袭人。 道旁农舍水上行舟细碎声响。 趿拉着红拖鞋红衬衫的年轻身影在沉静起来的暮色里闪现。 白头翁银亮的啼鸣在柳荫里一滑一滑，布谷"布谷""布谷"地叫着，贴着天际飞。 云气沉沉如凝烟，暗红的夕日晕着圈白边。在玫瑰色的霞烟里，暮色从麦田爬出来，残阳走进云深处，晚霞也褪尽脂粉，化作黄色白色条云，融入暮色。

我心有不足，借了辆自行车往西乡最西的一个乡楼王镇骑去。城市再扩张，仍是内聚的有限的，局促着人的生活与思想。 当置身乡野，大地敞开，脉络铺展向远方，河流道路农舍树木牵引你穷尽遥远。 天之苍苍，其正色邪？ 其远而无所至极邪？ 远方，远方那么明确，心和脚无法到达，心有点疼，疼一直传到腿筋脚板，为自己永远无法到达的遥远的遥与远。 惶惑，焦躁，心悸。 你永远到不了底，大地的腹部与边陲，你把握不了。 但还是要奔向远方，不由自主。

十几里砖渣路上只有沉沉的暮霭和风。 道旁河边有蓬蓬野蔷薇，簇簇白蔷薇的花辫子散在地上。 一个少年，身后跟着小女童，还有狗。 牵着老黄牛的老农。 捧着和了咸菜的一大碗粥边喝边谈的农妇。

离楼王不远即有灯火通明处，有高楼，有少男少女在公路上晃荡，那是楼王中学，西乡里最大的单位就是这些学校了。

公路被一条红砖小径截住，尽了。 这里离城已百余里了，楼王从前可是这一带的大镇。 路北是铺了石阶的砖拱桥，很陡。 下了桥，便进镇了。

镇上停电，有烛光，有发电机的轰轰声，有明亮的灯火。 十字街街面很敞，水泥道，来往行人稀落。 也有俩小青年敞着有些肉的怀，提着瓶啤酒，边走边喝，引得老头议论：空口喝什么酒啊？ 临街是楼上住家楼下店的两层楼，几家摊贩往家里收拾东西。 东西街东首又是座窄窄的长拱桥，横铺的水泥板。 桥东很远处有华灯齐放，借问一位牛仔打扮的少年知是窑厂，再往西就是与扬州宝应搭界的大荡了，只有水路相通。 河中泊船极多，水面上传来柳叶样轻的笛声。

小巷里更静更暗，被青砖老屋挤得满满的，几步就是一家小百货店，坐在黑屋子外唧咕着下苏州上上海的老板娘老板抬眼见我，问我找谁。 我说不找谁。 我在找什么呢？ 青砖房砌在高堆上，壁立在河沿，挤得河仄仄的。 码头很陡很陡。 一位白衣裙的少女抱着肩沉默地走着。

匆匆地，我又出了小镇。 我骑着车，沉没在夜风里，田野里贴着地平线有几处银蓝色的光，那不是城市之光，城市之光是霓虹，那是几处散落的工厂吧。 田间的大喇叭在放"我家的表叔数不清"，在空旷的黑暗中很碎很静很清寂，像从遥远的时光传来的，像一位温和寂寞的老人自言自语。

路边河中有条船，满船荧光，正在放电视，男女主角拿腔捏调，感伤地对白。 船上人家的生活。

心中似有失落，为什么呢？ 想得到些故事没能得到吗？ 没什么故事，人生其实很淡的。 就像路边的白色野蔷薇，把自己白色的心，沉没在黑暗里。 西乡是僻静的，没什么故事，很淡很淡，但也没有疲倦，平静的生生死死。 背离城市，我总在找一种生活，是这样的吗？

那时，我们在麦子后面

那时，我们在麦子后面。 天慢慢地不亮了，慢得像只黑羊在啃我的脚。 那时，我们在麦子后面干什么的呢？

柏三丫头

其实天天不是暮霭携着炊烟阴郁地蹲在低矮的茅屋顶上，而是当柏三丫头捧着盛满菜糊糊的盆大海碗，蹲在石磙上，萝卜干子样脆蹦的说辞咯嘣嘣地铿锵出来，农民们的夜，抚慰他们劳作一天疲惫身心的夜才算到了。

"竹板一打崆的笃，各位听我来表明白。"农民说起"文革"必念起那时穷归穷，戏唱得红火，大队生产队锣鼓日夜不停，他们骄傲地挂在嘴边的是柏三丫头一直把竹板敲到地区里，参加汇演，地区几个摇笔杆的听了也极佩服。"竹板一打崆的笃，各位听我来表明白。"这两句打竹板的开场白，就是柏三丫头首演，流传在这一带的。"三间屋子空大空，中间挂个毛泽东。"也是他的创作。

柏三丫头讲史说书，农民们最感兴趣的是他演说身边事。 比方说队办厂：只见烟囱竖起来，不见黑烟冒出来，百姓少分十斤米，书记有了过冬煤。 头们听了也不恼，这耳进了那耳出。 农民们听了头直点，间以叹息，几点香烟的红火，像几颗流落的星子。几十年的村史都在他的唱词里，老实巴交的农民的一生也在他的唱词里。

柏三丫头将头埋进碗里，上上下下地动，碗舔干净了，柏三丫头抬起头，今夜也就过去了。 明格来，来，乡邻们打着招呼散了，柏三丫头还是蹲在碌碡上，像块石头，好一会才动。

柏三丫头在了哇?

死了噢。

那可是个人尖子啊。

要小时候家境好，送到学堂认几个字，要做大官的。

柏三丫头是个男人，一辈子没结婚。 柏三丫头不识字。 柏三丫头一辈子活得不短，七老八十才死。

农民们现在晚上都蹲在电视前，看不是洋装就是古装的男女们调情打斗，却总是很隔膜，打着瞌睡或是做做针线。 我却看见在雪原似的月光地里，割光了的田野空荡荡的，孤零零地立着一捆稻束——那是柏三丫头，他坐在夜里，背对我们，一根一根的白发亮如银河，我不知道他是否在哭，不喷声地流泪，那时有冰凉的露。

你无法到达他纯粹的语言，我对自己说。

"丑痛"飞翔

　　有一张歪脖子的小板凳，叫三歪子。 有一只少了一截尾巴的小黑狗，也叫三歪子。 因为他们的小主人，就叫三歪子。 后来三歪子还喂过一头小黑猪，也叫三歪子。 他还用过一个小木碗，我们也叫它三歪子。

　　三歪子就是三歪子，有根有底，名正言顺，他的爹叫二马屁，大伯叫大牛皮，三叔叫三斜瓜，大哥大山芋，二哥二扁头。 三歪子就是三歪子，鼎鼎大名，名副其实：长得丑，滑边眼、大鼻孔、招风耳、香肠嘴、鸡窝头，站没正相、坐没正形、说话翻白眼、走路歪着腿；脾气丑，调皮滑蛋，闯祸祖宗，南瓜里灌尿、狗身上掼炮、掏鸟窝爬塌了草堆、练铁头功撞昏了头、饿死鬼投胎、一顿能扒三碗饭，馋痨神附体、吃野蜂蜜蜇肿了嘴。

　　三歪子，如此生动在庞余亮的长篇小说《丑孩》中。 庞余亮是苏北兴化人，苏北方言丑孩叫"丑痛"，"丑儿有丑痛、呆人有呆福"。 三歪子真是个小"丑痛"，他对自己闯祸、挨揍、闯祸、再挨揍的生涯很沮丧，他想每次自己都不是故意闯祸的，他要做好孩子，他要做好事，心血来潮，把家里的板凳全拖下河洗了，妈妈说他成心要把没油漆过的板凳洗坏了。 他又搞发明，掏烟灰做墨水，却把自己卡在烟囱里。　三歪子不是没心，小小的心很重，他不愿意自己长得丑，心里怪爹妈生他时没耐性，把两个人的丑全塞给他。整个夏天，他下河摸河蚌，因为据说河蚌有珍珠，珍珠磨粉吃了可以白皮肤。　三歪子还断定爹妈老修理他，是见不得他高兴。　他还认为大家都欺负他。　三歪子记仇，爹妈打他一次，就在棵榆树上刻一道疤。　三歪子总想出走，要去流浪，每次又像只狗回到他的穷家。

　　穷家啊，难得吃一次纯米饭，一年到头见不到一块糖。　六七十年代的乡村，贫困、闭塞、愚昧，父母只相信棍棒，三歪子被爹打昏了，医生数出五十一处伤。　娘给他们弟兄俩灭虱子，用六六六粉裹头，中毒差点没了小命。　弟兄三个，老二老三打小就担心砌不起瓦房讨不到老婆，有个王老太说给三歪子找个小对象，三歪子激动得狂奔回家，摔了个狗吃屎。　其实，三歪子很懂事，扫地、烧饭、挑猪草、烧猪食、烧洗澡水、捶草、搓绳、挑水，多勤快啊。　三歪子心也善，肯帮助人，偷偷地教会了堂弟游泳。　也孝顺，帮爹妈做事，体贴爹妈的劳苦。　三歪子喜欢娘身上的南瓜香、青草香、稻花香、水花香、泥巴香，三歪子爱他的穷家和家人。　令人心痛的小"丑痛"啊。

　　这是一代人的童年，是一个民族的童年，苦难、粗砺，但是温馨、快乐、疯长的童年。　这是一个多么广阔的童心世界，一个丑孩找回自信建立自我，善良和爱驯化狭隘顽劣。　童年，更多地是被欲望主宰，贪吃、贪玩，不满足，受挫即生怨恨、记仇、报复，就像一条恶狠狠地噬咬绿叶的小青虫。　童年，从自我出发，与家庭社会碰撞，得到修正，从而认同自我、认同家和社会。 不能不说，在那个年代，童年更多的不是被爱，而是被苦难规训。 苦难中长大的孩子，坚强、珍惜、感恩、有为。 这样的童年，是完整的，是有独立的儿童空间的童年。 而在富裕起来的当今，儿童看着成人的电视、唱着成人的歌曲，童年正在丧失。《丑孩》，是值得民族记忆的童年，也是重新找回童年的一种拓展。

《丑孩》还有对里下河民俗民风的细腻描绘，"歇夏""跨火堆"等给我们带来了苏北水乡的风情。 在语言上，庞余亮活用了苏北方言，"薄粥""淌麻油""田鸡"等增添浓郁的生活气息，泼辣、机敏、幽默、平易。 苏北里下河，其文学在高邮汪曾祺之后，相继者兴化毕飞宇已是文坛健将，而另一个兴化人庞余亮，也正踏踏实实地一步步将自己的文学事业强大起来，《乡村教师手记》《薄荷》《丑孩》每一部都在稳健地构建"庞余亮的里下河"，丰富着自己和祖国的文学世界。

正月十六跨火堆，三歪子要去上学了。 他的死对头二扁头去谷场抱来了最好的稻草，三歪子颤抖着擦着了火柴，点了火，鼓着嘴，吹大了火。 轮到三歪子跳了，一家子为他鼓掌，三歪子后退几步，助跑，猛地脚一蹬，身子一弹，三歪子飞起来了，小"丑痛"飞起来了，飞过篝火，飞过小王庄。 一只小青虫蜕变成一只蝴蝶，一只丑小鸭飞向了自己的白天鹅之旅。

三歪子姓庞，《丑孩》是庞余亮的自传体小说。 我们一起拍巴掌，一起喊：庞三歪子，飞啊。

栗子饭与牛屎粥

城里亲家母来看乡下亲家母，晚上喝粥，汤稠米不烂的，好吃。 城里亲家母问怎么烧的，乡下亲家母就说，牛屎饼子烧的。临走，城里亲家母带走了几个牛屎饼子，到家烧粥，切了个牛屎饼扔锅里。

乡下亲家母来看城里亲家母，晚上吃饭，栗子饭，好吃。 城里亲家母把吃剩的栗子饭铲进篮子，篮子吊在钩系上。 半夜，乡下亲家母嘴馋，起来找栗子饭吃。 搬张小杌子，站上去够篮子。 正取到手上，弄出了声，城里亲家母就往起爬，乡下亲家母连说，打馋猫呢。 一慌张，小辫钓到铁钩上，脚一乱蹬，小杌子也倒了。

护陇堆人物头子

我格（家）是太平堆的，他格是千秋堆的。 从前，西乡人都这么介绍乡籍。（盐城到处是河湖荡滩，为了糊口养家，盐民筑堆兴灶，农民筑堆兴垦。 每个堆七弯八扭首尾相衔，围护起一方洼田，田都是长年泡在水里的老沤田。）

护陇堆有个人物头子呢，叫沈拱山。 新知县刚入衙，师爷就告知本县一应地理人情。 读过几年书，没取个功名，九岁就拦路告状，一辈子打官司，管人闲事，替人出头，东邻树枝子刮了西家草屋顶，妯娌们争一个鸡蛋，赶集的挤了摊子，行船的撞了码头，小工偷懒，主家饭食薄，哎哟，什呢官司全打，绝人，绝点子多得没魂，跟本县周边县七任县令三任知府都打过官司，官家哪能输官司，他光坐牢就坐过七次呢，但州县官员也有其他原因罢职离职的，老百姓都说成沈拱山的能耐。

那我倒要上门去会会呢，笑眯眯的陆知县说。

不能噢，上上任陶县令是你同年，一冲之兴去会一下他。 他挑担秧，走到陶老爷身后头，啪嗒，一巴掌掴了陶老爷颈脖子。 当差的摁住他，他跳脚喊冤枉，让四下里评理，手里捏了个蚂蟥说，"不是我一巴掌把蚂蟥打掉，还把老爷血吸光了呢。"陶老爷吃个闷瘪子亏，还只好放了他。

那就请他到县衙一会，陆知县还是笑眯眯地说。

听说你是盐城一霸？ 陆知县笑眯眯地说。 他在后花园请沈拱山喝茶。

我是草坝，不是泥坝。 沈拱山恭恭敬敬地说，他早听闻陆知县是个清官。

草坝怎样？ 泥坝怎样？ 陆知县笑眯眯地问。

泥坝清水浑水都挡，草坝挡浑不挡清。 沈拱山急急地说。

啊，啊，懂了，懂了，陆知县笑眯眯地点头。

陆知县碰上了件难断的官司，请来了沈拱山喝茶，还在后花园。 阜宁马荡有个大族姓钱，女儿嫁到盐城恒丰堆的顾家。 顾家儿子得急病死了，烧七放焰口的有个小和尚，和寡妇搭上了。"七里不翻脸"，七七烧过了，顾家人捉住了通奸的小寡妇和小和尚，用棉被包了光身子的两个人，捆得紧紧的，送到盐城打官司。 钱家晓得了，请动了阜宁的县令来说情。

大老爷哎，这事在你，难断呢，在我小民，好弄。 沈拱山低声说了几句，陆知县笑眯眯地听，头点点。

开审了，县太爷命衙役把棉被卷子抬上公堂，笑眯眯地说："证人证据都在，本官马上把被子打开，两家可有话讲？"顾家人胜券在握，大声地喊：全凭老爷做主。 钱家人面有羞色，也是点头不语。 喊来牙婆，揭了被子，果然一个是油头一个是光头。 牙婆用衣服罩了两人身子，"禀告县太爷，一个是民妇，还有一个是尼姑"。 寡妇和尼姑嘤嘤地哭起来，顾家的呆若木鸡。 县太爷笑眯眯地拍了一下惊堂木，"刁刀不分，瓜爪难辨，戊戌当胸有差，赢赢底下分明，本官不追究报假案之责，从此钱顾两家皆不得生事，退堂"。

陆知县又找沈拱山喝茶了，沈拱山这一向还真没给陆知县作难添事。但这事是沈拱山的家乡事，陆知县疑心沈拱山在背后撺掇。原来，护陇堆上游拦着个八庄圩，自从官府疏通了兴（兴化）盐（盐城）界河，直通斗龙港，八庄圩排水引水都得势，护陇堆的就想在八庄圩开个水道，接上界河。八庄圩的怕破了好风水，开河道又作田，坚决不准开河。夏天发大水，眼看庄稼又要被淹了，护陇堆堆董们受百姓央告写了呈文，请求知县开河放水。这次陆知县不在后花园，而是在大堂上召见护陇堆八庄圩的堆董和沈拱山，笑眯眯地当众批告：八庄圩给护陇堆开个鸭肠沟，一应人工护陇堆自出，但挖土不准用锹，移土不准担挑，新开的河还不能行船动篙。护陇堆堆董们光叹气头直摇，八庄圩的堆董笑嘻嘻，不准锹挖担挑开个鼻涕沟？沈拱山一听，冒雨连夜赶回，四下里喊护陇堆的老百姓带铜勺铲子，全去八庄圩开河。陆知县不放心，派了差人来监视，看见老百姓个个手里拿的铜勺铲子，就回去禀报知县，陆知县眯眯笑。沈拱山心里有数，八庄圩全是淤沙地，连日阴雨，泥沙烂得像豆腐渣，用铜勺铲子才开个小口子，上游的水冲下来，泥沙全跟水淌走了，大伙儿齐动手，口子越扒越大，水流愈冲愈急，根本用不着锹挖担挑，一夜天竟冲出了一条七里长的淌港。

八庄圩的告到淮安府，知府训斥了陆知县，知府还提到沈拱山。沈拱山在盐城没打官司，跑到淮安府去告状，告粮台收粮"踢斛加尖"（百姓完税粮，装满了一斛，差人要踢踢斛子，装得结结实实的了，还要斛上加个尖子），被打了二十棍赶出来，他还要到京城去告。此事一旦滋大，淮安府你我都得受牵连，这个沈拱山，你看得住看不住？知府问陆知县。

陆知县又找沈拱山了，不在后花园，也没茶喝了，关到牢监里了。大儿子煦东来探监，他告诉父亲，给陆知县上了一份呈文，上百个乡亲都捺了指印。陆知县看了笑眯眯的。

怎么写的？沈拱山问老实头的儿子，煦东遇事没主张，这次不错，能拿主意了。

我就写父亲年老多病，求县太爷恩典，免刑开释。煦东心里没底，不知这样说行不行，声音小小的。

大小伙啊，你家去吧，赶紧给我买棺材准备后事。沈拱山说。

煦东吓得哭出来，沈拱山摇摇手：我既多病，他们就可让我病死狱中。宝宝啊，不哭，没有你的呈文，他们也能找到让我死的理由。贪官吃人，清官也吃人，天下哪容老百姓出个头做个主，我九岁就死了。

煦东一路哭到家，到家就打寿材做寿衣，还没做好，公差来了，说沈拱山病死狱中，让家人去收尸。

陆知县还是笑眯眯的，他写信禀告知府，沈拱山病死了。

我们都是爱肉的人啊

　　感觉到自己喜新厌旧，当新人褪变成故事又恋旧不已，毫无法子"三千宠爱集一身"，始而大惊，久之安然，便如浮萍，顺水而飘，一次又一次与行走的肉体露水结缘。

　　脸蛋是很重要的，标致的容颜男如潘安女如西子总是如电光火石般瞬间震撼征服人心。 这样的天珍凤毛麟角，但长相一般毫不起眼甚至五官不正的脸，那些圆润、娇媚、粗糙、刚硬、亲切开朗、俨然冷酷……生的意志洋溢外射的脸也让人日久生情，欲罢不能的，如倒嚼甘蔗。

　　再就是躯体了，躯体的美是后天发育的，诱人的躯体是健康的、弹性的、活跃的、温热的。 男性的粗手大脚汗毛葳蕤，女性的细腻浑圆柔软光滑；沉静宽容的肩背，结实激情的大腿，汗滴沁满的胸肌，灵敏燃烧的腰，交错游动的筋脉……躯体有哪一处不可爱呢？ 听任肥胖瘦瘠败坏肉体是令人扼腕的。 沈从文先生曾在一本书后题记：某月某日，见一大胖女人从桥下过，心中十分难过。

　　还有声音，玫瑰花瓣般娇柔撞钟般雷鸣地说说唱唱，一步步踩地生雷、令人魂悸魄动的脚步声，月夜溅落河中充沛的小便声……

　　还有气味：赤子与母亲的乳香、处女的女儿香、成熟男人的体臭，人肉是香的，每一具肉体又香得不同，鼻子怎可以放弃这些呢？

当玉峰高耸起来，当臀尖摇摆起来，当秋波飞动起来，当肉体着起衣饰或是一丝不挂……肉，肉的形体动作，肉的圆满自足，肉的气息，肉的声音那么令人心醉。肉体、惠特曼称道的带电的肉体那么健硕放肆，年轻气盛血脉偾张奔放不羁遮拦不得。肉就是肉，苍老干瘪萎缩残缺的肉体是丑的，无法令人感动。灵魂的健美也不能替代肉，它只能使美的肉体更光辉，而对于衰残肉体的掩饰是一种欺骗。肉的快乐与活力是能传递的，一具具鲜活的肉体总是让人强烈感觉活力快乐。我们都是爱肉的人啊。肉的美让虚伪者胆战心惊。所谓红颜祸水，早已人所共知是男人们提上裤子后的堂皇托词。肉欲是强劲的永久的，肉欲旺盛者生命力总是那么强悍，青春的活力与肉欲的健旺是分不开的。可我们的胃口又那么容易被宠坏，唾手可得的总是令人食欲大减，性混乱就败坏了肉体。让我们对肉体如对神，感激珍视它的光辉，不嗜取强夺，那么肉欲则会使我们更强壮而不是摧毁我们，那么喜欢别人是对别人的肯定也是对自己的肯定；那么爱就变得广泛持久而贞节。

每一具肉体都可以是可爱的，令人爱不释手，看一张凝烟的脸，一根温驯的麻花辫，"婴儿伸开着四肢又长得十分丰满，妇女们的胸部和头部"，一条暴凸披毛的小腿……都有人喜欢得心碎。肉体比花还娇贵，没有灵魂那么长久，死亡衰残砸碎瓷器一样容易打烂它。在废墟遗址，在白骨面前，"人面桃花何处去"，荒凉丧失湮没让我那么渴望肉体，肉体的实有健存是多么好啊。苦闷的查太莱夫人撞见梅莱士早浴，半裸的男性肉体击中了她，"这就是肉体"，"肉体"在她心中耸立起来，拯救了她萎缩的生命。 我常是个凄凉的人，一个倒春寒的黄昏，提着包裹仓皇走过陌生街道，寒风中瑟缩着，心境凄惶，突然，一趟放学的中学生骑着车冲过来，张大嘴恣意地说笑着，撅着屁股你追我赶，我的精神为之抖擞，轻捷而飞扬。

肉体简单而丰富，流于表面却深不可测。 我感激，感激造化赋予人以完美肉体让人以血肉相连，感激自己也有这么一具生动的肉体，感激那些在我成长岁月中我喜欢的人，感激那些喜欢我的人，爱与被爱让我自信充满活力，我从不掩饰自己要年轻、要漂亮、要快乐，因为我不能也不愿放弃这条让人充满活力与激情的肉的纽带。

当青春正烈，我那么光鲜灵异，情深意长地行经人世，人啊，请予珍爱。

一路世界

　　春晨温柔，若一枝带露的梨花，若清亮的眸子。　春风鼓荡的人们，若大鸟飞在一瓣柔嫩的花上。　我的心境透明爽朗，是个好心情。

　　绿茸茸的苜蓿地头，有几座坟，坟包新培了土，新挖的潮润的切得见棱见方的坟头压了红纸带，很艳，修坟的汉子席地坐着，捧着大茶缸往嘴里倒粥，健硕的女人站在他身边说着什么。　男人的裤子撕破的一块耷拉着，露出毛腿。

　　一只白鸽贴着如海的麦地低翔。

　　一位老蓝衣裤梳小鬏的老女人，瘫在家小厂侧门的门槛上抚腿大哭。

　　"我家爷满心满意想成这门亲，他说那个女的脸白呢，哪个晓得我兄弟什么想法啊。"

　　"你们去看的啊，还光着身子呢！"

　　骑车人，路边行人的话语落入耳中。　公路上永是繁忙，三两个蹬车凶猛的敞怀骑士，抱肩扬眉，吼着些流行的歌，有的车后坐着头面压在他们背上紧搂住他们腰的女子。　看见我，有的却低头察看自己的衣着来，露出乡下孩子的不自信。

　　一位烫发的老女人眼角青肿，愣愣地走着，冷冷地吸着烟。

"我教你啊，用黄檗皮烧乌鱼汤吃。你这两大包就是买的中药？我奶奶就是吃这汤吃好的，你试试不嘞，反正鱼汤又吃不坏人。那你是他姐姐，没出门呢？"

"不是噢，我是他嫂子。"

车站上人不多，两位妇女在谈着一位得了肝腹水的青年男子。我便听起她们的话。

"分家呢？"

"分了。"

"难得啊，你心善啊，那你小叔子结婚呢？"

"没，定了一个。"

"断没断啊？"

"人家望着呢，女的还来看过几次呢。"

"要……假使不好，人家总要断的。"

"要看不好，我家也不会拖着人家啊。"

阳光下，两个女人平静地谈着。我看着那位嫂子，她面有倦色，额上皱纹深深，黄巴巴的头发，顶上还秃了一块。我低下头去，一个高不过膝的小男孩对我举着手，手里是一张车票，我一摸口袋，正是自己掉了的。小男孩举了约莫有些时间了，脸上有些不高兴，我接过车票，小男孩头也不回地走了。我的心中不禁为他的不高兴而内疚。我知道自己将永远记着这两个女人和这个小男孩。

正午了，"感谢粗糙、温暖而结实的正午"，不知怎的，脑子里闪出这一句。

春天的一段路程，很轻很淡，也很轻很淡地好似看了整个人生。 又一日，撑着把伞，在阴雨中彳亍。 千枝万柯的白杨伸出千万只嫩红嫩绿嫩黄嫩紫的小手挥动，榆也飞扬着一树绿绢。 又忆起那一日的一路世界，耳边响起周梦蝶的诗句：

每一条路都指向最初/在水源尽头。 只要你足尖轻轻一点/便有冷泉千尺自你行处/醍醐般涌发，且无须掬饮/你颜已酡，心已洞开！

中国人的故事

　　黄河心旌悠悠，仿佛看见一只年轻而苍凉的鹰，飞掠在森然的河岸峭壁，浑厚幽凉的乐声浸淫着她温郁的血和情怀。　她和这位吹着知会沧桑的埙的男子相恋了，但她的父亲，一位富人不许他们相见。　吹埙人抑郁而亡，但他的心却不死，是硕大的红宝石，玉人用它雕成酒杯。　酒杯很奇妙，一见人，便浮现出吹埙人忧郁的脸。这只酒杯落到黄河父亲手里，一日黄河见到这酒杯，吹埙人忧郁的脸浮现出来，粲然一笑，红宝石的酒杯无声碎裂。　这就是俗语"不见黄河心不死"的由来。

　　这个故事现在没有什么人知晓了，但却有个与之相似的故事在中国黄发垂髫家喻户晓，那就是梁山伯与祝英台的传说。　谁不知道呢？　祝英台女扮男装与梁山伯同学几载，感情日深，祝父招女回家欲嫁，梁山伯十八相送，路上祝英台一再点拨，但梁山伯终不能悟，待知晓祝英台是女子前去求亲，却被祝父以已许配为由拒绝。梁山伯抑郁而亡，祝英台前来吊丧，忽然坟包开裂，她便跳进去，顷刻坟里便飞出一对比翼双飞的蝶来。　这是大家都知道的，我的奶奶讲梁山伯与祝英台七世为人，相恋而终不能成婚，最终只能化作蝴蝶朝夕为伴。　其他的五次记不得了，只记得还有一次是兵乱中，一座桥上两人就要相遇，但大水冲来，两人皆溺，连一面都未能见上。 从坟茔，从大水，在灾难死亡等粗暴的阻碍中，在漫长得近乎无的时间中，飞起的却是这些翩然的蝴蝶，在血泪之后，人们传说的不是英雄神仙，而是这些美丽的幻灭无踪的蝴蝶。

说到蝴蝶，中国还有则古老的故事：两千年前，有个懵懵懂懂的人做了个梦，梦里变成只自由飞扬的蝴蝶，醒来竟不解到底蝴蝶变成了他，还是他变成了蝴蝶，从此他便大道无为混混沌沌了，这便是"庄生晓梦迷蝴蝶"。 历来为文人们诉说不尽的梦与蝴蝶。

一夜大月，又是无数只硕大清冷的白蝴蝶扑朔迷离地在天空，在地上，在我身前身后身内身外，一下子想起这三则故事，突然像看透了自己的心灵，中国人的心灵，但却说不出的惘然。

民　瘼

民瘼 2003，一个镇，一个厂

镇医院的大门柱上，"返乡人员体检及高烧发热门诊"的指示牌还艳艳的红，病房里只有一个打农药中毒的，几个食物中毒的凑了人气，是做小工的，烧菜师傅把油漆用的清油烧了菜。 坝口上唧唧呀呀地响，在吊闸，闲人和小孩在看。 瘟疫和洪水只是在人们头顶甩了一记响鞭，并没有死死地把人们拖入大地。 尖锐的响器伴着的哭腔，死者都有了披红斗篷的孙辈，闭得着眼。 天地有仁，好生为德。 自然又恢复了正常的秩序。 大暑便热，天地如烤，汗滴在空气中都能听到滋啦一声。 立秋便凉，天地生爽，晚上睡得着觉，舒舒服服地起得了早。

早可是真早，六点钟光景，人们已喝过粥，男人们上工了，做小工，帮浙江人拆机器。 粮食加工厂不死不活地拖了几年，拿不到工资的工人跟厂长斗，跟粮食局闹，最终厂子破产了，贷款还拿千把万，九十万就卖了。 总账会计买下了，传言还有厂长与现金会计合的伙，这倒是顺应了上头提倡的所谓管理层收购（Management Buyouts，简称 MBO）。 机器都卖给了收废品的浙江人，作价三十六万，几年没有机器动静的厂区里，气割机嘶嘶地响，男人们帮人家整抬搬运，一车车地往浙江送。 粮食加工厂原是地方国营，是镇上最大的单位，第一家建的职工住宅楼。 计划经济时代农民来换油换面，对这些拿工资的公家人，可羡慕煞了。 这些年，农民进镇开店摆摊，工人倒下岗了，还要跟他们讨活做，看他们脸色。 就这样，还不一定找到活干。 百十号人有的上了江南，有的进城，四处打工，留在镇上的还有二十来人，家属区空荡荡的。 镇上私人开了近十家油坊，用得着加工厂的熟工人，运料，上榨，出料，压饼，出大力，流大汗，又是湿热又是尘，一天十几个小时还拿不到二十块钱，忙起来一天得不到歇。 这还是找到活的，没力气又无用的一个，找不到活，在厨房里养几只兔子当生计。 老娘没有饱饭吃，吃饭时就到人家去问：你家有饭啦？ 有呢，什么事啊？ 问什呢啥，装碗给我不嘞。 邻居说他几句，他就骂老娘，常常几杯酒中午喝到半夜，边喝边哭，边哭边诉苦，边诉苦边骂，边骂边摔东西，边摔东西边打人，打老婆。

女人们洗完衣服去买菜，拎回来的塑料袋里不是白的豆腐百叶，就是绿的黄豆冬瓜之类。 然后淘米择菜，边说闲拉呱，今天七嘴八舌说的是买菜看到的老奶奶。 八十五岁了，可怜，脸要儿子媳妇打得像团烂棉花。 我望见的，后脑勺上还有拳头大的血瘤呢。老奶奶就只有一个儿子？ 你没听说吗，还有两个姑娘，姑娘能跟舅舅公开作对吗？ 她那个头发肯定是姑娘剪的，不然那个血疤哪会清楚啊。 手里捧个枕头做呢？ 上头有血，作证据呗。 镇政府的那个人吃的是屎，说老奶奶也不好。 到了派出所不晓得怎么解决？只有到法庭去告，一告一个准，我们村上有一个关了几天，放出来规矩得多了。 你真的来抓她儿子，她又反悔了。 我家庄上不是有一家，老奶奶守寡带大的儿子，砌房子，带媳妇，骨头都累断了，老要儿子打，骑在身上拿拳头擂。庄上人看不过，报了警，法庭来抓她儿子，她又反悔，求央不抓她儿子。以前要儿子打，还有人拉，把点饭她吃吃，后来她儿子再打她，庄上没人问，老奶奶夜里摸下了河，早上孙子喊奶奶吃饭，奶奶浮在河码头边上。

女人们是厂里工人的已经失业，是家属的也丢了田地，大都没工作，又没了田地，米油都要买，日子可真是紧，还真比不上农民有田地保障呢。生活区里原长的花花草草都锄了，一家一家垦了小菜园。小孩上高中上大学的要娶媳妇的，就只有苦自己，吮筷子头；苦老头子，什么重活都做。全下岗了，看大门的夏大嫂每个月能拿三百块，女人们夹枪夹棒跟她说笑，夏大嫂卖过气球玩具卖过青货，亏了，生个炭炉子代冲开水，一天灌个十几瓶赚几角钱。儿子大学毕业在上海打工，晓得攒钱，准备着买房的首付款，打算好了，三十五岁才能贷款买房谈恋爱结婚。男人什么活都做，不由他不做，还真能看着儿子三十五岁才谈恋爱，乡下结婚早的，三十五岁儿子都考大学了，挑铁水下货打井拖粮，累得脸上脱色，放工了，坐在小凳上倒气，半天才站得起来。邻居家男人在油坊做，胃疼，一疼就吃饭，饭一压就不疼了，过年儿女们回来晓得了，押着进城一查，就住院了，胃子已硬得像马粪纸。徐师傅是上海知青，儿子回了上海，招进钢厂，工资又不高，租了套房子结婚，只出得起几个月的房租，老两口十几年没买新衣服了。菜弄停当了，离烧还早着，女人们会打纸牌，斗地主，五角钱一把。或者看闲下来的男人打牌。下午女人们总能凑起四条腿来打麻将，输赢还不小，也有个几十块，谁赢谁输其他女人会问的，男人们赌起来则要上百。小孩要肉吃吃不到，倒能几十几百的输钱，大概是把麻将桌当银行了。

镇上的经济看起来不错，各个路口都有西瓜摊，有八九家。 新街老街走下来也得花上个把时辰，街边的房子都开了店铺。 新街四车道宽，沿街都是上住家下店铺的门面楼，白马赛克的墙面，白得很空洞，虚伪的光洁，俗不可耐，摆着小家子气的自以为是不可一世的冷脸，我们的时代就是这样的马赛克时代。 店面都开门，老街是十几二十家卖衣服鞋帽箱包的，新街上食品批发卖八鲜卖农药农具。 酒店也不少，有十几家。 还有两家超市一家家具店。 农具社等两三家厂的大门都锈糊涂了。 镇里的农民养小猪种大棚，养鱼养蟹，经济上较为宽裕，婚丧喜事都要大办，离城又远，因此镇上商户多。 出镇就是稻田，稻子长得很旺盛，农药都已打了十几遍了，越打虫越多，虫多打得更多，稻子已极度依赖农药化肥，土地与河流都已中毒太深。 河中漂流着团团簇簇的水花生，经过小镇的河浜随处可见各种垃圾，各色塑料袋子披满河坡。 几千年的农耕没有改变的土地河流，几十年就衰亡了。 最先死亡的是河流，是水，是鱼虾。 只有那种臭水里才活得旺的小龙虾还产得出。

晚上加工厂里又是一阵叫嚷。 原来食堂里的东西夜里被人拿了。 粮食局原定是招标拍卖的，报名的除了买下厂子的会计，还有几个人，五百块钱的报名费都交了。 东西是会计搬的，其他几个报名的和她吵。 会计讲，厂里的一草一木都是她的。 他们就去搬了剩下的东西。 会计喊来几个小痞子，那几个对小痞子讲：要么就把我打死了，打不死反正加工厂也够养我一辈子的。

　　沿着河岸码头还有一群群指甲大的小鱼游弋，小孩捉起三四十条来，放在盛水的面盆里，密密麻麻的小鱼盲目地游弋着，撑着钟口样的嘴一秒不停地动，景象恐怖，令人惊悚。 小鱼的生存何其艰难努力。

城市的尊严

你活该，谁让你多收钱的？一个警察板着脸教训因多收钱被人辱骂的看车人。你去看看，大过年的，哪个看车的没加价？看车的中年妇女哽咽着小声辩解。噢，人家加你就加，人家犯法你也犯法？你就是不能加价，警察说。你们穿制服的拿着工资，说话不腰疼，中年妇女被说急了呛了他一句。你心太黑了，你该骂，警察生气了。我三辆车收他五角钱，你说我什么啊？中年妇女眼圈又红了，声音大起来。你这么凶，怪不得人家骂你，你活该，警察冷冷地出着气。你下岗了，你还不如我呢，中年妇女淌着眼泪嚷。

江苏卫视播过一次暗访卖淫女的新闻调查。记者装作嫖客，搭讪上一个三十多岁的妇女。我是下岗的，日里还有一份工作，该女子说。言辞诚恳，叫人放心她不会瞎要钱。她带记者到一间房子，大冬天的里面空荡荡的只有一张光床。没事，你不用脱衣服，那妇女说着自己上床脱衣服，记者在镜头中夺门而逃。记者的用意是曝光执法部门打黄不力，而身为观众感到的不是卖淫女的无耻，却是生存的艰难和尊严的挣扎，是针孔摄像机和传媒对卖淫女的蹂躏践踏。而电视越来越多地呈现这样的画面，有些频道隔三岔五就要播一次。这既是电视人自我欲望的满足，又指引并满足观众的偷窥欲。

躬身向垃圾桶内捡破烂的背影，也是城市的日常场景之一。一个干瘪矮小如儿童的老太，手扒住垃圾桶像只壁虎，攀身进去拎出一只只垃圾袋，仔仔细细地扒拉着搜寻如觅针，找出一两张烂纸，又认认真真地扎好袋子丢进桶里。她甚至打开一只满是用过的卫生纸的袋子，还好，找到了两条脏毛巾。

贪婪的人住在城市里，因为贪婪的人贪爱着浮华，而城市里有的就是浮华，那些乡间的别墅和背包族的自我放逐，是城市伸向田野荒原的指甲和舌头。在城市喧嚣的声色中泡久了，会觉得城市的高大威严靠的是水泥钢筋的耸立，行走其间的人，被名利浮华的浪头裹涌冲卷潮起潮落，没有脊梁，失去尊严，但城市生活聚光灯之外的阴影里的场景，却让你感到尊严的存在。我曾忙于生计，凌晨三时流落街头。积雪过胫，风如冰坨砸上身。在每一条街都会碰上一两个人推着自行车走，在街角还有小吃摊的大棚透着热气，空载的出租车也在兜转着。那时真切地感受到生活的艰辛，感受到与底层百姓共同担承艰难岁月的认同和悲悯。你起得再早，有人比你早。你睡得再迟，有人比你迟。你过得再苦，有人比你苦。你再穷，有人比你穷。

生存需要挣扎的人生活在最底层，在被鄙弃中卖力甚至卖身，承受着种种苦种种累种种耻种种恶种种罪，在沉重辛酸的生活压迫下，仅剩的就是尊严，这是城市的根基，而这根基被踩在城市脚下。越踩越结实?

老娘喊

　　小时候听到人家大队生产队还有七队八队，我奇怪呢，我一直以为都是只有六个队。 我家妈妈老骂我：你个细讨债的，你死吧，你到七队去吧。 我家大队只有六个生产队，七队就是坟茔滩子啵。印象深呢。 你个闯祸祖宗，你不死得的，你到七队去吧。 土坯房子要风刮塌掉一面墙，好在是寒假里头，跟小学借间教室住，盘个小锅腔烧饭，腊月二十七八祭先人喃，煎黏饼，我烧火，把饼烧煳得了，下一天大雪啊，我家妈妈举住火剪撵我，围住操场追，骂我，说她死了都要用火剪剪我。 我亲妈妈说的啊，说她死了魂灵都不放我过身，都要用火剪剪我。 我直到现在都不吃粽子，一吃就呕，那年高考复读，星期天家去，妈妈包粽子把我带学校吃，我说不吃，她气得把粽叶糯米连盆往地上一翻，你考不上，就派你考不上，她这么说我，她做妈妈的就这么说我，那天我一路哭到学校。

　　是喝了酒，但离醉还有几瓶呢，怎么就说到这啦？ 一阵裹冰夹雪的旋风砸在大家面门上，这样的老娘？！ 当然说起老娘的这位老哥他眼睛湿都不湿，更甭说眼泪了。 你见过礁石哭吗？ 不管到哪，他都是礁石，哪怕他沉默，哪怕他搞笑，他经受的惊涛骇浪的苦难都尖锐地兀立出来。 我现在对妈妈好呢，我就记住她一桩事，小时候订了个娃娃亲，两家还带点亲呢，看我家弟兄三个呢，盖房子要盖三栋，农村人哪儿盖得起，我又是老大，她家就要跟我家解亲，亲解得了，我家妈妈哭啊，哭一夜。 就这桩事，我懂我妈妈了。 我妈妈结婚三年不生育，人家都喊她公婆娘，我是头生，又是儿子，其实也惯得上心呢。 仿佛又看到他脑后老鼠尾巴的小辫子，红带子的系结，铜项圈，金耳环，惯宝宝啊，炭黑猴瘦，皮得鸡飞狗跳，把家里窖着的山芋种偷出来跟伙伴分吃了，被妈妈拎根棍子撵，鞋跑掉了，躲在苇荡里听妈妈的咒骂声近了响了远了，夜深了，不敢回家，在露水淋淋的田埂上找鞋。

春阳，是母亲。 北风，也是母亲。 一只母猫，扎煞着毛，凄厉地叫，用爪子用牙护卫她的猫崽，也咬它的崽也抓它的崽也吼它的崽，用痛苦教训它。 农村妇女，挤压得只有巴掌大的天，这么小的天，经不得风吹草动随时倾覆，一贫如洗，一分钱都能难倒憋死，望不到头的劳苦，一辈子当牛做马还不完的儿女债，无告无助的日月，她只有长出全身的刺，护卫自己的茅草屋，生死相拼。 村庄里随时爆发邻里婆媳妯娌姑嫂的吵骂打架，半句话一只碗几棵菜，喝药水上吊投河，农妇们那么轻易地舍生而去，活着她们又能有什么欢乐？ 粗暴，一点就着呼啸而起的忿怒，立起是非怨毒火辣的言语；严厉，不是詈骂就是抽打，用棍棒规训子女适应生活的严酷懂得自尊。 一棵荆棘密密麻麻的刺，低低地拱卫着自己的天地，她就讲这么大天地的理。 我的丈母娘也是这样，老婆对儿子的教育总是能看到她母亲的烙印，你什呢东西啊，你给我死外去，你要用棍子抽呢，老婆的声音里总能听到她母亲在嘶喊。 带把香蕉看外孙子，丈母娘总会提到自己小时候跟哥哥上街，看到水果摊子卖香蕉，不认识，问哥哥，哥哥说城里茄子噢，那话里依然可辨一个乡下小女孩的向往。 丈母娘幼年丧母，不得念书不识字，失了母教，园艺与女红就差，老婆总说小时候看人家有萝卜黄瓜吃都很羡慕，棉鞋也没得穿。 丈母娘就晓得苦，能苦，死苦，就晓得栽在田里死做。 养猪，母猪，肉猪，跟老丈人一人搭住大肥猪两条腿，一头几百斤的大猪子一路搭上庄。 有个头疼脑热的就拼命喝茶，烧得爬不起来了，从床肚下摸个铅角子，买几张黄纸烧烧，找出来不知哪一年的药片就吞。 现在人电饭锅一插，煤气灶一打，能苦到哪儿去啊，她常这样说。 好强，要脸，对子女自然是棍棒教育了，舅老爷小时那可真叫皮，没个定当时候，人家牛屎饼子才拍上墙，他一个个扒下来砸了玩，玩弹弓把人家鸡射死了，学打仗把人家草堆推翻了，打，死打，打怕了，打掉层皮，姐弟三个就这么全考出来了。 乡下孩子成人，大抵靠着个严母。 严酷，是地母啊。 这样的母亲，爱是养育，爱是棍棒，爱是责任，爱是牵挂祈愿。 我们的那位老哥，做生意破产，无路可走，远上雪域，妻儿都忘了他的生日，只有老娘为他点烛燃香，一个世界，只有娘记得。

乡下，为老人送终依然是件折腾人的事。 大伏天，老婆的奶奶丈母娘的婆婆归天了，从头拖到脚的缞衣，毒太阳底下跪着，晚上还不能睡觉。 此前是老人的罪，脑子糊涂，在子女家轮流赡养，跌跟头骨裂，做手术又发臆症，疼了二三十天，走了。 乡下老人大抵都这么痛苦地死去。 老婆说过小时候她妈妈上工，送她们到奶奶家，奶奶就问：你妈妈说我什呢的？ 要放工了，就赶她们走：放工了，家去吧。 老婆上高中，跟奶奶借钱，得到的回答是：你家这种人家，读不起书就不要念。 婆媳间的是非是缠夹不清的，现在婆媳都走了，丈母娘刚把几个子女婚事办了，老丈人就得了绝症，又是病人又是孙女子，病的没死，老的没死，先把自己苦死了。 灵堂上放录像，一对瞎子哭丧，男瞎子打简板，女瞎子拍渔鼓，有板有眼土腔土调地哭喊着，只听清老重复的两句：有福的老娘唉，亲亲的老娘唉。

老人下葬，坟地就在村北头，与村庄咫尺相望，生死如此之近。 坟就那么一些，一代代的人死了，都死到哪儿去了？ 尘归尘，土归土，恩情苦难病痛怨毒仇结都在火里烧化了在土里沉没了。 棺材下土了。 亲娘唉，亲娘唉，你晓得这条路有多狠噢，再也望不到你了我的亲娘唉，我没得妈妈喊了哇，有福的老娘唉，亲亲的老娘唉……，跪着的女人们哭喊起来，像旷野上的风，暴烈地掀扑着。

老娘土

我总看得见：顶头屋，屋檐才齐胸，屋脊仅齐眉；泥土墙，东一块西一块剥落，是穷人的肋骨；茅草顶，污黑，压着破坛碎罐；窗洞，竖两三根树棍，冬天塞几把稻草；出烟洞，墙头掏的小锅腔的烟道，草灰的黑；草帘门，几只芦花鸡；小脚，肩上搭着黑烂的毛巾，挥着连枷打黄豆，母亲蹲下来，一个世界矮下来，看她拽下青豆荚。 她拄着连枷站定，秋风直扑，银发如针飞动，她揉揉风泪眼，朝村路望着。

我总看得见：放工了，母亲坐在小凳上倒气。 她黑黄的脸上突然绽放出金黄的笑容。 小五—小四—小三，过来，她喊着，从口袋里掏出半块麦麸饼。 用手捂捂，又用嘴哈哈热气，分了，儿子们咽下土块一样的麦麸饼，咽下母亲的体温和热气。 早饭没吃就上工了，人家分她半块饼，饿肚子省给儿女吃。

我总看得见：大队宣传队到生产队演出，一个生产队只有她儿子一人参加了演出队，母亲应该是骄傲的，儿子却看母亲突然有了心事。 十六岁的儿子半撒娇地问母亲：我今天演得好啊？ 好呢，好哪，声音响呢。 那你不高兴的？ 母亲叹口长气：唉，宝宝啊，都怪我们家穷啊，你看一班人，就你穿得差，裤子补丁挨补丁，解放鞋上三四个疤……

我总看得见：老母亲吃饭咽不下去，却不准儿子带她上医院查，"我这么大年纪了，不要把钱往水里撂。得了这个病，也没法子，我七十几的人了，不碍事，你回去好好教书"。好好教书的儿子赶回来，老母亲已闭上眼睛，左手攥着一串黄纸的"打狗饼"，右手插着几根高香的"打狗棍"。

以地母之名，我们是兄弟；以苦难之名，我们是姐妹。五月底，到阜宁参加该县散文学会的成立典礼。一屋子的老小，有龙钟老者，有青发女子，有英俊少年，更有雄姿中年。是突然回了老家，被自己的血亲亲亲热热地厮认着。是终于回到象群的小象，被父辈们拱卫着，弟兄姐妹们用长长的鼻子蹭摸着安慰着。这是一块什么样的土地啊，养育了这么多坚持文学的孝子。这个时代，诗文千行换不来一张薄饼，却换了他们一生。令玉老师还带了新作《牛歌》交流，"我的牛嘞嘞……嘞嘞嘞……"牛嘞嘞吆喝着牛踩沟、拐弯、回头、上坡，甚至呼唤着病牛站起，走出屠宰场。是不是我们的前身就是牛哪，文学就是那牛嘞嘞。

从阜宁带回一本《槐花蜜》，几十位阜宁儿女的百十篇文字。一打开，看得见自己兄弟的脸，听得见自己姐妹的声音。那带着母亲体温的半块麸饼，我吃过；那为自己儿子的补丁衣裳羞愧自责的，我也唤娘呢；那老母亲棺前长跪不起的，也是我呢；那瘫在床上带孙子的老爹，一根绳子一头捆着床腿，一头拴着才学步的小孙孙，摸着墙踱步的孙子跌倒哇哇大哭，老爹一手撑起自己一手抖着绳子哄着孙子……我的腰间，也还有那一根草绳子牵着呢。因为苦难，大地深厚。 所以这片土地上的文字是心脏上奔涌的血，是卤水煎成的盐，是苦难酿的蜜与奶；少脂粉风月，多大丈夫气派，大义激昂，五伦全备，浑厚凝重，掷地亦作金石声。 是什么让我也依恋着这块土地？ 是苦难，是也咬过苦难干瘪的乳房，吸过那带血的奶，是苦难拉扯大的兄弟姐妹的情意。《槐花蜜》，是带在身边的一抔老娘土啊，时时打开，补气血，长精神，增颜色，从此北望，脚下故土绵延北伸无限，大地安泰，我也站直立稳，如山如陵，风雨不动。

我总看得见：麦田乱了。 麦子老了，从麦芒黄到麦根，脊梁支不住头，麦穗沉沉，收割季的镰月已经高挂。 我记得光归于光尘归于尘，高天厚土，那跪在麦田中间的是我呢。

输液室

手上插针，针头连着细长的白管子，管子另一端插在瓶子里，瓶子吊在支架上，支架悬在铁轨里，铁轨嵌在屋顶。委顿的生命吊在手上，吊在屋顶，吊在冥冥之中。几十根管子伸向空中，伸向不可知，索求着生命的延续与正常。生命突然以盐水瓶子现身，平常我们并不知道，将我们和世界联结起来的仅仅是个盐水瓶，我们每个人都吊着生命的瓶子在走，不经意间，瓶子里的水尽了，或者瓶子摔碎了。

输液室里永远是人满为患，被吊着的已经不慌张了，生命既然接上了管子，已得到保证，人们说说笑笑，求诊时的莫名忐忑欲言又止躲躲闪闪过去了，婴儿扎针时一家子的揪心与眼泪盈盈过去了。一滴一滴的药水驱赶着血液恢复生命的秩序，点滴的速度松弛了生命的节奏。输液室也是人们的聚会场所，几十年没见面的碰了头，像是刚刚推门出去一会，再进门照面就是腰驼背佝脸枯皮皱，青春的风华意气想都想不起来，大家都吊着，彼此彼此而心安。要是中华金南京，还能收，丈母娘对女婿说。他不是晓得我和李主任好嘛，才托我的，女婿是个军官，外地口音。又上你们家去，上你家去怎么住啊，女儿对女婿说。叫你家娘老子住客厅不就行了，丈母娘对女婿说，我就喜欢吃你们那的小鱼锅贴。 叫你穿衣你不穿，叫你吃你不吃，母亲妻子们数落着丈夫孩子，挨训的鼻塌嘴歪，被拿住了蹩脚票子，有本事你不吊起来？ 甜蜜蜜的是恋人，不说话，静静地看着，目光有火，安安静静的火。 婴儿总是有两代大人护着，一大堆吃的玩的哄着。 老头老太相伴着的，一辈子的话已经说完，不声不响。 一个人挂的就分外孤单，眼睛耳朵馋着人家的言语动静。 有实习护士，脚步快，应得勤，肯说话，不像老护士呆巴巴的，其中一个脸上永是灿灿的笑，她碰上男实习医生就打打闹闹，脚踢踢小拳头捣捣，一个壮实实的络腮胡子的中年医生便常来凑趣，和她说笑，蹭手蹭脚的。 救命噢！ 救命啊！ 救命！ 一个小伙子双手托着个女孩子，冲进来，对护士嚷，护士指着急救室，跑着领他去了。 很快人们知道这小伙子是个出租车司机，小女孩突然跑过马路，撞了。 吃茶叶蛋啊？ 热的，卖蛋的胖老奶奶和气地笑着盯着你问，豆浆要啊？ 热的，她还是笑着问你。 她太胖了，胖得像个蛋，又搭着个锅，走几步就喘，常坐下来跟人搭讪几句，倾听与唠叨是她唯一的快乐，你还想剥夺吗？ 看报啊，看报啊，卖报的也是个老奶奶，又瘦又高，像根竹竿，脸冷冷的，气还多，老跟人吵架，你挂，你挂，你天天挂，你家一家子吃药一家子挂水。 要闷郁了多少年，一辈子吗？ 积攒了怎样的怨毒，让她如此刻薄，是不是我们偷了她的欢乐，抢了她的幸福，却将苦难都脱卸给她。

　　吊起来就有保障了吗？ 医生能换给你什么瓶子，不管什么病，医生拿毒来拯救。 输液室总靠着抢救室，哭声时常传来。 爷孙两个在家，爷爷胸口闷，孙女陪他上医院，水才挂起来，人死了。 我教她不要拽爹爹的手，死人的手不能拽，拽了，他的魂灵走不掉，死人罪大呢，伤心呢，大人又不在，就个孙女子来望望爹爹的，天上掉个祸下来，孙女子跟爹爹好呢，不停歇地喊爹爹，不停歇地哭，卖茶叶蛋的老奶奶坐下来说。 一个十六岁的女生，腿上长了个疖子，就近上了家小医院，医生让挂水，刚吊起来，女生人就倒了。 同班的同学失去了欢乐，一个学校的学生惊恐不已。 他们突然听到了死亡疾跑登楼咚咚的脚步声，看到死亡的手爪，死亡出手凶猛，鹰击虎扑般抓走了他们的同伴，掀起的腥风击伤了他们。 生命真的是口气，呵入空中，就没有了。 女生的父母赶来了，一个惊呆了，一个呼天抢地。 小医院没有抢救室，一张席子铺在地上，女生蓬着头衣衫散乱地躺着，背着脸，背对着生命，盐水瓶子还吊在架上，吊着一个家庭的痛苦。 女生的母亲十日半月的就来学校一趟，坐在办公室里哭，到女儿的宿舍烧纸钱，送饭。 学校怕她讹钱，又影响招生，想方设法撵她。

出了事，赔了钱，这家小医院生意清淡，不到半年，输液室里又人头攒动，一排排的瓶子吊在空中。

那些低在尘埃的

他们笑嘻嘻的。 两个十岁左右的男孩，一个摊开塑料布，铺平，扶着另一个躺好，自己对着大街跪下。 躺着的断臂断腿，嘴里不知呜呜着什么，跪着的笑笑地和他说话。 大冬天的，这一对乞儿都只套了件短汗衫。 阳光很好，照亮他们污黑的脸，照亮他们的快乐。 早上上班，总会看到他们这样出摊。 春节前，街面上汹涌的拎着大包小包的人潮中，他们却消失了。 他们回家了？ 他们还好吗？

巷口有张小桌子，朽得发黑，快烂了，断腿垫着砖，搭墙放。上面摆着红塑料盆，剪子，菜刀，砧板，热水瓶。 这也是一个行当，替人杀鸡宰鸭。 女人四十几岁，烫着头，细碎的小花子，没有惊涛骇浪，细致的涟漪不明不暗。 红红的毛线开衫，裤线直直的，女人清清爽爽的，像个开店的，笑模笑样地跟人搭话。 她的家当旁，常停着辆绑了两个鸡笼的自行车，鸡笼里的鸡探头探脑。 她不在，卖鸡的男人便代她看代她做。 男人与女人年纪仿佛，瘦高个，总穿深藏青中山装的棉袄壳子，黄胶鞋，一看就是个乡下人，端端正正的五官，神色却不像小贩那样殷勤精明，讨价还价都很勉强，有些不得已而为之的躲闪。 女人老使唤他打个下手。 两人都不张扬不兜搭。 在高楼背后，喷涌出来的阳光照亮着城市的暗旮旯：一剪子剪断鸡鸭喉管沉着痛快地屠杀，褪毛时沸水浇烫鸡鸭腾起的羽毛臭，躺在盆中光鸡光鸭的暧昧，男人的躲闪，女人的定当，男女牵牵搭搭明明暗暗的含混。

夜市上，一个西装笔挺的青年男子，端着个纸箱子，一个摊一个摊地挨个发糖。 说他年轻也不怎么年轻了，脸上刻着中年人的劳苦憔悴，人也瘦得背有些佝。 谢谢，谢谢，不是吃过喜糖了吗，做大头贴的老板娘说。 我们一块多少年啦？ 你问你家老王，才有夜市就在一块，青年男子热络地说。 求碗饭吃，求个老婆，青年男子一步步地做着，他珍重自己能拥有的，包括他的同伴。 夜市在条南北街上，冬夜的风直来直去，又飘着雪花，逛夜市的比出摊的小贩还少。 这个自尊而努力的男人，向那一盏盏寒缩的灯火走去，发喜糖。

每天上班总要爬座桥，桥头跪着个乞讨的老奶奶。 头低着，脸贴到地面，整个身子跪成一堆土。 春暖了，她拽下破烂的头巾，白发森然。 是什么样的苦将她踩在尘土。

脏的，贱的，累的，毒的，总有人挣扎在尘土。 孤的，残的，病的，穷的，总有人担去了贫与苦。 而后，脚下践着尘踏着土的，趾高气扬。 踏三轮车大婶的大嗓门，拖垃圾的黑炭一样的小伙子的落寞，没人带只好跟着售票员妈妈挤公交车的小女孩的烦人，站在自家大排档棚口吃喝的少妇脸上的冻疮，躬身割麦的大爷大妈饿断了的肠子……见到他们，心里总有些不安，杨绛先生说：那是一个幸运者对一个不幸者的愧怍。

愿他们安详。

"外省"文青

2020 年最后几日，寒流千里横扫，到处断崖式降温，江淮间急跌出零下 10 ℃，暴风，狂雪，封冻，谁也没想到冻住了两位"外省"文青。

28 日晚，到南京站。 打的去维景，对省会南京不熟，夜色中陌生感疏离感更为强烈。 问司机要多长时间，七点半开会，上的士已经六点四十了。 二十分钟吧，堵车就说不准了，司机一开口喉音重重的，不是南京话辣油厚厚的大扁舌头，一问河南的，"同是天涯"，异乡感立时不那么尖锐了。 车窗外灯火稀疏建筑简陋，我叨叨，往城外开不应该堵啊？ 司机被我说懵了，哪里是城外啊？ 哪儿算城里啊？ 后来才知道维景曾经是希尔顿，中山门内，标准的城里，暗笑自己"外省"青年的见识。

会还是赶上了，赶在年前换届的省作协九代会。 会场上人们在谈黄孝阳的死，都没人知道，一个人住，作协打电话，没人接，打电话到单位，单位上去人敲门，敲不开，撬开门，人在马桶上，不知什么时候死去的，才四十六岁。 眼前闪现冰棺中崇茂皮包骨头的脸，这儿没几个人知道他，更没几个人知道他今早死了。 25 日上午去医院看崇茂，还是调高的床头，还是插着吸氧管，还是打吊针，还是挂的止疼药和营养液。 护工大姐说，又是一夜没睡啊，疼的，他也不喊。 崇茂胸腔积液抽不出来，半个肺不能呼吸，睡觉只能半坐半躺，半个肺不工作，倒不咳了。 前几次见他，他时常说说话就停住，咬紧牙关勾头闭目，等着疼痛闪电般蹿过眉头，看了难受。 一周前见他，他也是骨头疼得一夜未睡，昏昏沉沉，今天神志倒清爽，说话也响，又问起作代会什么时候开会。 问起饮食，护工大姐说崇茂不想吃，昨晚就喝几小口粥汤。 都一个多月不下床了，一会要侧卧，一会又要翻身，一会又要身子往上蹿蹿，一会又要抓抓揉揉，嘴唇干，护工大姐拿个吸管蘸水给他湿湿唇，小便也要人把着，他弟弟和护工两个人忙得不停手。 大胯骨都瘦得支离出来。 能熬过生日就好了，崇茂又说起这话。 他腊月十一生日，家里人谎他，说替他算了命，算命先生说过了生日就好了。 问他免疫治疗下一次什么时候，他说元旦后，元旦后免疫治疗也进医保了。 26日，他闹着要回家，医生也劝家人带他家去。 27日上午，有朋友去看他，崇茂说，我肯定活不过今天了。 朋友说他瞎说一头子，活过了呢？ 他回道，过了就过了呗。 当夜十一点多，儿子带他回家了，病房楼下修路，他还问，怎么车开得这么慢的？ 十二点零五分，28日刚刚诞生，他瞪大眼睛四处找找，就过世了。 会场遇到赵翼如老师，说了句：崇茂走了。 赵老师说：下午遇到竞舟，她告诉我的，黄孝阳也死了，唉，她叹息。 崇茂记录他查出肺癌后生活的《大地生出许多凉意》出书了，发布会我们就请了省作协赵翼如胡竞舟两位老师，这是他信任的也是与他有联系的文坛上的最大领导了。 10月25日的发布会，崇茂坐在轮椅上到了现场还坚持参加了全程。

29 日，朋友圈里各种转发，大神们纷纷悼念黄孝阳，新闻也出来了，一些文章出来了。 谁转了江苏文艺出版社的前总编汪修荣先生的《人间再无黄孝阳》，一句"这是我和他第一次见面，那时他还是个标准的小文青，见谁都是一脸弥勒佛般谦卑的笑，让你不忍拒绝他的任何要求"，突然打到心上，我多引几句吧，一个"外省"文青的奋斗史很清晰：

> 2005 年，我获了一个江苏省作协颁发的紫金山文学奖文学编辑奖，颁奖后我请南京军区创研室的几个作家朋友到凤凰台饭店小聚，他是朋友的朋友，也便一起来了，彼此就这样认识了。 这是我和他第一次见面，那时他还是个标准的小文青，见谁都是一脸弥勒佛般谦卑的笑，让你不忍拒绝他的任何要求。 认识不久，他便接二连三用那些先锋小说轰炸我，说是请教其实是希望我能帮助出版，但我坦率地说，先锋小说已经成了过去式，出版没有市场，对一个新人，几无希望。 拒绝一多，便不忍再拒，我知道他生活困顿，有一天我对他说，你帮我编稿子吧。 于是他便成了我的外编。 有一年单位招人，他从南京朋友那里知道这个消息，便给我写信，希望报考文艺的编辑。 虽然没有高学历，但凭着过硬的文字功底，他被破格进了文艺社，成了我的同事。 其后凭着对文学的执着和丰富的社会经验、阅历，果然不负众望，十年多时间，从普通编辑一步步做到编辑室主任，再到副总编辑。 从一个小文青，成了一个引起文坛关注，有一些名气的青年作家。

文友中有以结识黄孝阳为荣的，原来他当年也是"外省"文青，从一个编外的文坛打工仔，"谦卑地笑着"，忍得，受得，一点一点挤，一步一步进，从"几无希望"进了省域文学的中心圈层。江苏省作协排了"文学苏军"两大方阵，一是十大领军人物，苏童、叶兆言、范小青、毕飞宇、赵本夫等；一是十位"文学苏军新方阵"，黄孝阳在列。四十刚出头，出版社副总，拥有了资源和权力，又蹈厉奋发，正是能捅破最后一层纸站到金字塔尖的气口上，冰雪扼塞了咽喉。黄孝阳的鲁迅文学院同学王十月，"确认了孝阳离开的消息，泪水就止不住，蹲在路边痛哭"，他们是鲁28的，鲁28是回炉班，鲁院把前些期学员里混出名堂的再请回去，是2016年的事，那时候黄孝阳的处境还是"在鲁院组织的一次研讨会上，他被批得一无是处"。王十月回忆黄孝阳当年在天涯社区舞文弄墨当版主，用的名字是"一人一人一人"，后来又用过"一人孝阳"。彼时，王十月是天涯无数无名写手中的一个，黄孝阳给他的帖子加过精华，在别人拍砖的时候站出来挺他。天涯文学社区是这个世纪初叶的事，文坛70后很多人是在网络文学社区闯荡，度过自己草莽文青的年少时光。也就一二十年，有的已成一方诸侯，更多的喑哑失踪了。再往前溯，《新京报》的记者张进采访过黄孝阳，说他18岁到一家国企做业务员，不久停职留薪，做过保健品，卖过化妆品，推销过镭射光碟，"口袋里最没钱时，一盆面条可以管饱一周"。文坛厮混的，有过山穷水尽无路可走之时的比比皆是。崇茂也是，做生意失败，带着儿子在妹妹家蹭了大半年的饭，又孤身一人远上青藏高原，在那个叫江仓的地方打工，冬夜被头一层冰，车子熄火困在沙暴中绝望灌顶。

29日上午，文代会与作代会开幕式，从江苏大剧院回到酒店就狂风大作，人被风卷着走，瘦一点的都摔倒了。吃午饭时，狂雪盈天，大雪片子恣意纷扬。当地风俗，夫妻两个一个先走了，要单日子下葬，崇茂此时该入葬了。"风雪中的眼睛"，是他在报纸上开的专栏名。入土了，大雪厚厚的干干净净地盖住了。都终结了，两个"永远年轻，永远热泪盈眶"的"外省"文青。都终结了，两个"外省"文青的文学梦。黄孝阳快要捅破那层纸了，比他大十岁的宗崇茂还在摸门，都终结了。省作代会，在小地方代表名额也是要争的，甚至会闹出匿名信举报信。我不知道崇茂身体好好的，会不会当选为代表，每次去看他，他总问作代会怎么还不开的。我知道他是想参加的，他一次也没参加过。会议跑流程，晚上都开会，又没有交流，挤挤攘攘的陌生人流中，更远的是边缘与中心的远离。崇茂和我一样也认不得几个人，去年，省作协副主席评论家汪政到盐城讲课，他也去了。课中休息，汪政看到崇茂说，你看起来身体很好啊。大神叫出他的名字，还知道他生病，"啊，主席也知道呢"，他很感动，喜形于色。

崇茂的职业生涯跌跌爬爬从没成过，生活也是"龃龉于其中"有些糟糕，他把尊严和价值都寄托在文学上。把尊严和价值全寄托在文学上的又何止崇茂一人，谁还不曾是这样的"外省"文青？就像巴尔扎克创造出的"外省青年"这个词和形象类型，生自穷乡僻壤，出身寒素卑微，震慑于都市的权贵煊赫和声色奢华，升腾起被剥夺的耻辱、屈抑、愤恨和赤贫无望，"出东门，不顾归。来入门，怅欲悲"，"对案不能食，拔剑击柱长叹息"。 反过来他们更加渴求权力与富贵，如毒如蛊。 路遥小时候穷得没裤子穿，贾平凹初到西安看到钟鼓楼吓昏了，文学是他们在城市与人群中的自立之路光荣之路，当然也是荆棘之路。"外省"文青的执念是追逐文场的高光，他们那么勤苦，拿命来写，路遥写到手指痉挛得用热水泡开，贾平凹拖着老病之躯年把两年就熬煎出一部长篇来，他们伏低做小，自卑又自傲，怀揣于连一样出人头地的野心，煎熬在周遭的压力、冷漠甚至敌意里，焦虑、迷茫、永远不踏实、没有安全感，被自己的欲望这条狂犬追得日夜不宁。 贾平凹说过：先前拿路遥来压我，路遥死后，又拿陈忠实来压我。 当年路遥愤愤于既成者的打压叮嘱他：我弄长篇呀，你给咱多弄些中篇。 当时贾平凹心中未必服气，凭什么我只能弄中篇？ 路遥死前，贾平凹去看他，路遥说：看我这熊样，你要引以为戒，多用心啊。 贾平凹出门找个角落嚎啕大哭。 物伤其类。 王十月听了黄孝阳的死讯，痛哭，"一个人在暮色中走了许久，心脏被撕扯的痛"。 悭吝的命运只给了仅有的一次机会，他们有的抓住了，萧红萧军结识鲁迅，沈从文遇到郁达夫，莫言阎连科当兵提干，路遥贾平凹曹文轩推荐上了大学，黄孝阳入编苏文社。 命运给过崇茂机会吗？ 一只被网住的鸟越挣扎网缠得越紧，有的人越挣扎喉咙被命运掐得越紧。

　　会间休息，一个挂着代表证的老者倚坐在大堂窗座上，十几米高与数十米阔的巨大的玻璃窗，窗内窗外广阔的繁华，老者孤单、衰羸、落寞，我不知道是文学太残酷了，还是现实太残酷了，还是文学的现实太残酷了。

差不多一百年前，郁达夫看望写信求助的北漂沈从文，也是大雪天，沈从文只穿两件单衣，坐在冰冷的炕上写作，手指冻肿。郁达夫一天眼圈红红的，写了《给一个文学青年的公开状》，字字戳心，悲愤地展现民国时代"外省"文青的绝望处境。2021年新年头上，新上任的江苏省作协主席毕飞宇发表了《怀念黄孝阳》，其中有"草根出生的人就是这样，他必须用他的健康去搏。一旦失去了健康，最终只能是唏嘘"之语，文坛有几个不是从"外省"文青打拼上来的，这几句里，是官二代富二代文二代们无法感受到的痛楚。"外省"文青就像泥做的粗陶器，没人顾惜，尽打尽摔，"裂纹暗响"（崇茂病前出版的散文集书名），突然碎裂，碎了就扔了。崇茂还能走动的时候，咳喘不止中拼老命为我的《白盐城阙》写了篇书评，"这是我的绝笔啦，兄弟，在盐城马上没人跟你呼应啦"。

文坛永远有边缘与中心，社会结构也永远是壁垒森严的金字塔。维景的电梯里总有穿着紧身短衫短裤的中年男女或小鲜肉，人家是把五星大酒店当自个儿的家，天天来这里健身的。虹吸效应也好，马太效应也罢，攀登上金字塔尖的，财富、权力、名声、知识只会越来越庞大，登上中心之路也就会越来越淤塞，边缘也就会越来越疏远。同乡前贤"外省"文青陈琳沉沦间苦吟"纡郁怀伤结，舒展有何由"，六百年后，"外省"文青温庭筠路过陈琳墓，想起他的诗文和隐忍屈抑，伤悼自己飘蓬人世，不由慨叹"莫怪临风倍惆怅，欲将书剑学从军"。是的，即使没有站在崇茂的墓前，没有翻开他的书，光是想到他，"莫怪临风倍惆怅"。

和一块土地的瓜葛

水　塘

　　春天多风。　大风。　如垂天之帛在空中鼓荡。　青黄不齐的麦苗，似被水柱冲刷，叶片倒来倒去地扑腾。　天高地远。　九天之上荡涤得连云丝都没有，越发高迥的穹隆越发瓷蓝，向遥远的地平线上拱压，蓝也就渐渐苍苍的灰了。　喜鹊和鸽子静静地站在田里，等着风歇。　农田沟渠棋盘般整齐。　有水塘，半亩一亩，不圆不方。清浅的水，深蓝。　几杆短苇，瘦硬。　枯蒲。　细致繁密的水草，画不出来的澹定，如手织棉布的细碎花纹。　水塘，忍不住睁开的眼睛，呈现着大地清亮的内心。

泰　水

　　上坟的?！　早两天家来喃，不清九。　田里给麦子追肥的妇女说。

问过阴阳先生了，阴阳说的清九后清明前上坟。 妻回道。

北边镇上是这个乡风，我们这边头年上坟是九九里头。 妇女有些不悦，低下头干活，风撕咬着她的包头巾。 同辈死了，小辈上坟不及时不按规矩，大概她已气愤了多日，又无奈。 妻也不知说什么好。

凌晨电话响了，是丈人家邻居打的，让赶紧回家。 打的赶回去，邻居们等在路口，让赶紧上医院。 医院病床上躺着的是丈母娘，妻顿时吓晕了。 天没亮邻居听到有人不停打呃呕吐，清早开了门，问已挑粪浇菜的丈母娘是哪个打汪，她说是我噢，搅了你们觉啦，我干呕两天了，吃不下茶饭。 邻居说动她去了医院。 我没病啊，她对医生说，吃两颗药片就好了。 医生也查不出名堂，开瓶水。 哪儿用挂水呢？ 丈母娘不想挂，医生劝了挂了。 挂完水就要回家，医生说要她留观，她不肯，急慌慌地回家了。 半夜起夜，从床上往下一栽，丈人把她扶起来，已经翻白眼了。 邻居们帮忙送到医院，心已不跳了。

差误得了，差误得了，自己把自己差误得了哇，唉，什呢说法啊，对着亲妹妹的尸身，妻子的舅舅半天说不出话。 痴啊，省呢，自己一分钱没用到，发高烧爬不起来，钻到床肚里摸出几个铅角子，买几张黄纸烧烧，就晓得拼命喝开水，丈人眼眶里转着泪水说丈母娘。 我就不佩服，那么凶抖抖的人就没得了，走路像个风刮的，说话声响响的，谈个事干脆呢，烧点好的，全给老头子吃，自己舍不得动筷子啊，我夜里还梦到呢，邻居说。 办完丧事，回城跟熟识的医生一说，医生肯定是颅内出血，当时发现当时治，什么问题没有。 乡下医院，医生水平如此。 老伴是绝症，一天服侍十八顿，孙女子没断奶就丢给她带，没个换手，即使舍得钱，她也要回家啊，连个生病的空当都没有。 一辈子苦，小时候没娘，一天学校门不得进，把了人家，老子又老实，从早做到晚，一天福没享到，苦一世，到老连病都不能生，真苦，妻说。 这么苦，死又未尝不是解脱。

见我鱼肉不怎么动筷子，喜欢吃稻草灶大铁锅炒的韭菜豌豆头春天发身的菠菜，丈母娘的菜地大宗便种了这些，虽然我们只是寒暑假回去。 这是她的心。 你又少个人惯啊，同事说我。 真是的，少个真真的为你着想的上人。

我恨呢，我恨得夜里睡不着觉。 妻弟从厂子下岗，丈母娘说当年他中考分数够师范了，当时小中专先尽师范录，师范出来做老师，工资低，全往乡下分，又托人改了志愿，要是今天做个教师，定定当当地拿个千把块，我就管他去了哇。 我恨呢，我恨得夜里睡不着觉，半夜爬起来，丈母娘说。 亲妈妈，你就舍不得我啊，亲妈妈，你死得了，没人想到我了哇，妻弟呜呜地哭。

泰　山

这回玩死了，丈人说。 元旦后丈人停了油坊里的工，和丈母娘带着孙女子上了趟城，姑娘儿子家蹲蹲，看看电视，大街上逛逛，住了大概一星期，回家前，不怎么啧声的丈人笑嘻嘻地说，这回玩死了。

　　春节和妻回娘家，丈人不到顿子就吃。　丈母娘说，你爹胃病又发起来了，吃下子就不疼了。　叫你们油坊里不做，田扔得，不听，苦什呢啥，妻听了紧张起来，直起嗓子喊，要他们赶紧上医院查。胃镜一透，就住院，就开刀，胃子已经硬得像马粪纸了。　骗两个老的是胃溃疡，又哄着化疗了两次，两个老的拖着个小的回家了。　下田，茶瓶里灌满粥，中午馊了，老娘照喝，老子不喝，就饿一天肚子，半夜活干得了才回来弄吃的，哪一季农忙没个十几二十天，苦出来的病啊，妻说，梦里她呻吟哭喊。　凌晨电话铃响了，急匆匆走了的却是她母亲，丈母娘先被灾难和劳苦压碎了。　办完丧事，妻弟把丈人带进城。　一次丈人腿肿，一次胸口疼，急急地送医院看了，化验做彩超，没事。　惊弓之鸟。　又庆幸在城里，有病就找医生。不到一个月，丈人不能吃了，吃不下解不出，肚子摸得出个硬块。是肠梗塞，住了院，一周下来，医生又说开刀，又不安排，就是挂水，天天从早挂到晚上十一二点。　丈人鼻中插了引流管，引流胃肠分泌物。　一挂完水，他就捧着胆汁染得浑黄的引流壶上厕所，等大便。　医生护士查房都问解的啊？　解的白沫沫子，没底的丈人小心地说，盯着他们脸。　做梦捧碗饭，直吃直吃的，饭香呢啊，丈人说。　我们也才晓得，吃得下去排得出来，有屁就放，放得响，就是个好人。　老丈人一点不吃，不需要溜班或者一下班就忙忙急急奔菜场，买草鸡，买野生甲鱼，小贩说是正宗的，争几句真假，还是买了，杀，烧，然后急急忙忙地倒入保温瓶，骑上自行车往医院蹬，差点撞了人，一刹车，保温瓶里汤洒出来，气喘吁吁往病房里冲。 我又不饿，叫你们不着急，老丈人会对着病友得意地抱怨。可这一切无法发生。 一辈子没做过坏事，怎么吃也不把他吃喃，随便什么法也把他吃两天，妻做主转到市院去。 市院医生说开刀看看。 进了手术室，不到一个小时医生叫亲属，说开下来了，腹腔内已满是瘤子。 不到半个小时，医生又喊家属，几十天不吃肠子一动就可能破，病人下不了台子，只有先缝起来。 天天还是挂水，一挂完水，丈人还是捧着引流壶，上厕所等大便。 我还没通呢，医生叫我出院呢，丈人不想出院。 开始还看看账单，天天二三百，后来不看了。 怎么跟他说呢，刀开了，肚子上的硬块还是看都看得出，屁还是放不出。 我还没通呢，医生叫我出院呢，丈人说。 也不知怎么说，说也不看他的眼睛。 丈母娘百日快到了，哄着丈人回去，白蛋白，脂肪乳，带回家挂。 到家，没米了，妻弟张罗着碾米。 吃多少啊，丈人呵斥他，蹲几天呢?! 丈人话里是说，做完事还要去住院。 丈母娘百日做完了，天天怕他提回城。 丈人不提了，心又凄惶。 输液针头越来越难扎，挂挂水又不滴了，一天天丈人的脸上骨头刻镂出来，睡在被子里，看不出身子。 善良的上人，能作踏下人多少? 连死都不累着下人。 立冬前两天，星期五，丈人断气了。 不作践人啊，农忙过了，天又不大冷，邻居说。

　　一年里头，仅仅一百多天，丈人丈母娘都死了，丈人虚岁才五十九，丈母娘才五十七，都没过到六十。 多凶的命，多凶的一年。棺材打好了，规矩是女婿油漆，丈母娘的是红漆调黑漆紫红，丈人的就是涂黑漆。 火烧化了他们缠病的身子，愿他们的病与痛在火中烧尽。 土埋进盛着他们骨灰的棺材，愿他们的劳与苦在棺中消除。　愿他们躺在地母的怀里安息。

细　鱼

坟包的土皱皱裂裂。　扒坟时一小团潮泥滚来滚去，拈起一看，是一条细鱼。　一节指长，笔尖般细。　连嘴都分辨不出，眼睛黑得很分明，粘满灰的小身子剧烈地挣扎着。　也许是挖坟帽时挖出来的小泥鳅，或者是打水浇坟时河水里带上来的鱼秧。

让小儿捧着送到河里，他站在河边一扔。　不知有没有扔到水里，他嘀咕。　拍坟时有没有拍到它？　我在想。

白杨路

给丈人丈母娘上坟，经过一段村镇公路，两米宽，路倒是柏油路。　道旁两排白杨，泥灰的树干钻上天十几米。

白杨树，大地的力量。　大地鼓动生命浮现，向天空高耸。　大地又把生命往自己怀里拖，直到吞没他。　看到白杨，莫名的亲近与悲悯。

白盐城阙

城市何以也是好的

其实，都没人跟我商量，七八层楼高的三棵大梧桐，就锯了，磨盘般的树桩龇在路边。纯化路一下子就低矮寒碜了，这条路一下子无足观无足道了。八十间的春天，是这些梧桐树从天空接引下来的，紫焰腾腾，映天蔽日。天柱耸立的梧桐树，树冠的穹顶，繁花成塔，千万紫色的佛端坐枝头，庄严而妍媚。而后，野蔷薇赶来了，扑过墙头，怡红快绿的浪头打下来，簪满红花的扰扰绿云，浓浓的化不开的墙头的春天。而后，是巷道上风刮得打旋的榆钱。而后，是老盐中槐花白亮的清香消息传过来。而后，是雨，灰色的雨天，一坡屋脊燃烧的凌霄花。而后，是桑椹，巷道紫汁斑斑。而后，是胡椒秧子，紫砂钵、灰陶盆、白浴缸里青青的两行，对称有致，巷尾青龙庵的老师太种的，长在福田，细茎细叶静静地听着磬鼓佛颂。低檐仄巷的八十间，总有些活生生的美意流漾着。

当然，春天，还有其他的路径。比如从毓龙路上来。一条建新巷，东是八十间，西是四十间，南出纯化路，北顶头横着毓龙西路。毓龙路口，一条大汉，一车青紫红黄，大汉面阔口方，生得威武，却面善白净，油光光大背头，一个冬天看不到他，他出菜摊了，春天也就站稳脚跟了。杨花萝卜就来了，青叶子红身子，青红烧眼，一口咬出白芯子，脆生生，白嫩嫩，似有似无舌头上闪闪烁烁的微麻，春天所有的翠、嫩、红、白，所有的春光、春色，所有的春天，都在这一根根手指粗细的杨花萝卜。 水灵灵的春天来了。海边滩涂下的小蟹子也爬出来了，爬到巷口老头子敞口的铅桶里。马兰头、枸杞头、小蒜、鸡毛菜、野鸡脖子韭菜都出来了，站在巷口。 沿着味蕾，春天越来越深。

　　沿着，沿着季节向盛夏上升，毓龙西路的法国梧桐交叠成拱廊，一条街泊在脚下，等着我撑篙而起，交叠错综的时光，我的拱廊街啊。 透过树缝，阳光烫出一星半点光斑。 几册新书，一袋面包，一束鲜花，常常是这样撑着我的虾蚂舟，从毓龙西路回了家。或者，我是一条懂得快乐的鱼呐，毓龙西路是我相得相契的河流。这里春天不谢，四时百花盛开香气扑鼻，五六家鲜花批发铺，一二十家花店，花架、花篮、花束、花瓶、花墙、花车，花团锦簇，日子鲜艳。 这里书店比肩，挨连成市，门面小，书堆得满坑满谷。像我这么有知有识上年纪的鱼，都很有定力，有姿有色的小雌鱼游来回眸一笑二笑三笑，都不晓得摆尾巴，慈祥得像个真的，但鱼改不了吃饵，看到书，白纸黑字，就两眼放红光，接着放绿光，买菜的银子就被卖书的钓了，只有看老婆脸色，啃干面包。 这里饼香四溢，丰泽园、雪绒花、红宝石、聚芳阁，还有家寿司屋。 一阵噼哩砰隆，一地碎红，是叫"外婆家"的饼屋又开张了。 白面、蜜、鸡蛋、油，还有比这好吃的吗，出炉了，满街烘熟了的糕饼的香气，暖热绵甜的深长的钩子。 在这条街上，闻闻味道也是好的，书香，饼香，花香。 一个城的繁华不在这，一个城的深潜却在这，在我的糕饼之城，我的花城，我的书城。 鱼呀，"快乐地在水中游"。

一条毓龙西路的鱼，一个王。 王开始巡游，所有的树都起立迎候，所有的轮子和脚都拜倒在地。 王是法国大革命的后裔，王说，众生平等，众生自由，于是，毓龙西路上的众生都是王：

春风满面的花与朵，还有叶。

树，树冠盛大的法国梧桐。 毓龙西路的发端，从解放北路横出的序曲，一样的也是法国梧桐，但，是突然让人精神一振的风姿，主干修长，顶上的叉枝也是紧密地团笼，向上，向上，挺拔出一种乔木精神，法桐中的伟丈夫，护卫着街内法桐姐妹们的婆娑，也为这条街的精神生活做了预示。 法国梧桐的背后还有银杏、香樟的叠映，绿得层峦叠嶂。 还有朴树，榆树一样的绒绒细叶，三道棱起的叶脉，原来就属榆科，一百岁了，历史的建立者，又高又奘的一干三枝，西南枝躲到中枝背后，羞怯的童心不老。

叼着仔的野猫，上树上墙。

小摊贩。 拉着一板车水果的北方小伙，高高壮壮，浓眉大眼，山楂红的脸。 大盘脸大骨架的大姐，一辆自行车，驮着两篓子，不是梨就是苹果。 傍晚，解放路头卖咸鸭蛋的，辫子长到脚跟的小大妈，矮胖胖的老奶奶，两个灰衣服的中年男人，都不吆喝，扣在腕上的小钱包，两三只竹篮子，青皮子白皮子的麻鸭蛋冒了尖，尖头上磕开一两只，红油汪汪的金沙蛋黄。 夜里九十点钟了，路灯光散落在雨后的积水塘，打着哈欠，三十四五岁的女菜贩，守着几堆青货，我就缺觉啊，她告诉别人。 她的西红柿破的多。 要换个车子呢，全挤破了，颠破了，她说了一年了，还是那辆锈红的矮小的三轮，陪着她缩成一团的瘦削身影。 还有个五十多岁的大妈，也卖菜，瘪嘴子，脸焦黑，头发枯，一年多不出现了，她全靠走，就一蛇皮口袋的买卖。 真好吃呢，昨个下雨，剩一截子卖不掉的瓜头子，煮了吃的，真甜呢，我还不晓得呢，我买她的海南瓜，她多了几句嘴，笑嘻嘻的，平素她都寡言少语的。 滨海蔡桥的大姐，卖山芋山芋干子，也是三十多岁，五一快到了，烘山芋的大爷推着柴油桶改的烘炉经过，两人打招呼，大爷说，家去了，儿子装修，国庆再见。 修自行车的小伙子，瘦子，瘦得头都尖了，这个夏天，把老婆也带出来了，老婆卖玉米，长得挺顺眼。 城庇佑着投奔她的子民。 民生辛劳，踏踏实实的汗水日子，定当安详了毓龙西路，贫寒的不是不浮躁，但很快就在毓龙西路的树阴下清凉了，富贵的不是不嚣张，但很快就被毓龙西路放逐了。

开店的，能喊老板了，也就八九平方的门面，最小的一两平方，卖鸭脖子的。 鞋、包、饰品、衣、文具、广告、花、书、玩偶、珍珠（墙角里的锅碗），一只只小小的百宝箱，窄窄的玻璃门里，低矮着，逼仄着，但一样是梦想天堂。

清早，城市粘稠的晨光，渐渐消散，橘红色马甲的清洁工在扫街，佝偻的身影，一直扫进深夜。 小轿车不停地开来排成队，等着簪花，山东老乞丐也络绎而来，咬着干饼，成排坐在路牙，等着喜钱。

深夜翻捡垃圾箱的，都上了岁数了。

每天不停在巷子兜圈的孤单的老人，高高的，行走的竹竿。 也是高高的个，高得打晃，猿人头岌岌可危，总披着蓑衣，柳条帽，拄拐，熟悉的老乞丐。

上下班，匆匆的车流。

迎宾路口，西北角，天天有几辆货三轮，五大三粗的汉子们，仰脸八叉地躺在车厢，腿脚翘在两边车帮，黄胶鞋，几捆废广告布做的绑带做垫子，有时凑一堆打牌，闲人挤来看。 斜对过，有个修车点，五十上下的夫妻俩，男的矮，瘦得精壮，像个练家子；女的高，胖得正好，结结实实的，只管打毛衣，像个瞭阵的。 他们养了三条狗，雪橇犬，萨摩犬，小狐狸犬，就一钵子干饭作食。 晚上收工，嚯，小狐狸犬打头，雪橇犬萨摩犬拉着装了轮子的工具箱，抬头挺胸，跑得个欢。 这是多么大的乐子。

箭道巷内，九十岁的老中医，还在接诊。 面华声洪，手心温暖。

黄军裤、白背心，陪夫人买菜的市委书记，停下步，看着夫人，眼里嘴角有笑意，静静地等着她开口。

幼儿园，盐都幼儿园，柔若无骨的花骨朵、小蝌蚪。 奶香。奶声：爸爸，你把妈妈翅膀藏哪了，我晓得呢，老师都告诉我们了，我帮你一块看着喃，我才不要妈妈飞走呢。

中学，盐中，五十多年前爷爷坐的位子，现在是他孙子坐。 放学了，校门口青春的洪水，肾上腺素的汹涌，大呼小叫，欲望的开展，未来的宏富。 清汤面的头，竹竿子的身条，肩胛骨戳出来，整个人很尖锐，却低着脸，也不是不扬起，扬起来，眼睛黑白雪亮，眼光却守在一寸之内，要么就看向天空，看到自己穿着 T 恤和波希米亚长裙，走过人世的漫漫黄沙。 一根根头发戗起来的、长长短短的头发蓬炸开的、乱鸡窝的，三四辆赛车冲出来，高高撅起的屁股，卤潮的汗湿味掀起风，发育早，营养好，粗大汉子的体格，说话像在喊，他们在喊着说那个长眠珠峰的吴文洪，报道讲登到8 800米，时间不够了，向导要求下撤，吴文洪没有听从，登顶珠峰了，也下不来了。 小男生们的意见很容易就一致了：一个男人，一个盐城的男人，要到顶了，死，不就死嘛，上。 一个个新的生命，一个个新的智性生命，突然跃入时间的情感与理性，不断生成的抵抗，涌现着，只有这是可寄希望的。"主观之内面精神"（鲁迅语），在这里开展，清晰可感。

书店。 席殊书屋正对着建新巷，差不多成了自己的后书房，书周转得快，胖憨憨笑憨憨的老板总在理书，地上不是摊着要打包的，就是解开包的书。 书店去多了，常觉得世上的书就那么一些了。 蓝田书社，一条光头的鱼，写诗的隐逸之鱼，车祸幸存者，光头上游着蚯蚓状的青筋和疤痕，门口立着门当，齐顶的书架，宋瓷元青花的碎片，靠窗是可挥毫泼墨的书案，更像是一个书房，滩涂诗人、教授诗人、荒诞派诗人、80后的异端等等在窗前走马灯。风雅颂，考试用书多了。 清泉、三辰、陶然，老板娘都笑嘻嘻的，也都卖考试用书学生用书。 新开的麦子书店，倒是人文书店，臧老题的店名，好久不见，臧老的字苍劲中多了青春妩媚。 天歌，卖音像的，光影、声色，老板即是其中老饕，好歹，盐城也能听到人说起电影，说很长时间噢。

纯化路和老日子一起枯败了，毓龙路上走着新日子，走出一种生机。 一个城自发的生机，在这里生长出一条花街，一条书街，一条饼屋街，一种精神生活的指向与深潜已然开篇。 有这种生机，才有这个城市新的传统，坚定而恒久。 王，这条街能长成巴黎左岸吗？

我们走进浓荫之中。

城　歌

　　河流的方向，鸟的方向，亚洲大陆的方向——盐城，这是我为衣胞之地设计的文字"LOGO"，它兀自纹刻在故乡的水土风物已经千年万载，终于借得我的喉嗓喊出来。从呱呱啼哭着挣脱母胎，小学、中学、大学、工作、结婚、生子、霜花渐染，半辈子生息于斯，故土在血肉里拔不出来，如蚌孕珠，生长出光华景象，兴感为文，篇章颇夥，但每每在心的也就两句，一句就是开篇，还有一句，嘘，别急，你往下看。

　　初冬，没有雾霾的早晨，清冽而嘹亮。清冽的空气让天地严正了，顿生时序交替的秩序感与自然感。朝阳也格外清健，嘹亮如号，烨然若锦，流注着充沛温暖的生意。这是依然可以称作清早的。"大清早上"，盐城人这么说，我爱这说法，爱这说法指称的晴朗、干净、辽阔、起劲的一天之始。坐着贯穿城市大动脉解放路的B1线，在终点南纬路站下车，迎上来的是职教园区的疏朗与空阔，阳光瀑泻，目光辽远，我特别乐意走着到西环路边的单位上班，足边会有蒲公英与蛇莓，枝头闪现翠鸟与黄雀，人车稀少，河道清澈，河边杂树丛中有棵孤独的香橼树，每到秋天满树金黄的香果寂寞地掉落，只有我惦记着，收藏她宁静、清雅而古老的香气。

我这样认同、迎纳着城市的变迁——它得有风景、有生活，有历史，它得慢慢揉进子民的魂魄。 每年带学生探访城市的边缘，每次都向南纵伸，今年发现解放路都跑到伍佑镇的南边了。 每次都和城市对乡村的征伐猝然相遇，一条条河边的农舍，一拆一排，捣了门窗掀了屋顶，隐秘的生活突然大敞四开，一柳匾藏在床底黑烂了的蚕豆，堂屋西墙上一张张贴着的小学生的奖状，草编的饭焐子，残破的瘫倒泥里的泥瓮，咸菜缸，尾秋未收的青番茄和茅厕顶上的红拉瓜，看着未搬完家当的爪形手残疾少年，在他脚边窜出来吠叫的黑毛土狗。 败退的乡村慌张而难堪。 城市就这样长驱突进，短短几日旧村荡然无存。 还没拆的等得发急，擤了清水鼻涕又操起手的大妈问：那个倒头潜龙湖挖不挖了？ 现人眼的喊了几年了。 城南新区多的是二三十层的高楼成片成群，特别是解放路东，围堵了天际，好在有几条自然的河道纵横，还有盐塘河公园，还有解放路西连成片的职教园区，大开大阖，通畅了风气。 好吧，听我说，这一片的建设，还是有好景致的，职教园园中路盐师那一段，沿路绿地本已有桃有柳有樟有蜡，掩映成林，背后又铺展开杨树林，重重绿壁，层林叠翠了。 还有那一条园林路，一路高大的全冠樟树，浓荫蔽日，道旁河岸褐石错迭，有岩壑林泉之美。

　　解放桥以南，双元路以南，大庆路以南，青年路以南……南纬路，南环路，建国后城市不停向南推进。 五十年代初，解放桥还是个木桥，桥南就是田。 八十年代初，大庆路还陷在农田菜地里。前三十年城市就扩了里把路，后三十年推出去七八公里，就近这六七年，一下子从青年路推到伍佑以南。 慢有慢的好，等得及一棵树苗长成参天翠盖，等得及五行八作百肆杂陈人烟阜盛，一代一代过日子，老百姓用自己的体温熨烫了城的边边角角，让它气韵生动市井繁华。 快有快的日新月异，但生活是来不及细细酝酿了，那些眨眼间窜出来的高楼和大路，没有吃穿住行生老病死的岁月打磨，空阔得荒芜，它能否给未来的时光以风景，也就更依赖于官员与开发商的善政善念。 盐城人的运气还好，市政上，盐渎公园、串场河景观带、内港湖那宽阔的水面，给城市以清亮，减了浮躁，增了水色。 串场河两岸绿地都连通了，翠柳披拂，河流悠长，是城市舒展的呼吸。 坐在淮剧博物馆的长廊，看向荷叶田田的内港湖，突然发现她也是姿色撩人的。 夕照盐渎，烟波叠映着宝龙一竖列整齐排开的高楼，城市之美乍现，夕阳下山，公园开始热闹了，快走健身的市民们踵接不断。

一个个崭新的小区毗连，填满了南城。 城市能不能不就是水泥盒子？ 我住在钱江方洲，园林化的景观，楼距足够开阔，多层与小高层的楼宇也不令人压抑，物管也尽心。 推窗见景，有湖有涧有溪有潭有方塘有喷泉有跌瀑，水边草木间杂，步移景异，时见幽深，又有叠石、拱桥、亭台、钟楼，林木葱郁，花开四季，锦鳞游泳，飞鸟去还。 啊，这么多大树，人家开发商真舍得呢；啊，这么多石头，人家开发商真舍得呢！ 老婆在小区里走一圈就感叹一次。开发商的功德就是造结实好看的房子，造花园式的小区，当然他的善念和诗意大多数时候敌不过财富欲，钱江后建的北区就满是二三十层的高楼挤堆，更可怕的是最后一排，一栋楼上百米宽，堵得密不透风，就好像一张大支票顶天立地地竖在那，听得到开发商沙沙不停的点钞声。 贪欲与善念咬合成了城市奔跑的铁轨。

慢慢打磨着这些钢铁水泥，让它有人味让它活起来的是生活和时光。 在钱江，人们用善意粘合着小区生活。 我打好电瓶车，老忘了拔钥匙，被人细心地用张纸遮住。 同楼道的邻居遛狗，顺便拿报纸，顺手把钱包丢在信箱下停着的自行车车凳上，忘了，遛完狗想起来，找到保安那，保安正拿着钱包找他呢，从此总板着的脸也会见人笑一笑。 早晨，湖边老奶奶跳舞，楼上喊，声音小些啥，什呢素质啊？ 老奶奶们拧小了音量，楼上还在喊，不自觉，真是的。声音还嫌大吗，那块听得见了？ 老奶奶们嘀咕声也大了，但总归音乐声小了。 听到过小区的两个物业经理交谈：大家都是为了小区更美。 这句话记得真切，人家真的是在交谈中，不是演戏。 小区里散步，偶尔会碰到老作家李有干，快九十了，高大的身板笔直，毫无老态，嚯！ 一年一本长篇。 李老在，钱江就有文化了。 小区当然有富人，停过兰博基尼的蓝色跑车。 也有告诉人晓得老公外头有人的：什法啊，就这么过过呗。 城市，多大的林子啊，越来越大的林子，越来越多的鸟儿投林。 晨练时主动跟我搭话的小伙子是新沂农村的，做沙石生意，房子买这了，把爹妈都带来了。 悦达起亚在盐城，当然会听到韩语，说英语的大鼻子金发老外已经不稀奇了，我能说有听到俄语吗？ 一抬眼，高挑个，麻花辫，柳眉杏眼，走路轻捷得像只小鹿，典型的蜂腰翘臀，嘿，黑人姑娘！ 黑鹿。

三教九流四方杂处，城在大浪淘沙。 最显眼的是谁富了，给我家做厨柜台面的是安徽的小刘，老板答应我卧室窗台也用亚克力台面板做，直的窗台很容易，偏偏有两个圆弧的，拼不起来，大小伙子急得抹眼泪。 他的工作间在近郊何桥的农房，我为查访橱柜真假去过，他在磨台面，一身的石粉，又不能开电扇，大夏天只能裹了衣服闷汗，现在小刘自己在高力开橱柜门市了，小肚子也出来了。 一个有着太多发迹机会的城市，岂能没有生机？ 城大啊，它有钱，它洋，它炫，它胸脯拍得山响保证梦想成功，当年跟着运粪船进城开眼的少年，做梦都想着成为城里人，今天他有头有脸产业过亿日进斗金。 城大啊，扯篷子的、放头的、吸毒的也跻身其中，那个总是手心半藏半掖着部手机朝你示意的小新疆，再见到都大小伙子了，还是手心里藏掖着手机朝你示意。 城大啊，它悄无声息地抹掉那些败落，钱江小区对面就是东进路美食街，开街三四年了，有一直红火的什么北京人家上海人家，也有开不到一年就倒了的，那些倒了的，那些失败的，也让这座城市更经得住摔打。 城，它还是暴虐的，读到这，请跟我双手合十，一起为那些无辜而亡者致哀：那在通榆北村早起上学被电瓶车撞死的男生，那盐马路拓宽时被施工车碾死的刚上初一的小女生，那西环路停在路边等绿灯时突然被倾覆的渣土车灭顶的江苏银行职工，那步湖路小河里浮尸的不知名女子……盐城，请你常念《地藏经》普度苦魂！ 请你常怀慈悲！

　　还有的，那些消失了的风景，我用记忆来珍藏吧！ 毓龙路、建军路道路两侧高大的法国梧桐浓翠交接的夏日，浠沧巷的幽深曲折，小海滩夹道的木排门杂货店一条街，奇园点心，盐阜宾馆银杏树林傍晚的雀噪，老一中的小红楼，西门航运码头，南门桥拓宽前桥南那一株突然清亮出来的玉兰树，还有糖三角，还有矮小而佝偻的朱老太推着比她高的推车卖茶叶蛋——白头发、白色的纱厂女工罩衫。 这座城是一寸一寸记忆深刻的，陆公祠，小时候跟着外婆来看住在这里的二姨，睡在厨房，冬天，煤气中毒，外婆挣扎起来爬到门口已无力敲门，是邻居透过门玻璃看到外婆摇晃的手臂，撞开门。 箭道巷，有棵黄杨，根上分出两股杈，一股斜，一股折，像个坐在矮凳上的老头跷着二郎腿，又像个瘫子在拉二胡。 黄杨长得慢，这棵也有手腕粗比人高了，但没人顾惜，枝上常挂着男人女人的裤头汗衫，蓬头瘌形的，后来树枯了，没了。 李古松老中医住在这，经常找他开中药。 有几年咽喉经常溃疡，每次打针挂水，每每刚好又发，痛定思痛，请人介绍了李老，断续吃了好几年方子，扶本去邪，基本不发了。 老中医，老太爷，九十岁了，腰杆笔直，面色有华，掌心温暖，天天在家坐诊，从早到晚。 已经坐到轮椅上了，大小便要喊人了，我不知道，摸到门上，他还给我开了方子，隔不了几日，仙逝了。 一期一会，城市与我结了恩义，我记得城市的光华。

还记得开得像飞的101吗，而且是俯冲，说停就停，说等就等，说不开就不开。 紫汞色的车身斑驳，车门是手动的，驾驶员和买票的开门拽绳子，关门用脚踢，座位是长条木凳、铁条。 它气势汹汹呼哧呼哧地飞过来，带着西乡的菜花香、稻草和烂泥，旁若无人地在城市的中轴线呼啸而过。 城市越来越有贵族味了，自然阿乡的101不见了。 平安夜，建军路上商场大促销，水泄不通，小跑到卫生间里的营业员，遇上了就谈今天做了十几万几十万。 东进路美食街，一入晚，满街停的车。 盐城，真有钱了。 80后90后的生活场景，是影院、K厅、各种吃。 说到营业员，人民商场的，棉布一样本分朴实的小大妈。 商业大厦的，大波浪，大团脸，涂了粉，眉高眼高。 并掉了的文峰大世界的，不叫不嚷，定定当当的热情。 金鹰的，锐利而高的后跟，戳在一片金光里。 城市，是如此的谙熟于心。

穿透无穷的记忆，城市轰然诞生。 城市洞明，城市穿底。 才蹦字学话的小女童，听到小哥哥尿裤子大人喊"没得命，你要打了"，就会说了命啦命，一做了错事，自己先喊命啦命。 命啦命，一代代盐城人喊着长大了，用自己的命热闹了这座城，沉淀成了这座城市的历史。"曾经是海，然后为滩，为盐田，为集，为镇，为城，为市，盐城市"，城就是这样来的，上游发水，或者海水倒灌，全城覆没；城墙围合，百业兴盛，文人们迈着八字捻着胡须排选八景；解放前夕，中市桥下碉堡密布，路灯柱子吊着地下党的尸体；"文革"大游行，捧着毛主席石膏像的壮汉突然手一滑，咣当一声，革命群众吓呆了，壮汉先反应过来，飞跑到东方红桥跳下去，反革命，抓反革命，打倒反革命，人们拥到桥上挥臂怒吼。 兵垦纺织厂的露天电影，喇叭裤，严打，买户口，下岗，水危机，没人领的吸毒者的遗体，城市大轴子戏小戏接连不断。 北闸桥东闸桥兴修，都挖出古代建闸时的地钉——两三丈长的杉木排桩；金鹰打地基，深挖出来的黑泥中夹杂着唐瓷宋瓦的碎片，久远的生活的温度突然触摸可及。 商场高个的冷艳服务员，一瘸一拐地了，老了，中风了；吃安眠药自杀逼得父母允婚的，戳死了小三，要死要活的爱变成了一坨翔。"舞厅是那时最乱也最有活力的地方，一个舞厅里最少也有 20 把刀啊。 那时候，打架从来不是为了钱的，要的是义气，更多的打架是为了女孩，那时候多好啊，女孩不是看你有没有钱，是看你够不够拽，哪像现在奶油小生满街跑，这种奶油小生都是什么玩意啊，还扎耳洞，真丢我们盐城前辈的脸。"这是廉颇老矣的痞子回首当年风云。 疾走而远的城，你裹挟种种而去，你情意深长，你无情薄义，你听得进吗：希望你崇仰历史，顺应自然，敬畏文化，尊重自己。 那些水系，要保留就留完整了，把河流截断了填埋了，就剩一小节断流死水，又是造护堤又是景观绿化，然后臭气四溢，你无聊不？ 比如老盐中，就不要动它了，老盐城快片瓦不存了，你总得给子孙留下历史标志物。 比如大铜马，请你有可能还是搬回头，现在的位置帮闲而落寞。 比如有干老臧科老这样的文化有成术业专精，你要大书特书，他们是这个城的文化向度，遍城土豪，他们是金不换。

城立海口，因盐得名。 沧海早已桑田，不断新生的陆地，年青着这座城市。 福祉绵长，又应运而昌，风生水起，城市越发气势如虹。 噫，盐城，请你竖起所有的耳朵，听好，最后送你八个字，这是老祖宗的精神，是黄淮海的精神：唯海为大，唯盐能调。

水边的人文之光

黄海边,大地升起,人文肇始

无边的水,波涛涌动,一日如丸,跳动其上。

这是一件灰陶罐上的刻纹。 陶罐极其粗陋,平底、鼓腹、短颈、直口有一圈凸棱,无盖。 还不如旧时农村土灶上的瓦汤罐漂亮。 但它可是极其珍贵的文物,来自六千年前,是盐城这片土地上最早的先民的日用器具,出土于阜宁施庄东园,现收藏在海盐博物馆。 这件文物最为难得的就是作为原始艺术的刻纹,格纹穗纹的长条环绕,将罐面区隔出正反面两个半圆,半圆正中是一幅刻纹画,画的边缘用弧线、格纹、直线框出画幅,一幅画是洪波日出,还有一幅是日沉大水,水波纹纵横交错,有众流交汇汪洋澎湃之感,最上端还有留白,天空辽阔。 这是我国原始刻纹艺术中,极为罕见的有着完整画面意识的刻纹画。

日出之地,湖海浮沉,冥冥之中这个陶罐为盐城的海陆沉浮沧桑变迁图史。 盐城,这片日出之地几度陆沉又几度崛起。 黄海在距今三十万年间曾四度为陆,濒临黄海的盐城距今七万年间就发生了三次海陆变迁，盐城多地出土麋鹿、鲸鱼、还有整棵楠木的化石，都是海陆变迁的印记。 距今八千年，黄海再度成海，彼时盐城全境皆为浅海，海水逼近苏北丘陵前缘地带。 距今七千年，海岸线大体稳定在范公堤一线，长江北岸沙嘴和淮河南岸沙嘴不断向海延伸形成沙堤，其内侧逐渐封闭为潟湖，盐城成陆，沙堤围着古潟湖，咸淡水交织，潟湖与湿地交错，有多条沙冈泥冈贯穿，它们是古代海岸线与岸外沙洲的遗迹，盐城的古文化遗址大多分布在这些沙冈泥冈沿线。 其后，长江、黄河、淮河冲积，近岸海流泥沙沉积，湖荡淤塞，人工围湖垦田等交相影响，诸湖萎缩，特别是南宋建炎二年（1128 年）黄河夺淮入海后，巨量泥沙加速了海岸线东移，形成了今天盐城黄淮滨海与里下河三大平原区毗连、地势低洼、河湖密布，湿地广袤、一水一滩两分田的地貌。

湖海间，三条沙冈，三级历史地层

厚土有德，祚我生民。 距今六千年左右，隆升出海的盐城迎来了华夏先民的原始部落，人类开始在这片土地繁衍生息，文明之火在湖海间如日而升。 这批最早的盐城人生活在沙冈泥冈及其附近的高墩上。 盐城境内主要有三条冈地，从陆到海分别是西冈、东冈和外冈，三条冈地既是海岸线逐步东移的见证，也是盐城先民生活逐步东移的见证。 盐城新石器时代、商周时期的文化遗址都在西冈这一线，西冈最早成陆绵延成堤，又名阔沙冈，为古潟湖的海岸，是一条贝壳沙堤，在距今七千至五千年间形成，纵向与长江北岸沙堤淮河南岸沙堤相连。 自北向南从连云港沙口、沙行、淮阴青莲岗直到海安沙冈，盐城境内北起阜宁羊寨，经龙冈、大冈到东台，堤形较完整，宽三百到五百米，最高有八米，盐城市下属的阜宁县，得名也正由于这条高冈，阜是土山的意思。 西冈沿线广泛分布着盐城目前发现的六处新石器时代遗址——阜宁古河梨园、施庄东园、板湖陆庄、陈集老曹，东台开庄、蒋庄，大抵都在这一线。这些遗址出土了大量的石斧、石刀、石凿、石钺、石镞、陶罐、陶壶等，其中东园遗址出土了象征权力的玉钺和整木凿成的独木棺（其棺底弧形，疑似船棺），陆庄遗址还出土了玉琮，蒋庄遗址也出土了玉璧玉琮，这些文物兼有南方良渚文化与北方大汶口文化的特征，初步体现了盐城融汇南北的文化特点。 龙冈中学曾经发掘出商代晚期古墓，出土不少陶器，有陶鬲、陶卣、陶簋等，器型与纹样与商代统治中心中原一带出土的青铜器如出一辙。 这说明其时盐城先民们与中原文化交流之密切。 西冈这条线上境外还有著名的淮安青莲岗、海安青墩文化遗址。

战国至秦汉唐宋时代的众多遗址分布在东冈，东冈形成时间约在距今四千到三千年之间，由阜宁北沙经庙湾、上冈、盐城、伍佑、白驹、刘庄直到东台西溪、安丰，冈身完整，宽五十到二百米，海拔高度最低处不足一米，最高处超过三米。 冈地以沙为主，唐代常丰堰、宋代范公堤就建在东冈上。 其时西冈一带已多良田。东冈这条线上出土过战国的封泥，还出土过楚国的金币郢爰，秦汉以后的遗址更多。 还有一条冈地就是外冈，也称新冈，最晚形成，北起南洋岸，经北滩、龙堤到四灶。宽二十到一百米，沙层厚度不足一米，以细沙为主，约在南宋嘉定十四年（1221 年）至明宣德十年（1435 年）间形成，是范公堤外成陆的骨架。

湖风海韵,夷系文化源远流长,盐业为主的经济形态形成

古称盐城的先民为东夷或淮夷，夷族有太阳崇拜，前述阜宁出土的先商陶罐上的太阳图也许就是族徽标识。商周时期，盐城周边有不少东夷之国，如徐、莒、钟吾、干（邗）国，东夷淮夷与中原王朝经常发生战争，《诗经》中也提到了，"既克淮夷""淮夷攸服"，这些战争也有可能就是为了盐，东园遗址中就发现了大量陶片，疑为煮盐所用。战争也促进了中华民族的融合，西周初年，鲁侯伯禽曾迁部分奄国之民于盐城，这是盐城历史记载的第一批移民，其后三千年间，盐城还迎来九次大移民。春秋初期，吴国崛起，北上争霸，吞并诸夷，境内属吴，吴灭邗国后，一度将都城迁到邗，促进了境域的发展。吴王夫差开凿邗沟，与射阳湖通，经射阳湖入淮河，长江南北水路畅达，境内与外交流密切，经济、文化、人口都得到发展。后越王勾践灭吴，境内属越。越又灭于楚，本地属楚。秦始皇六合一统，天下归秦，境内淮南属九江郡，淮北属泗水郡。秦朝"废封建、立郡县"，分封制的血缘政治被郡县制的官僚政治取代，确立朝廷直接管辖的地方行政体制，也正由此形成了中国文化特有的以县域相区隔的人文一致性。汉高祖封

兄子刘濞为吴王，都广陵（扬州），"濞则招致天下亡命者盗铸钱，煮海水为盐，以故无赋，国用富饶"（《史记·吴王濞列传》），刘濞又筑黄浦堰，自"白浦至黄浦，五百余里，捍盐通商"（顾炎武《天下郡国利病书》），吴国有组织的海盐生产加快了盐城的盐业发展，本地以盐为主体产业的经济形态已然形成。

如日初生，这一片越来越兴旺的年轻土地，盐业日渐兴盛，汉武帝为筹措与匈奴战争的巨额经费，重用盐商出身的孔仅、东郭咸阳、桑弘羊等实行盐铁专卖，扩大财政收入，尽收海盐之利。作为海盐主产区，为强化政府管控，武帝元狩四年（前119年），盐渎立县，分射阳县东部为盐渎县域（汉高祖封刘缠为射阳侯，境内为其封地，刘缠就是鸿门宴中项羽方倒戈的项伯，赐姓刘，刘缠死后废封，立射阳县）。《后汉书·百官志》说"郡县出盐多者置盐官，主盐税"。盐渎县的设立，将政权前移产盐区，还是为了就近征收盐税。东晋义熙七年（411年）在原盐渎县东部设盐城县，得名原因"环城皆盐场"（乾隆《盐城县志》）。从盐渎到盐城，行政区划日渐明确，境域内湖风海韵的人文特质也得到更鲜明的发育。

白盐城阙

盐城,海上雄州

盐城,屹然横峙海上!

这样激情、自信、豪迈地称颂乡邦的,是明朝万历年间编撰的《盐城县志》。从古到今,盐城都配得上这传奇性的赞誉。

盐城,因盐而生,因盐而名,因盐而兴。东襟黄海,西带诸湖,湖海间淤生滩涂草荡,大地由此而生而长。先民自古煮海为盐,"环城皆盐场",盐场万灶青烟,盐仓千峰白雪。天下咸淡,率系于之。国之财用,多出于此。

盐城,因盐而城

盐城的历史区域在地理上的一致性极其明显,那就是古射阳湖及其以东的湖荡与滩涂湿地。这块湿地的东缘黄海湿地,作为中国黄(渤)海候鸟栖息地(第一期)列入《世界遗产名录》,更是固化了这种一致性。 今天的盐城市下属十区县东台市、大丰区、亭湖区、开发区、盐都区、射阳县、建湖县、阜宁县、滨海县、响水县，大都由东台、盐城、阜宁三县析分而出，所以这三县又称老三县，从立县时间上讲，盐城最早。 老三县都是因盐置县，海盐生产是其早期居民主要的生产方式，这是境域经济生活上的一致性。

盐城初名盐渎，以盐而名，汉武帝元狩四年（前119年）立县。 盐城的盐业活动，先秦时代不见史著，推断本区域海岸线稳定、有人类活动起就应该发生，阜宁东园遗址中发现成片的陶片堆积，市区迎宾路东周遗址中发现大量大型陶片，都疑似先秦时期煮盐遗迹。 海盐需要依托滩涂生产，海岸线曲折、地形平坦、滩涂与潮间带宽阔、淤泥质土层的盐城，有生产海盐最好的地理条件。《史记·货殖列传》说"东楚有海盐之饶"，司马迁的记载至少证明盐城在楚灭越（前306年）后盐业已经兴起。 古人为地籍命名，往往依山水相称，地名越古老越是如此，这是古人逐河栖居或者缘山生息的生活决定的。 盐渎即盐河之意，到底是盐城湖荡毗连便于河运，还是官府为运盐开挖河渠，亦或本地人自己疏浚河道成盐河，还未有定论。

汉魏两晋时代为盐城县域经济文化的发源期，是其盐业繁荣的第一阶段，盐业为其主体经济。 盐渎立县之后，经济社会空前发展，官府鼓励盐业生产，募民煮盐，官给牢盆，盐业兴旺，农耕区又传入耦耕犁等先进农具，农业也得到发展。 东汉熹平元年（172年），盐渎有了第一位史书有载的县丞孙坚，孙坚是三国时吴王孙权的父亲，盐城中学有一口古井叫瓜井，相传为孙坚父亲孙钟种瓜所凿。 东晋义熙七年（411年）在原盐渎县东部设盐城县，得名原因"环城皆盐场"（乾隆《盐城县志》）。 宋代地理著作《太平御览》《太平寰宇记》论及盐城县，都引用了南朝阮昇之的《南兖州记》的记载，"县人以渔盐为业，略不耕种；擅利巨海，用致饶沃。公、私商运，充实四远；舳舻往来，恒以千计"，可见南北朝时盐城盐业之盛。 今市区头墩、二墩、三羊墩等多处发现汉代豪华墓葬，出土有楠木棺椁、铁剑、漆器等，一些器物有"大官""上林"字样，"大官"为汉代掌管膳食的官署，"上林"是皇家上林苑，推断墓主身份高贵。 建湖草堰口汉墓群也出土了玉覆面、玉环、玉璧等精美玉器，墓主等级应更为高贵。 地下文物佐证了这一时期盐城较高的经济社会发展水平。

唐宋元时为盐城盐业繁荣的第二阶段，盐业的组织化程度进一步提高，滩涂面积增加，盐业产量提高。 唐时在主要产盐区设四场十监，境内就有海陵、盐城两监，其中盐城有"盐亭百二十三"（《新唐书·地理志》），两监合起来年产盐一百多万石。"天下之赋，盐利居半，宫闱服御、兵饷、百官禄俸皆仰给焉"（《新唐书·食货志》），淮南盐税约占全国盐税三分之二，盐城盐税又约占淮南盐税一半。 宋时，"淮盐"名号出现。 盐城境内有盐场十一个，在西溪专设盐仓，盐产依然保持在一百多万石。 盐业的相关产业也得到发展，如盐运业、蒲包业等，时堰古镇就以生产装盐的蒲包袋而出名，年产上百万只。 元中叶，境内盐产一度达到近三百万石。因为盐利之丰，唐宋元三朝盐城皆为上县，有巨邑之称。

明清两朝为盐城盐业的鼎盛期。"两淮盐，天下咸"，清光绪

《盐法志》说"品天下之盐，以淮盐之熬于盘者为上"，淮盐色味甲于天下成为有口皆碑的公论，两淮盐税在国家财政中的地位越来越高。 淮盐产区南起长江口，北至海州，共设三十个盐场，境内即有十三场，盐城一直是东南盐业生产中心。 盐场、盐仓所在皆成集市，盐业而外，农耕、工商皆趋兴旺。 阜宁、东台也相继立县。明朝永乐年间，盐城修筑了砖城，因形似瓢，又称瓢城。 这一时期，盐城人口稠密、交通发达、市井繁华，人文蔚然。 清末民初，盐城一带因海岸东迁，卤气变薄，盐业重地渐转向淮北。 废灶兴垦，盐业的主导地位让给农业，但海盐产业直到上世纪九十年代依然是盐城的重要产业，而灶、场、仓、团、撇等与盐相关的地名一直沿用着。

因盐而兴，但未因盐而衰，兴垦、兴工、兴商，盐城人海纳百川胸怀宽阔、圆通不苟坚毅不拔，勇敢地迎接不同时代的挑战，创造自己的美好生活，因为熬波煮海给了盐城人"唯海为大、唯盐能调"的精神，这是人文精神上体现出的盐城区域最核心的一致性。

白盐城阙——盐城海盐博物馆

盐灶、盐仓、盐场、盐镇、盐城，白盐的晶钻闪耀。 今天，一座白盐城阙，一座盐的城池，巍峨绵亘在盐城，这就是中国海盐博物馆。 当其雄奇的身姿矗立在你的视线，你会油然而生屹然与横峙的感受。 门对一条古道，古中国绵延最长的挡潮防洪之堤——范公堤，范仲淹当年监修的捍海堤，范堤烟雨，风柳莺滑，润绿盐车蹄声；背靠一条长河，中国最长的盐运运河——串场河，串起数百里盐场之河，串场夕晴，烟波苍茫，明灭盐运千帆。中国海盐博物馆，是串场河与范公堤两条绸带正中心挽结的一颗灵珠，海盐之魂宅此而光耀于世。

一捧盐，洒落滩涂。这是中国海盐博物馆的设计意念。盐的晶体，莹亮剔透，是最单纯的立方体，有规整而刚健之美。海盐博物馆一长列高低纵横层见错出的屋脊线，将晶体棱边的粗直线条堆叠成峰岭林立，嵌凸而出大小不一的多个钢架玻璃的立方体，更是完整的盐晶造像。空中俯瞰，可不就是一粒粒散落海滩蒿尖的盐晶？当其映入璀璨星空，分明是一颗颗闪烁的星空之晶。其建筑形貌，又如一座座盐仓匝地破空，彼此掩映，峰峦如聚，正是盐城古十景之一盐岭积雪。墙角门前，一级级狭长的水池叠拥而至，就如海潮卷滩，浪浪相逐，涛声雷鸣；又如盐池层层级级，盐花绽放，盐晶铺积。

盐晶耀目，星芒闪烁，中国海盐博物馆是目前我国唯一一座征集、典藏、陈列和研究中国海盐文明的综合性博物馆，馆藏丰盛，展陈精美。盐，百味之祖；盐，生民喉命；盐，国之大宝。走进盐城，走进白盐城阙，就走进了地球之盐、人文之盐、历史之盐、盐城之盐、传奇之盐。

盐丁苦

煮海者，盐丁也。

盐丁者，服盐役之丁壮，也称"灶丁"。盐城经济自古以盐业为主，其民多为盐丁。《宋史·食货志》记载："其鬻（同煮）盐之地曰亭场，民曰亭户，或谓之灶户，户有盐丁"。盐给人们带来美味，盐丁自己却只有苦味。产盐区都说世上有三苦：烧盐、打铁、磨豆腐。清代学者范端昂在《粤中见闻》中慨叹："天下人惟盐丁最苦"。农民苦，自古尚有田园生活的颂歌。就不谈陶渊明的"采菊东篱下，悠然见南山"，你看辛弃疾的《清平乐·村居》"茅檐低小，溪上青青草。醉里吴音相媚好，白发谁家翁媪？大儿锄豆溪东，中儿正织鸡笼。最喜小儿亡赖，溪头卧剥莲蓬。"穷是穷的、苦是苦的，但怡然自乐，真的是有清平之乐。而古今诗文中却从没有盐民的一丝笑意，有的是悲苦、悲恸、悲号。

> 天雨盐丁愁，天晴盐丁苦。
>
> 烈日来往盐池中，赤脚蓬头衣褴褛。
>
> 斥卤满地踏霜花，卤气侵肌裂满肤。
>
> 晒盐朝出暮时归，归来老屋空环堵。

破釜鱼泔炊砺房，更采枯蓬带根煮。

糠秕野菜未充饥，食罢相看泪如雨。

盐丁苦，苦奈何，凭谁说与辛苦多。

鸣呼！ 凭谁说与辛苦多。

　　这是清代诗人任宏远所作《盐丁苦》。《盐丁苦》几成古诗乐府旧题与惯用语。 明代《淮南中十场志》收录了季寅一首《盐丁苦》："盐丁苦，盐丁苦，终日熬波煎淋卤。 胼手胝足度朝昏，食不充饥衣不补。 每日凌晨只晒灰，赤脚蓬头翻弄土。 催征不让险天阻，公差追捉如狼虎。 苦见官，活地府，血比连，打不数，年年三月出通关，灶丁个个甚捶楚"。 清末学者欧阳昱《见闻琐录》也有"盐丁之苦"条，叹盐丁"无月无日不在火中。 最可怜者，三伏之时，前一片大灶接联而去，后一片大灶亦复如是。 居其中熬盐，真如入丹灶内炼丹换骨一样！ 其身为火气所逼，始成白，继而红，继而黑，皮色成铁，肉如干脯"，而其"所食不过芜菁、薯芋、菜根"，"所衣皆鹑衣百结"，"所居屋高与人齐，以茅盖成"，"故极世间之贫困难状者，无过于盐丁者"。 连乾隆皇帝都说，"可怜终岁苦，享利是他人"（《咏煎盐者》）。

　　古代盐民的劳动环境和生存条件极其恶劣，在海风烈日的滩涂高强度超负荷劳作。 煎盐的盐丁苦，晒盐的盐丁也苦；井盐的盐丁苦，海盐的盐丁还苦；前朝的盐丁苦，后世的盐丁更苦。 其工劳苦，其生凄惨。 顾炎武在《天下郡国利病书》中说，"民间户役最重者莫如灶户"。 杜甫有诗句"负盐出井此溪女，打鼓发船何郡郎"，记井盐生产中男女工役之辛劳。 元代画家、诗人王冕的诗《伤亭户》，讲述自己亲眼所见老盐民的凄惨生活，"灶下无尺草，瓮中无粒粟"，又被追索盐税，"前夜总催骂，昨日场胥督。 今朝分运来，鞭笞更残毒"，老人只有自杀，"天明风启门，僵尸挂荒屋"。 明代长芦盐运使郭五常有诗《悯盐丁》："煎盐苦，煎盐苦，濒海风霾恒弗雨，赤卤茫茫草尽枯，灶底无柴空积卤。 借贷无从生计疏，十家村落逃亡五。 晒盐苦，晒盐苦，水涨潮翻滩没股，雪花点散不成珠，池面平铺尽泥土。 商执支牒吏敲门，私负公输竟何补。 儿女鸣咽夜不饮，翁姬憔悴衣褴褛。 古来水旱伤三农，谁知盐丁同此楚"。 清代《如皋县志》概括盐民有七苦，"晓露未晞，忍饥登场，刮泥汲海，伛偻如猪，此淋卤之苦也"、"暑日流金，海水如沸，煎煮烧灼，垢面变形，此煎办之苦也"，其他还有居食之苦、积薪之苦、征盐之苦、赔盐之苦、遇潮之苦，事事苦，时时苦。 海盐生产濒海，海潮、水、旱、风、虫、雪皆能成灾，清雍正二年（1724 年）七月十八、十九日，飓风连天，滔天海潮冲破范公堤，溺死两淮盐场男女灶丁五万多人。 晚清革新盐政的陶澍也承认，盐民"栖止海滩，风雨不蔽，烟熏日炙，无间暑寒，其苦百倍于穷黎"（《陶文毅公全集》）。 盐民熟语也自诉，"前世不修，生在海头，晒煞日头，压煞肩头，吃煞苦头，永无出头"。

"悲哉东海煮盐人，尔辈家家足苦辛"（吴嘉纪《风潮行》）。盐民的境遇之惨，不单是生产生活之艰苦，更在于其身份低贱不可改变，几无人身自由。 盐业生产关系国家财政和社会安定，历代政府采取强制性措施，将盐业劳动力固定在盐业生产上，国家强制劳役，这就是绵延千余年的灶籍制度。《清会典》规定：凡民之著于籍，其别有四，一曰民籍、二曰军籍、三曰商籍、四曰灶籍，灶籍地位最低。 灶籍制度明清时最为严苛，它的定型有着漫长的发育。唐以前制盐者没有专称，也没有专门的户别，自唐太宗时河东盐民称为畦夫，始有专称。 唐肃宗时称亭户，实行亭户制度，始有盐籍，入籍者不归州县而由盐铁使管理。 五代时始有灶户之称，宋元时盐民称呼虽有更变，但有专门户籍专司管理是一样的。 明清时，制盐者泛称灶户，编入灶籍，世代相继，不得相更，每户成丁者须缴纳盐课、服差役，称为灶丁、盐丁、煎丁、场丁、盐民、灶民等，如同国家奴隶。 明初补充灶户，初从盐场附近民户抽丁，后迁江南人户于海滨"世服熬波之役"（康熙《两淮盐法志》），又发配罪犯到盐场煎盐"各照年限，计日煎盐赎罪"（《英宗实录》），据统计，明代灶户总数在十万户上下。 清代还废除了贱籍，但对灶籍的控制却依然严密，灶民子弟即使连中三元高官厚禄也不得更改灶籍，瞒报盐丁人口、脱逃灶籍、藏隐脱逃盐丁、增减年龄混充老幼躲应差役，按大清律都要抓起来坐四年牢。 从宋朝开始，还在盐场实行保甲制，元明清都延续了这个制度，以联保连坐监管灶民。 即使这样，贫困盐民逃亡不绝，历代盐法志经常出现灶户"逃亡过半"的字眼。 清中后期盐业衰敝，灶民分化，贫户或沦为盐商富灶的佣工，或逃亡，灶民中还出现田耕为业只是缴纳盐课的水乡灶户，世袭强役的灶籍制度崩坏。 乾隆三十七年（1772 年）正式停止灶户编审造册，滋生人口一律编入州县，灶籍制度遂废。 但1912 年，张謇在《改革全国盐法意见书》中说盐丁"如若逃亡，则罚其子而役之，无子则役其孙，无孙则役其女之夫与外孙，非亲属尽绝不已，丁籍之名有相沿二三百年之久者"，可见灶籍盐役制度此时依然还在奴役盐民。

"煎盐之户多盲，以目烁于火也；晒盐之户多跛，以骨柔于咸也"（王守基《盐法议略·山东盐务议略》）。盐民几千年的悲惨境遇，艰苦的劳作与生活、卑贱的地位、人身的不自由、持续恶化的处境、世代难逃的悲苦命运，不载于正史，不显于众闻。一个个王朝兴盛的阴影下，是这些鸠形鹄面的盐丁的悲号。

盐人三杰

元至正十三年（1353 年）正月初，黑夜，草堰场串场河边的北极殿，十八只白公鸡，十八碗红血酒，十八个黑汉子歃血盟誓。

殿门打开，十八个汉子举着十八根扁担，冲进那些凌辱过自己的富户家，呐喊声哭喊声四起，火光冲天。他们是贩私盐的盐丁，这些大户收了他们的盐，常常不给钱，还威胁报官。反正过不下去了，盐场的盐丁们纷纷举着扁担加进来。打丁溪去，打丁溪，九四说打丁溪，百十个盐丁们跟着领头的汉子冲向丁溪场。他们没有兵器，元朝严禁汉人拥有兵器，十户才许有一把菜刀。后来啊，传说他们在扁担头绑上又长又宽的带鱼（一说刀子鱼），黑暗中银光闪闪，仿佛无数柄大刀挥舞，守兵们吓跑了。他们打下了丁溪，打下了泰州、兴化、高邮。在高邮，盐丁们拥戴领头的九四也就是张士诚做了皇帝，国号大周。这是盐丁们自己建立的唯一的国。

盐民在历史上似乎只有卤沸烟腾中伛偻如虾的黑瘦身影，但盐城的盐民不一样，张士诚、王艮、吴嘉纪这"盐民三杰"，或称帝，或立说，或著诗，创造了历史新的可能和中国学术思想新的特质，带给文学新的面貌，刻下海盐文明最深的盐城印记。元末白驹场（今大丰区白驹镇）盐丁张士诚十八根扁担起义，张部是元末起义军三大主力之一，对推翻元人统治有大功。 张士诚后在苏州称吴王。 虽败于朱元璋，身死人手，但他薄徭轻税又极为尊重士绅与儒生，深得吴民拥戴，至今苏州老百姓还要上九四香祭奠他。"三百年来陵谷变，居人犹是说张王"（王士祯《秦邮杂诗》），又是三百年过去了，老百姓们还在说着张士诚的故事。

明朝安丰场（今东台市安丰镇）人王艮也是盐丁出身，读了几年私塾，家贫失学，贩盐为生。 二十九岁那年忽做一梦，梦中天塌，人们哭号四散，他却慨然而起，一变为伟丈夫，一手托天，一手重布日月星辰，万民欢喜歌舞，跪拜于他。 醒来后，王艮大汗如雨，却觉心下洞明万物一体，有天命弘道之感。 遂头戴五常冠，身穿广袖大带之衣，手执笏板，按孟子说的"诵尧之言，行尧之行"，开课授徒，人以为怪而不改，后问学于王阳明十年，研修经义，探求精微，终成一代名儒，创建泰州学派。 有论者说泰州学派是我国第一个思想启蒙学派，王艮说"圣人之道无异于百姓日用"（黄宗羲《明儒学案·泰州学案一》），强调日常生活的终极意义，为尊重个体与人性开了先河。 其弟子及再传弟子，有何心隐、罗汝芳、李贽、汤显祖等。 王艮让中国的学术思想开始有了肉身，泰州学派将情感、欲望、个体、自由请进道统话语，并抬升了其价值，形成人文主义思潮。

清初吴嘉纪，也是安丰场人，出身灶籍，少年时逢明清鼎革，遂无意科举，不仕新朝。 其祖父学于王艮，其妻王睿为王艮之后。一生贫困潦倒不改其志，穷得连他父亲、母亲、妻子的棺材都不能安葬。 六十多岁，还借船买来盐卤，与子拉纤运到当地六灶河边，开火煎盐，卖盐还债。 他一辈子写诗，诗中多咏叹盐民凄惨生活，又被称作"盐民诗人"，最著名的是《煎盐绝句》："白头灶户低草房，六月煎盐烈火旁。 走出门前炎日里，偷闲一刻是乘凉。"平白如话，写实如画，道尽盐民苦辛。 又有诗《海潮叹》，状写大海潮带给盐民的灭顶之灾，"飓风激潮潮怒来，高如云山声似雷。 沿海人家数千里，鸡犬草木同时死。 南场尸漂北场路，一半先随落潮去"，其惨不忍读。 他还有诗《李家娘》，状写清兵屠城扬州，繁华地顿变地狱，"城中山白死人骨，城外水赤死人血。 杀人一百四十万，新城旧城内有几人活？"时人谓之诗为"诗史"，同代诗人屈大均评述他的诗，"东淘诗太苦，总作断肠声"。

盐民三杰建树各异，他们以自己的勇力、才学、风雅，为几千年默默无声的盐民发出铿锵强音，并用自己的创造带给民族更多的转机与风采，他们也强壮了盐城的盐脉。 清末民初"废灶兴垦"，灶籍，十数万户百万众的社会群体突然就消失了，即使在盐城也甚少有人溯源自己的先人是否灶籍。 在现代产业格局中，盐业也边缘化了。 但今天的盐城，海盐文明的脉动依然强劲，海盐生产的印记依然很常见，境内灌东盐场（即清末济南盐场，其时淮南盐产萎缩，无法完成朝廷定额，为接济淮南之盐亏额而兴建）等还有海盐生产，灌东盐场是江苏省最大的盐场，还有海盐博物馆这样盐味十足的专业博物馆和各县区博物馆等，有公私收藏的盘铁、小海场石权、两淮盐运使碑、西溪盐仓公务铜印等丰富文物。 更为明显的是数千年盐业塑造了盐城的第二自然，它依然承载着盐城人的生活。204 国道纵贯全境，它的路基就是唐时李承修建的常丰堰（人称李堤）、宋代范仲淹主持修建的捍海堰（人称范公堤）。 范公堤西侧就是当年修堰取土挖出的串场河，串场河历朝疏浚，至今还是贯通苏北的河运要道，不时驶过船队的游龙。 无边平畴依然多有高墩凸起，那是几千年间堆筑的潮墩、烟墩，潮墩是盐民避潮的救命墩，烟墩即烽火墩御倭报警，境内历朝官筑的土墩有记载的就超过三千个。 串场河边，富安、安丰、西溪、丁溪、草堰、白驹、刘庄、伍佑、新兴等老盐镇依然兴盛，张士诚攻打丁溪血战的庆丰桥兀自卧波如虹，李承曾经登临的海春轩塔依旧高耸，曾经的中国第一海关云梯关遗址也得到保护性开发，唐宋明清修建节制潮洪的闸坝还有十八座在使用，盐商气派的宅第鲍氏大楼沈氏大楼修缮后更为堂皇。

这些是海盐文明的物质遗产，更为重要的是盐城的海盐文明已经成为文化血脉，流淌在它的子民身上和社会生活中。 有的以非物质文化的形态存在，比如大量盐味的历史传说还在流传，像张士诚的故事、施耐庵的故事等等。 盐阜区婚礼有对对子的习俗，一次六灶的姑娘嫁到七灶，女方出了上对"六灶七灶两灶连心"，男方宾客们都被这看似平易的对子难住了，亏得施耐庵路过，见新嫁娘久不下轿感到奇怪，问明原委，哈哈一笑，出了下对，"大团小团一团和气"。 这个故事里灶团都是地名，盐城迄今仍有大量盐味地名，如沈灶、新团、梁垛、沟墩、三仓、潘家磋、五总等等，即以灶论，东台从头灶一直排到二十八灶。 盐民饮食婚礼等生活习俗等也传承了下来，比如老一辈都有重盐重腥的口味，喜食麻虾酱、醉螺、腌小蟹等，日常语言中也有大量的盐味惯用语，比如"咸菜炖豆腐——有言（盐）在先""盐缸里出蛆——稀奇""盐吃多了——尽讲闲（咸）话"等等。

而海盐文明作为一种精神血脉留存下来的，最核心的就是盐民三杰所代表的盐民精神，这种精神显扬为一种民风。《隋书·地理志》说，"淮南人性并燥劲，风气果决"，万历《盐城县志》说盐城"地僻海边，俗尚简朴"，兴化郑板桥与盐城多有亲故往来，其继母就是盐城郝营人，又曾在盐城多地坐馆，他说盐城人"东海之滨，土坚燥，人劲悍，率多慷慨英达豪侠诡激之徒，而恂恂退让之君子绝少"（《朱子功寿序》）。盐民的这种民风就是豪迈果决，淳朴奋勉，传承此风的盐城人小事能干好，大事能担当，可信可依可期。还有什么能阻挡盐城人的脚步？

一九四二年前奏曲

后来，苏北平原的春天，被一首歌定格。"九九那个艳阳天来哟，十八岁的哥哥坐在河边，东风吹得那个风车转哪，蚕豆花儿香呀麦苗儿鲜。"

这是一九四二年的苏北平原，阜宁，单家港，三月初，壬午年的元宵节刚过，风儿和土地都已软下来。废黄河的水浅着，薄冰浮沉。十八岁的单家哥哥刚帮着警卫队拐磨，一笆斗麦子磨完，小伙子乌溜溜的头发都汗湿了。开了春，赤脚奔，小伙子火气旺得穿不住鞋。圆月亮已经上来了，月光的薄衣覆在田野上。隐隐约约的弦歌声掌声已经传来。单家哥哥的大脚丫奔回自家的丁头舍，抓了一把山芋干就跑。他跑到黄河老堆小学校前。这里封路开会已经开了四十多天了，歌声和掌声就是从这里传出来的。他自觉地在不远处蹲下来，他只要能听到就满足了。站岗的士兵认得他，朝他笑笑。借住他家隔壁单如安家墨镜不离眼的黄克诚师长，正巧往里走，士兵立正敬礼，师长回了礼，喊单家哥哥："进去啊！"走到教室门口，还给他掀起草帘子。单家哥哥喜慌了，低头就往里跑，刚要进门，又停住脚，不好意思地从怀里掏出双草鞋，两只脚相互搓搓，穿好鞋喜滋滋地进去了。

人的热浪，黑压压的人头，门窗全用蓝洋布遮着，雪亮汽灯照亮的台上，上百人分几排高低站着，年轻的闪光的脸，新崭崭的军帽军装袖章绑腿黑布鞋白袜子，他看到一个女兵走到台前，报告说：最后，请听大合唱《一九四二年前奏曲》。 全场立刻肃静，静到他听到自己越来越重的喘气，单家哥哥脸都憋红了。 他看到一位首长走上台，全场掌声响起来，首长走到台口，朝大家一鞠躬，又是掌声。 首长转身，他伸出手臂，全场不发一声。 突然，首长把手一挥，轰雷般的声音炸响。"啊！ 一九四二，你将和法西斯的恶魔，永远离开人间！"单家哥哥全身打摆子一样颤抖着。

一九四二年的前奏在哪里？ 陈毅军长手里捧着的茶杯一直没放下，他总穿的那件缴获的猎式皮装已经缝了好几个大口子，他当然知道，他执笔的新四军军歌歌词这样写道：光荣北伐武昌城下，血染着我们的姓名；孤军奋斗罗霄山上，继承了先烈的殊勋。 这是这支军队的前奏，他会想起自己从武汉追到南昌又从南昌追到抚州，终于追上往广东退却的南昌起义的部队吗？ 他会想起梅岭落入敌人的埋伏圈吗？ 他会想起在深山老林的隆冬稻草当被，冷得受不了又压上石头吗？ 他会想起黄桥的炮声和烧饼吗？ 他会想起去年一月在盐城文庙的总指挥部焦急地等待延安和皖南的电报，日军十六架飞机轰炸盐城，炸弹掀起泥土溅满他和少奇同志全身？

一九四二年的前奏在哪里？《一九四二年前奏曲》的作曲贺绿汀也在。（单家哥哥认得这个拉洋二胡的新四军，寒冬腊月也天天在黄河里游水。）贺绿汀当然记得，去年七月，一大早，鸡刚叫，湿漉漉的晨雾和炊烟，低低地压在河边高墩子的草房子上，他和许幸之早早被叫醒，喝了碗粥，就上了船。 小渔船，主家撑篙，女人摇橹，水声哗哗的，河边芦苇中有一两只白鹭傻傻地站在水中一动不动，高高的河堆上有一队人朝西南急行，那是黄源、丘东平、许晴等带着鲁艺师生往西南湖荡转移。 敌人的大扫荡已经发动，贺许二人从鲁艺召回军部，军首长单独安排他们到射阳河东计雨亭家打埋伏。 船行不远，突然有人喊，高堆上有人招手，贺绿汀一看，是陈军长，带着警卫员，两人已跑下河滩的黄豆棵里。 船正要往岸边划，军长脱了衣服，跳进河里，游到船边。 扒着船帮，满头满脸是水的军长说："计雨亭先生是个开明士绅，我们好多干部在他家打过埋伏，船老板也可靠。"军长又叮嘱："你们到那要分开，一定要分开，也不要经常碰面，以免引人注意。"临走，军长笑笑又说："这次扫荡不会多长时间，我们很快就会见面的。"游回岸上，军长还朝他们挥手告别。 而丘东平，那个精壮的矮个子广东人，那个一起参加过海陆丰革命，那个要写出伟大作品却总是挂着盒子炮的作家，还有美男子许晴，还有张平张杰，那么多的战友成了烈士。 伟大的时代伟大的文化创造，文化人在牺牲中创造。 最困难的日子已经过去，抗战已经第五个年头，美国参战，日本人已经处于守势。"伟大的一九四二，已高唱胜利之歌来临。 啊！ 一九四二，你带来了春天的消息，你带来了世界的光明。"贺绿汀感到自己创作这首合唱曲时如烧如煮的激情涌上来，感受到烈士们的生命呐喊着涌上来。

"法西斯的恶魔的末日来临，全世界将永远得到光明"，这句词一遍遍震响，一遍比一遍洪亮，直冲高潮。 歌声绕梁，演出结束了，人们还停在合唱的高潮，掌声雷动，经久不息。 在场的华中局第一次扩大会议的代表们，这些浴血奋战坚忍不拔的将帅们许多人眼眶都湿润了。"国际水平！ 国际水平！"新四军的宣传部长钱俊瑞嚷着快步登上台去，和指挥的何士德握手。 新四军政委刘少奇也满面笑容，拉着贺绿汀登上台，把一个崭新的公文包奖给他。

混声，花腔，断音，转调，丰富的音乐技巧，单家哥哥听不出来，他只知道好听，他只知道被这整齐一致的洪亮震撼，震得他一直打摆子，他要活在这歌声所在的世界。

单家港边，就是废黄河。 黄河虽已改道，磅礴的气势还在，河道广阔蜿蜒，高高的河堆上，麦苗已返青，匝地铺绿，菜畦里青菜零星抽薹，几穗黄花金光闪烁。 十八岁的单家哥哥约来了他的英莲妹妹，他要去当新四军。

这是抗战胜利的前奏。

这是共和国的前奏。

盐味擷拾

吃过呢啊？

老盐城人见了面都这么问。呢的声母和呢的韵母啊的韵母连拼成一个音。

最早的老盐城人见了面也这么问吗？那时他们吃的什呢啊？

吃得好呢啊。眼镜溅上泥点的考古学家拨着灰堆，你望望，大鱼大肉啊，麋、牛、豕、羊、犬、鹬、雉、鲫、鲤、虾、鳖、螺、蚌、蚬；吃货啊，菱、芡、藕、菰、荇，桃、杏、柿、枣、梨；大米饭尽扒，哦，还有瓜，甜瓜，甜瓜不汉代才从西域传来的吗？

五千年前，气候温暖的湖荡湿地，吃货的天堂，天上有、地上有、湖里有、海里有，飞的、游的、跑的、种的、采的，蒋庄遗址灰坑里有当时最丰富的食物。几千年吃下来，大名堂没吃出来。毕竟盐城的两个好哥哥扬州和淮安太会吃了，先后名列联合国教科文组织评出的"世界美食之都"，全世界才选九个城市。跟两个拎把菜刀睥睨天下的哥哥一比，盐城的饮食就是个蔫老么，太平民了，太家常了，没有官商的奢靡铺排。但好也就好在这家常，自家园里刚摘的，大小伙刚从河里网上来的，三舅舅赶海捡的，二大姑家过年杀的，妈妈腌的，奶奶晒的，食材新鲜普通。大铁锅爆炒，大砂锅慢炖，大油锅煎炸，大瓦缸腌泡，大盐大油大素大腥，做法简单粗暴。 吃着这样的饭菜，有捧着自家碗坐着自家桌听着爷娘语的自然亲切，这好就俩字，原味。 盐城话里的原味不但指本味，还有当令、熟透、浓厚等意。 盐城菜就是盐民菜、渔家菜、农家菜，原味。

早上一碗鱼汤面、中午一盘韭菜炒长鱼丝，接晌三个脆肉坨子，晚上喝粥就小鱼咸，小的老的给炸几个藕夹子。 过日子如此，好得不能。 这些家常菜，吃的是食材的本味，餐席有八大碗，也不是名贵的山珍海味，家常菜做精而已，汤汤水水的费些火功。

但，大湖出龙珠，盐城的一碗藕粉圆子，就可以折服四海的庖厨与饕餮了，扫净所有油脂麻哈的饭馊气。 隰有荷花，盐城处处是水，水的精气神一股脑全融注在荷上，盛夏盛开的午阳之花，水下多窍多丝的白玉之藕。 藕粉圆子，清水，紫水晶珠子，溜溜的水的明眸。

可盐可甜，有滋有味，盐城之味。 原味盐城，又是标举各种鲜，新鲜叫鲜，鲜鱼、鲜藕、鲜虾、鲜肉、鲜贝；味浓叫鲜，浓甜都叫鲜甜；当然更有味鲜之鲜，其极为生猛之鲜，比如著名的"盐城三醉"：醉螺、醉蟹、醉虾。

醉螺是小菜中的极品，尤物一样的存在。 脆、嫩、鲜，还有腥（海水一样清冽的腥），老酒与老抽、冰糖、老姜、红椒、蒜瓣等泡汁腌熟的浓沃。 我父亲称赞原料精的菜做得好滋味厚，叫味道高。醉螺绝对算是味道高。 盐城滩涂长达 444 公里，退潮了，漫无边际的黑泥滩，随处可见玉籽般的泥螺，大若蚕豆瓣，小如葵花籽。 单壳，如蝉翼薄透的白壳，乌青的伸出壳外的尖舌头，象牙白的腹部拖鞋底一样扁平。 醉螺制作并不复杂，大致有盐浸、淋洗、沥水、腌制、泡卤这么五步程序，话这样说，家家的风味却都不一样，败絮一样又僵又绵的也不少，伍佑醉螺出名那也是几百年醉出来的，伍佑人翻出成书于明代嘉靖年间《两淮盐法志》，上面记载"土蚨，出伍佑者肥而少泥"，土蚨就是泥螺，伍佑醉螺至少做了吃了五六百年了。

醉螺不难做，难在培养吃醉螺的人。 从没吃过的一粒进嘴，连壳一嚼，口腔里爆炸了一颗生化炸弹。 他还要嚷："什么玩意？"直接夺命的黄酒味和螺腥味。 喜欢吃的也正是嗜好这腥味与酒味，还有海蜇一样的脆爽和海蜇所没有的鲜嫩。 你以为养成一个吃醉螺的舌头容易吗？ 只有能说鸟语巧舌如簧的东南国民有这禀赋，用自己的舌头翻开泥螺的舌头，褪出其中包裹的沙包，切掉下部的肠胃，还要刮食那一颗田黄石般润亮的油粒，然后吐壳。 吸、翻、顶、褪、切、剔、刮、吐一气呵成，这样的舌头?！！ 盐城人骄傲了吗？ 当然这么灵巧的舌头也擅长做做甜蜜的事，要不要跟盐城人试试？ 我不喝酒，却喜食这酒醉之肴，酡颜不觉，好吃到醉。喝过洋墨水的儿子也喜欢吃，我觉得自己培养得好，连口味都传代，传了盐城人的味，就很有成就感。

在盐城点醉蟹要说清，要不然端出来有可能只有麻将牌大，盐城人把醉小蟹（即螃蜞，又叫做蛴蟛）也叫醉蟹。 泥螺生活在潮间带，小螃蜞生活在潮上带，盐蒿子、海芦青根间螃蜞赶集。 相对于泥螺，螃蜞更为易得，用盐腌得苦咸，盐城人叫做蟹蚱，东海的船载肩担卖到西乡，也是一道菜。 小蟹也是青壳，但有一种遍身乌黑爪子长满刚毛的，当地叫毛骚蠓子，有位瘪嘴老奶奶专挑这黑煞神买了吃。 三夏大忙，农夫农妇抓几只蟹蚱口袋里，毒日当头，稻田闷热，渴了河浜舀水灌，嚼嚼蟹蚱就补充了盐分。 现在螃蜞少了，也精做了，给它们喝酒，给它们药浴。 醉螃蜞齐整整排在盘中，壳爪油亮，大螯白玉，分外精神。 揭开盖，满肚的黄，最鲜亮的明黄色，让你深深陷进去的金粉沉埋的亮黄；入口，细腻，脂滑，若有若无的麝香，微贱之物，帝皇之味。 明代博物学家张澜之说："螃蜞者，天下第一奇鲜也。"此言诚不欺也。

拿小蟹做文章，也不是盐城人没见过大螃蟹。 盐城西乡湖荡毗连河沟密布，早前乡民真没人把螃蟹当好东西，还嫌它腥。 自然食材都有时令，乡人称桃花泥螺桂花泥螺与菜花螃蜞芦花螃蜞，就说的泥螺与螃蜞鲜美当令在孟春与仲秋。 至于螃蟹，俗话说九雌十雄，农历九月吃母蟹，蟹黄满，肉鲜腴；十月吃公蟹，白玉膏，肉紧厚。 其他时候，膏黄少，肢肉空，腥气重。 要想四季都能吃到九雌十雄，醉蟹。 醉螺醉小蟹是佐粥就饭的小菜，上酒桌也只是冷盘，醉蟹绝对是大菜了。 大纵湖人刘庆宝集有《大纵湖传说》，说有一年大纵湖的螃蟹走路绕脚跟，开酒坊的老板娘捡了几只扔在空酒缸里就忘了，过了几日，酒老板请在湖边北宋庄坐馆的郑板桥喝酒，酒喝到坛底，菜吃到清盘，老板娘想起酒缸还有几只螃蟹就去取。 不曾想酒缸里还有残酒，几只螃蟹都不动了，老板娘拿着螃蟹正为难，酒老板和郑板桥醉醺醺地也来取酒，闻到螃蟹酒香扑鼻，抓过来剥壳而食，郑板桥连呼绝味绝味。 大纵湖醉蟹，青壳坚爪，刚毛直立，螯绒乌墨，上了釉一样清亮，如玉石所雕。 打开蟹壳，蟹黄或如金沙堆垒或如金丝盘缠，或金黄或火赤，半凝固状，不会如蒸煮后的蟹黄那样结块，入口沙者粉腻油者柔滑，鲜美浓郁。 蟹肉如果冻，一吸便出，冰淇淋般清凉润滑，咸鲜中带着甜。醉卤浸润，蟹的鲜香与生猛提纯，美酒与花果草木料汁之香裹夹着蟹腥扑鼻，蟹黄与蟹肉入口即化。 才一口，大脑"嗡"的一声，醍醐一点，天灵盖都打通了，口腔轰鸣，舌头颤动，人间美味！

最生猛的是醉虾。 东海炝的是条虾，清明前后，条虾壳薄肉莹，牙尖在虾肚轻轻一磕，一吸，虾肉入嘴，糯嫩鲜美。 西乡醉的是河虾，一盘子在酒卤中蹦跳，吃到嘴里还在弹跳。 始尔馋涎如泉如潮，霎时食指大动吃相凶猛。 佐酒啖腥，醉虾卤汁鲜爽，虾肉滑嫩，嚼剥之声盈耳，壳爪满桌，举座皆欢。 生吞活剥，手抓牙撕，吃到食材的本味，茹毛饮血的原始本性也得到释放，野性迸发。 生腌蟹活炝虾其实又都有原欲存焉，开怀大嚼间暗涌着肉欲的贲张与缠绵。

泥螺兴阳强筋，螃蟹补骨填髓，虾更是固肾壮阳，醉之以酒，酒者偏热大阳，以此为食，盐城人虽地处卑湿倒是阳气旺盛，又有莲实藕粉养阴润燥，阴阳调和，岁月康庄。

一碟醉螺、一只醉蟹、一盘醉虾，口齿间湖荡澎湃，壮怀长啸。

融入蔚蓝

　　向着大海，向着蔚蓝，盐城永远是新的。

　　盐城，她的土地是新的。 她是传说中神异的息壤，土地每时每刻都在增长。 绵延五百八十多公里的"黄金海岸"线，在海洋动力的作用下，每年以数万亩的成陆速度向大海拓进。 这片太平洋西岸、亚洲大陆边缘保存最完好的近七百万亩滩涂湿地，历史上由古长江、古黄河、古淮河冲积成的淤涨型滨海湿地，还在继续生长，每天都生长出新的国土。 唐时，盐城尚为海中之州。 宋《舆地纪胜》说"大海在盐城东一里"，城门一开就能吹到海风了，城墙上海鸥翔集。 市区老西门的先锋岛原来称作小海滩，当地话中小海是内海的意思，南宋诗人陈造《赠盐城诸友》有"城西裨海百顷宽"之句，裨海意即小海，陈造在记述盐城之旅的《东游记》就说："城西有泊，俗谓之小海。"顾炎武《天下郡国利病书》说到盐城水体，还是大海小海并举。 可见直到清初盐城外也是海，内也是海，如瓢一样浮在海上，而今海已在百里之外。 盐城，就是逐日的夸父，每天她的土地都在向海中跃起的太阳迫近。

　　这一片神奇的土地，广袤无边，生长无限，众水朝归，鸟兽自由。 她，是河流的方向，大陆的尾闾，长江、黄河、淮河水系交错，无数条河流箭穿神州奔流到此入海。 她，是鸟的方向，是数以百万计的迁徙鸟类的栖息地。 丹顶鹤（小红帽大长腿），全球仅有二千多只，每年有一半来盐城的珍禽保护区越冬。 勺嘴鹬（自带小饭勺的干饭鸟）、中华凤头燕鸥（莫西干发型的摇滚鸟）等踪迹神秘的极度濒危鸟类，在这里不时惊艳一现。 她，是新世界的方向，新的土地护佑着世界的生物多样性，麋鹿，曾在中国消失，自 1986 年回归盐城黄海湿地。 三十多年过去了，这里已是世界面积最大的麋鹿保护区、世界最大的麋鹿野生种群和世界最大的麋鹿基因库。

盐城，她的人民是新的。 地日以广，民日以众。 她是移民的乐土，历史上迁徙进十次政府性的大移民。 她一边成陆，一边生民，早期居民还赶上了新石器时代。 从考古发现看，从新石器时代到夏商周，盐城没有大型聚落，更没有城邑，即使在淮夷族群里也是边缘的零散的小群落。 考诸文献，征于文物，淮夷不谈早期国家，连周的诸侯国都未见设置，在文献中一直以淮夷称之，如《左传》记载吴楚相争，"夏，楚子、蔡侯、陈侯、郑伯、许男、徐子、滕子、顿子、胡子、沈子、小邾子、宋世子佐、淮夷会于申"，《诗经·鲁颂》中有"既克淮夷""憬彼淮夷"之句，也是直称淮夷，直至楚灭吴设县编户齐民淮夷消失，淮夷一直是部落制。 从历史的纵向看，盐城先秦时代的文明遗迹也没有明显的连续性，她的早期居民是游走不定的，没有形成较大的中心族群。 盐城不停地增殖着自己的土地，迎纳着一茬茬移民，以主体产业盐业为中心，在汉唐时期形成主体居民，滋殖出有自己文化传统的盐城人群体。 西周初年，周公监国，平定武庚之乱后，强迫与武庚一起作乱的奄夷南迁，奄民部分定居于境内，这是第一拨移民。 汉代有规模不一的三次移民，一次吴王刘濞招募流民于此煮盐，一次东瓯王举国北迁江淮间，一次汉武帝灭闽越国迁其民于江淮。 晋代永嘉之乱，北人南迁，中原人口大量来居，境内多设侨县，今建湖县收成村就发现了东晋东海王墓。 唐时征战高句丽，徙其民七万人于中国，中有数千户迁入境内。 明初"洪武赶散"，数次征迁苏州等吴地人口到江北沿海，其中一次就有万人之众，至今盐城许多姓氏的家谱都溯源到苏州阊门，以阊门为"洪武赶散"的出发地。 民初"废灶兴垦"，从（南）通、崇（明）、海（门）、启（东）先后移民累计达三十多万人，到盐城滩涂围海造田垦荒植棉。 第九次，"文革"中"上山下乡"，十多万来自上海、苏州、无锡等地插队知青、下放干部、下放户安家境内，部分知青留盐成家立业。 第十次，上世纪九十年代，先后安置三峡移民一千七百多户，七千多人。 其他小规模的移民更多，如夏商周三朝征伐东夷淮夷及吴灭诸夷，夷族南下，多有流入；清代回民避乱也有移迁于境，建国后上海农场、军垦农场等多所农场垦殖滩涂，接纳上海等地人口也以千数。 十次移民中人数最多的是"洪武赶散"与启海人垦荒植棉，明初的江南移民不但接续了盐城的盐业，还垦田湖荡，将范公堤以西开垦成良田万顷。 民初，启海人移民灶地，将滩涂草荡围垦成棉田，彻底将盐城转型为农业为主。 筚路蓝缕，盐城的每一寸土地都是先民们的血汗结晶。

盐城，她敞开足够的辽阔容得下南来北往。 一次次移民，一茬茌的新盐城人，都融进了本土。 从南到北，东台与响水，南蛮北侉；从东到西，东海与西乡，东譬西尖。 南北文化板块在这里悠然交汇，南腔北调在碰撞中相互习染，北地的阜宁滨海开口便是你侬我侬，南方的东台满嘴儿化音；黄淮风融合吴楚韵，盐城人都能哼几句的淮剧，粗犷偏能多情，雄健而又清俊。 移民的后代南北相杂，能文能武，南宋出了个武状元朱同宗，清代又出了个武状元徐开业，民国抗日将领郝柏村是台湾当局的一级上将，共和国连着出了四位上将周克玉、朱文泉、朱生岭和何卫东。 就是文士也多义气慷慨，陈琳檄文惊得发头风症卧床的曹操"翕然而起曰'此愈我病'"（《三国志》裴松之注），施耐庵《水浒传》江湖英雄恩仇快意，宋曹书如其人骨鲠有节，王艮让百姓皆可成道，吴嘉纪为苍生呼号。 盐民灶户，竟能十户九读书，崇文重教之风在兹为盛；耕夫民户，也是尚武成习，血性骨气之正于斯为烈。 这片土地就是有了盐的骨头，铮铮如铁，汉末臧洪主盟讨伐董卓，南宋陆秀夫负帝蹈海，元末张士诚举义而反，晚明黄得功残国败土孤危独支，清初厉豫举兵反清，民国新四军重建军部。 盐城没有山，盐城人的脊梁挺立成了山。 凭着这样的沉勇，盐城人将湖海之间的荒滩野荡建设成了鱼米之乡。

盐城，她的使命是新的。 新的土地，新的人民，在新的世代遇见新的机遇，担起了新的使命。《越绝书》说："夷，海也"。 盐城的先民夷族也是我国海洋经济与海洋文化的创造者，其海洋向度在夷夏融合中被中原族群的大陆文化抑制，更在漫长封建专制的海禁闭关中被断绝。 新世纪，江苏沿海开发、长三角一体化、淮海生态经济带、"一带一路"、长江经济带，一个个国家战略的跑道接连铺到盐城，激活了传统的海洋经济与海洋文化基因。 重新面向大海，盐城活力澎湃。 高铁说通就通了，直驰京沪；世界自然遗产一申请就批了，盐城有了世遗户口。 绿色变革席卷世界，绿色资源丰饶无限生生不竭的盐城，终于迎来了属于自己的时代！ 曾经芦苇荡里捞鱼摸虾的黑小子，好学上进，现在气宇轩昂五洲四海走得欢。 天蓝，地绿，海风拂面，一条绿色赛道宽又平，一马当先，今朝他绿衣绿裤是领跑者。

鹿群闪现，野菊花碎金耀眼，风电森林高耸碧海，高铁飞驰，百河川流，苇塘倒影蓝天，丹顶鹤栖止自由，沃野万顷稻浪，城镇工商兴盛，这是今天的盐城。 盐城人都巴着呢，盐城人都干着呢，提升以世遗保护为中心的生态修复，提速工业化，提振文化创造，提高民生福祉，江淮福乐之地，盐城的未来是新的。

盐城，祖国的幼子之陆，其命惟新，日新，日日新，又日新。盐城，七千年沧海孕珠，七千年陆地生长，这只湖海间翅翼千里的鲲鹏羽毛已丰。 那回归绿色生息的六月之风已经吹起，扶摇而上九万里，新盐城融入蔚蓝。

后　记

　　小时候，外公家请客，舅舅姨娘坐的席是八仙桌，我们小人也入席，坐的则是小趴桌，外公与我们一桌，吃着吃着，桌上就剩外公和我。　外公规矩多，教训不停，筷子吮干净了再攮，自己碗里吃完了再伸筷子，不要在碗里捣了翻的，眼睛头里让住别人，等等，于是桌上只剩下我这么一个可教之徒。　至今还记得也恪守他说的，筷子不要伸到人家面前去，吃自己眼面前的，细细吃，食多无滋味。　做人因此拘谨。

　　这本集子就是吃自己眼面前的，记述我的青春我的乡土。　虽然地处海曲僻壤，人是粗陋少文，但一般人都有的三点自大我也有，消灭不掉。　一是自己的母亲，二是自己的故乡，做学生的经常为此爆发从言语到肉体的冲突，其三便是自己的文章，西门大官人说过，最好的东西是"别人的老婆自己的文章"，周作人张爱玲都学过舌，所以也就有了这本集子。

　　是为后记。

戊子年元月五日定稿

跋

《盐城生长》2008 年出过一版，是我的第一本书，丛书号，中国版本图书馆还查不到。 内部出版准字号、丛书号、香港书号、一号多书，很多写作者都这样不明不暗地出了第一本书甚至是唯一的书，这也是大陆出版的一大奇景，每年成千上万种书籍沉在海平面下。

尊重盐城，尊重大地，尊重当年一同走遍盐城的朋友，尊重自己的劳作，就一直想着正式出版这本书。 新结识的朋友告诉我，他有本《盐城生长》，复印的，作为作者闻此语而肠热。《盐城生长》是明确的本土写作地方表达，为一块默默无闻的土地和土地上的生民立传，撕扯固化的空间秩序，重描远方和乡愁，吟唱人的居所。读者照理是同乡盐城人，但知己也有失去故土失去籍贯的无根人、热爱大地热爱行走的"故乡在异乡"的异乡人。 大概是因为《盐城生长》既是盐城之书，地方感强烈，也是大地之书，更是人之书，展现作为人的居所的大地及其子民的命运。 以盐城之名，这些文字看护河流牵动的大地、水淡的湖荡和水咸的海，看护陆地持续不断地从海里分娩，看护群星涨落和万物生，看护人的历史和粗糙而有温度的当下日常生活，也看护终将澄明的文字。

出第一本书时，急切、兴奋与忐忑，似乎就在昨天。"眼前渐渐故人少，世上纷纷新事多"，书中所写仅仅数年大都已不存或改观，新造的风景都长着网红脸，带着唯恐天下人不知俺有钱俺有品的招摇，倒也有新贵人家簇刮崭新的兴旺和钱包鼓胀的亨通。　也许是我肤浅，或者老来爱热闹，我也喜欢去蹭蹭人气的。　但更爱的，是那个文字中兀自安然兀自青绿的乡人故土，那个万类自由、烟火温暖、源远流长、诗意充沛、肆意生长的盐城，那个由着万民生活创造、尊仰自然和祖先、新老辉映、自在生长的盐城。　写作者都是有执念的，我至爱这样的盐城。　人们都说诗和远方只产生于陌生感，那一直被边缘的盐城正是诗和远方，我也一直耿耿不宁于创作这陌生、独特而边缘的盐城啊。　以盐城之名，本书的写作也是对"散文的可能性"的远征，孜孜以求于创造文体的陌生感。　因而《盐城生长》既生长着盐城，也生长着散文。

　　这次出版，增加了 15 年来新写的有关盐城和大地的文章。

　　谢谢你，一直看到这里的朋友！

壬寅年六月二十七日

图书在版编目(CIP)数据

盐城生长/孙曙著.—上海:上海三联书店,
2023.8
ISBN 978-7-5426-8150-8

Ⅰ.①盐… Ⅱ.①孙… Ⅲ.①散文集-中国-当代
Ⅳ.①I267

中国国家版本馆 CIP 数据核字(2023)第 115698 号

盐城生长

著　　者/孙　曙

责任编辑/殷亚平
装帧设计/徐　徐
监　制/姚　军
责任校对/王凌霄

出版发行/上海三联书店
　　　　　(200030)中国上海市漕溪北路 331 号 A 座 6 楼
邮　　箱/sdxsanlian@sina.com
邮购电话/021-22895540
印　　刷/上海展强印刷有限公司

版　　次/2023 年 8 月第 1 版
印　　次/2023 年 8 月第 1 次印刷
开　　本/890 mm×1240 mm　1/32
字　　数/249 千字
印　　张/11.625
书　　号/ISBN 978-7-5426-8150-8/I·1813
定　　价/68.00 元

敬启读者,如发现本书有质量问题,请与印刷厂联系:021-66366565